Zwischen Himmel und Watt

Auf einem Grabstein steht geschrieben: Wo sind die Touristen und and' re geblieben? Für die, die Gefahren nicht wahrhaben wollten, für Kinder und Große, vom Meer überrollten.

Es hat uns ein guter Freund verlassen. Nun wandert er auf Gottes Straßen

Herstellung und Verlag:
BoD - Books on Demand, Norderstedt
ISBN 978-3-7347-9281-6

1

Wochenende. Mit der Fähre nach Föhr ließen viele das Festland zurück. Insulaner, die nach Hause wollten, Touristen, denen ein Urlaub bevorstand oder auch solche, die einfach einen Ausflug machten. Von der Fähre aus konnte man am Strand buntes Treiben beobachten. Seit der frühen Mittagszeit zeigte der Himmel nach vielen Tagen wieder einmal, dass er auch blau sein konnte und fähig war, den Menschen Sonnenstrahlen zu spenden.

Doch gegen Abend erschien am nordwestlichen Horizont wieder eine leichte, braune Wolkendecke. Sie verbreitete sich rasch über das Blau des Himmels. Und dort, wo sich soeben noch Sonnenstrahlen in den Wattpfützen spiegelten, konnte man dunkle Wolkenballen erkennen. Weit aus dem Norden kam ein dumpfes Dröhnen, das beunruhigend zunahm.

Wo vor einem Augenblick noch atemlose Stille war, erhob sich am Strand ein wütender, staubbeladener Wind. Es polterten Donnerschläge aus der Nähe, Blitze leuchteten am Horizont auf und große Tropfen platschten auf den Boden.

Glücklicherweise hatten zwei Jungen rechtzeitig eine der Strandbuden erreicht, wo sie Unterschlupf fanden. Sekunden später sah man nichts mehr außer gerade herab strömendes Wasser, vom Blitzlicht grell erfasst und man hörte mächtiges Rauschen, von schmetternden Donnerschlägen übertönt.

„Was meinst du, wie lange wir hier noch ausharren müssen?", fragte Pat seinen älteren Freund. „Meine Eltern warten bestimmt schon auf mich." Sven schaute durch ein kleines Fenster, sah aber nichts als Wassermassen, die gegen das Glas schlugen. „Warte noch ein Weilchen, die Wettervorhersage sprach von Schauern, zurzeit können wir unmöglich die Hütte verlassen." Mitunter jedoch hörte sich das Rauschen am Strand leiser an, dann wieder kräftiger, aber war das Rauschen nicht auch die ankommende Flut? Jetzt ging auch Pat zum Fenster und konnte einen hellblauen Streifen am Horizont erkennen, seine Konturen so klar wie abgeschnitten. Es schien, als wolle der Himmel darüber das graue Wolkenkleid zerfetzen. Sven und Pat schauten sich gegenseitig an und wussten, dass die Chance gekommen war, den ungemütlichen Unterschlupf zu verlassen und zum Ferienhaus zu gehen.

„Nanu, ihr seid ja so trocken; wir befürchteten, zwei nasse Lappen vorzufinden", war die Begrüßung von Svens Mutter, als beide Kinder eintraten. „Ja, wir fanden Unterschlupf in einer Strandbude."

Sven konnte schon wieder Donnerschläge vernehmen, trotz allem war es draußen nicht mehr so bedrohlich wie vorher am Strand; nein, sogar hell, die Sonne bedeckte nun den Himmel mit vielen Gelbtönen, um sich vom Tag zu verabschieden. „In der Nacht noch einzelne Gewitter, im Laufe des Tages rasche Wolkenauflösung und Temperaturen bis fünfundzwanzig Grad. Die weiteren Aussichten: In den nächsten Tagen sonnig und sehr warm", lautete es aus dem Radio. „Hurra", ein Freudenschrei von Pat durchdrang den Raum, „endlich können wir einmal länger am Strand bleiben." „So, Pat, jetzt bringe ich dich heim, damit du gleich schlafen kannst und morgen auch fit bist", rief Svens Vater und stand schon in der Tür.

Gemächlich schlenderten Pat und Harry auf dem Deich entlang und konnten zum Meer schauen. Die graubraune Wattdecke war nun verschwunden, so, als wäre sie nie dagewesen. „Ist das nicht schön, Pat?", fragte Svens Vater Harry. „Das Meer kommt und geht ganz regelmäßig. Bei Ebbe geht und bei Flut kommt es. Immer und immer wieder. Du kannst dich darauf verlassen." „Woher kommt das?" wollte Pat wissen. „Das hat Gott so geschaffen, es hat etwas mit der Anziehungskraft des Mondes zu tun."

Nun mussten die beiden den Deich verlassen, da
Pats Eltern nicht direkt am Strand wohnten. Leider
nicht. Die beiden Familien verbrachten schon
einmal ihren Urlaub gemeinsam. Aber diesmal
hatten Pats Eltern zu lange mit der Buchung
gezögert und somit waren alle Unterkünfte in
Strandnähe ausgebucht. Endlich erreichten sie das
Ferienhaus. Pats Mutter begrüßte sie herzlich.
„Na, ihr beiden, habt ihr die regnerische Zeit am
Strand verbracht?" „Ja, Mama. Und wir sind
überhaupt nicht nass geworden, aber weißt du
Mama", sprudelte es aus Pat, „morgen soll ganz
tolles Wetter werden." „Na, dann kommt mal
rein." Harry wechselte noch ein paar Worte mit
Ines und verabschiedete sich dann von ihr.

2

Am nächsten Morgen wachte Pat munter auf. Es
gab frühe Morgenstunden, in denen er gern
zwischen Schlafen und Wachen schwebte wie ein
Vogel in der Luft mit geschlossenen Augen in
einem warmen, sanftem Wind, der ihn durch den
offenen Fensterflügel streichelte. Und genau das
tat er eine Zeitlang, nachdem die Sonne am
Morgen aufgegangen war: er schwebte zwischen
Nachtschlaf und Wachzustand und wartete darauf,
von seiner Mutter begrüßt zu werden.

Bereits eine Stunde später waren alle am Strand. Die Kinder warfen sich in den Sand und betrachteten das Wasser. Der Strand war sehr flach und bestand aus feinem, fast weißem Sand.
„Komm, wir bauen eine Sandburg", rief Sven gleich, als er am Strand angekommen war. „Nicht so schnell, mein Junge, erst einmal suchen wir uns einen Liegeplatz, damit ihr auch wisst, wo ihr uns finden könnt, wenn etwas sein sollte. Und ihr Zwei bleibt schön zusammen, sag' das bitte auch Pat", ermahnte Svens Mutter Caren ihren Sohn. Den letzten Satz musste sie brüllen, da Sven schon auf dem Weg zum Wasser war. Sven überlegte scharf. Man sah es seinem Gesicht an, er hatte große Pläne. „Wir können doch noch einen Graben um die Burg herum ziehen und einen Kanal legen, welcher bis ans Meer reicht! Pat, ich brauche deine Hilfe, hole mal bitte noch eine zweite Schaufel."
Pat rannte zu seinen Eltern, holte eine zweite, lange Plastikschaufel und begann, einen Kanal zu graben, während Sven die Sandburg baute. Puuh, das war ganz schön anstrengend, den Sand wegzuschaufeln. Pat kam dabei enorm ins Schwitzen! Als Sven sein Stöhnen hörte, bot er ihm an, die Rollen zu tauschen. „Du baust die Burg weiter und ich werde mich mit den Zuläufen befassen." Das ließ Pat sich nicht zwei Mal sagen. Er lief zur Burg und stellte fest, dass er den Sand noch befeuchten musste, damit die Spitze hielt. Mit ein paar Handgriffen war die Arbeit erledigt und Pat machte sich auf die Suche nach einer Burgfahne.

Beide schlenderten am Strand entlang und fanden alte Dosen, einen zerfetzten Schuh und viele, viele schöne Muscheln.. Sven fand noch einen Ast und hob ihn auf. Plötzlich kitzelte etwas an Pats Fuß: eine Feder, eine grauweiße Vogelfeder, wahrscheinlich von einer Möwe. „Au ja, das ist es, das wird unsere Fahne!" Schnell rannten die Jungen zu ihren Vätern, und vor allem Arthur, der ihnen bisher noch nicht zugeschaut hatte, sollte jetzt ihre Burg begutachten. „Schau Papa!", rief Pat stolz, „jetzt müssen wir nur noch einen Graben anlegen, den wir dann an den Kanal anschließen. Und dann wollen wir noch einen Damm bauen, damit das Wasser nicht wieder zurückfließt." „Dann habt ihr ja noch viel vor, da will ich euch aber nicht stören." „Komm Papa, jetzt erst recht, du kannst uns ja helfen." „Na gut, aber Harry soll auch kommen, die Frauen liegen mal wieder nur auf der faulen Haut und quasseln und quasseln", dachte Arthur laut. Aber er zeigte den Kindern nicht, dass er nicht viel vom Burgbauen hielt, sondern machte gleich einen konkreten Vor- schlag: „Jetzt sammeln wir erst einmal ganz viele Muscheln und verzieren damit unsere Burg." Das war eine tolle Idee. Zum Schluss schrieben sie in Muschelschrift „Meeresburg" darauf. Pat hatte noch Bonbonpapier in seiner Hosentasche. Er musste wohl kürzlich wieder einmal vergessen haben, seine Taschen auszuleeren, doch jetzt konnte er es gut gebrauchen. Er streifte es etwas glatt, faltete es zu einem Dreieck, steckte es in einen kleinen Stock und bastelte mit Hilfe eines gefundenen Korkentelichens ein Segelboot daraus, welches sie später auf dem Kanal schwimmen ließen.

Am Abend waren beide Jungen richtig müde vom Bauen und Spielen am Strand. Bevor sich beide Familien trennten, sprachen Sven und Pat noch von ihren Plänen am darauffolgenden Tag. „Morgen bauen wir weiter. Eine ganze Stadt wollen wir bauen", berichtete Pat begeistert. Sein Vater war nachdenklich. Wer weiß, was morgen noch von der schönen Burg zu sehen sein würde, dachte er bei sich.

3

Am nächsten Morgen wachte Sven schon sehr früh auf. Da alles im Haus noch still war, öffnete er in seinem Zimmer das Fenster und schaute hinaus. Tief holte er Luft, um das Salz des Meeres um sich zu spüren, ja zu genießen. Hier an der Nordsee gefiel es ihm, hier würde er am Liebsten für immer bleiben. Er dachte an die tolle Sandburg, die sie am Vortag gebaut hatten. Er stieg aus dem Bett, zog sich an und ging hinunter in die Küche. Das Duschen könne er ausfallen lassen, dachte er sich. Er ist eh jeden Tag im Wasser! Seine Mutter war schon auf und bereitete das Frühstück vor. Sven half ihr und als beide fertig waren, rief er seinen

Vater. Harry begrüßte die beiden und setzte sich an den schön gedeckten Frühstückstisch . „Heute bauen wir um die Sandburg eine ganze Stadt, ja Papa?" fragte Sven. Seine Eltern schauten sich an, niemand von ihnen stimmte sofort zu „Wir wollen mal sehen, wie es heute am Strand aussieht.", meinte Caren. Plötzlich klopfte es an der Haustür und Pat meldete sich. „Hallo, seid ihr noch da?" „Moment, wir öffnen", gab Sven zurück. Kurz darauf saß Pat bei ihnen am Tisch und erzählte: „Meine Ma liegt noch im Bett und Pa will bei ihr bleiben, darf ich mit euch zum Strand?", sprudelte es aus ihm hervor. „Selbstverständlich, wir sind gleich soweit", erwiderte Harry, „ihr könnt schon mal die Strandsachen holen." Sven und Pat hörten gar nicht zu, irgendwas tuschelten sie. Daraufhin bettelte Pat: „ Gell, wir bauen doch heute noch Häuser um unsere Burg", wollte er wissen. „Natürlich können wir heute wieder bauen", betonte Caren ganz vorsichtig, um nichts Falsches zu sagen. „Auf jetzt", lenkte sie die Kinder vom Thema ab, „wir wollen gehen."

Als sie den Strand erreichten, suchte Sven die Stelle, wo am Vortag ihr Liegeplatz war. Weil er wusste, wie er von dort aus zu seiner Burg finden konnte. „Wo ist unsere Burg?", fragte der Ältere seinen Vater. „Sven, du wirst eure Burg nicht mehr finden." „Wieso, wer hat sie denn kaputt gemacht? Wenn ich den erwische, dann..."

„Du kannst ihn nicht erwischen!", unterbrach ihn sein Vater. „Die Flut hat unsere Burg zerstört. Das auflaufende Wasser hat sie weggeschwemmt. So ist das nun mal. Wisst ihr, es gibt viele Dinge, die man lieb hat und trotzdem nicht festhalten kann, auch wenn man das noch so gerne möchte. Aber ihr müsst nicht traurig sein, wir können doch eine neue Burg bauen." „Puh, wenn ich an die Schufterei von gestern denke, und jetzt sollen wir wieder von vorn anfangen?" „Tja, so ist das mit allem, was du hier vorne baust. Die Flut wird kommen und alles zerstören. Und selbst dann, wenn wir weiter hinten unsere Kunstwerke herstellen, wo die Flut im Normalfall nicht hinkommt, dann ist es der Wind, der den Sand fortträgt. Das ist eben die Natur", gab Harry den Kindern zu bedenken. „Wollt ihr jetzt den ganzen Tag eure Köpfe hängen lassen oder wollen wir nicht doch noch einmal eine Burg bauen?" „Na gut, bauen ja, aber eine Stadt, so wie wir es vorhatten. Und nicht schon wieder einen Kanal." Dann legten die beiden los. Sie hatten viel Spaß miteinander und die Sandstadt war auch bald fertig, mit einer kleinen Burg, vielen kleinen Häusern, ja, sogar einer Schule. Sie bauten Straßen, auf denen sie mit ihren Matchboxautos fahren konnten. Vor allem hatten sie viel Zeit, weil das Wasser noch soo weit weg war. Nur Caren war es etwas langweilig. Warum Pats Eltern wohl nicht mitgekommen waren? War Ines etwa krank? Das beunruhigte sie etwas. Doch dann freute sie sich wieder, als sie den Kindern zuschaute. Pat und

Sven kannten sich bereits von der buntgemischten Kindergruppe ihrer Stadt und spielten schon immer gern zusammen. Auch wenn Pat vier Jahre jünger war und Sven lieber mit Klassenkameraden spielen wollte, so war Pat doch immer bei Tiemanns ein willkommener Gast. An diesem Tag spielten die beiden bis zum frühen Nachmittag, bis Harry dazwischenrief: „So ihr beiden, ich denke, wir machen uns auf den Heimweg." „Wieso?", ärgerte sich Pat. „Wir spielen doch gerade so schön, lass uns noch etwas weitermachen, bitte, Papa", bettelte jetzt auch Sven. „Das geht nicht", entgegnete Caren, „überlegt mal, was euch Harry heute morgen erklärt hat." Das Wasser ist wahrscheinlich bereits wieder am Kommen, auch wenn es noch weit weg ist." Zornig schrie Sven: „Ich will aber nicht, dass die Flut unsere Stadt kaputt macht! Wir können sie doch vor dem Wasser schützen!" „Nein, das können wir nicht!" Pat stand wie angewurzelt da und hörte sich alles mit an. „Die Flut ist ganz schön doof, ich will nie wieder hierher." Auch Sven war total aufgebracht.

Caren nahm ihren Sohn in den Arm und tröstete ihn: „Ob du es willst oder nicht, Sven, die Flut tut es einfach. Du kannst ja auch nicht ändern, dass nach dem Tag die Nacht kommt und umgekehrt. Aber höre mal, die Flut nimmt nicht nur was weg, sie bringt auch Sachen aus dem Meer und schwemmt sie an den Strand.

Wir werden heute Abend dort spazieren gehen, wenn wieder Ebbe ist, und dann schauen wir mal, was wir alles finden werden. Einverstanden?" Sven verzog sein Gesicht, meinte dann aber „Na gut."

Immer noch brannte die Sonne erbarmungslos auf die Erde. Durch ihren jetzt tieferen Strand blendete sie etwas in den Augen der vier Spaziergänger, die nun gen Westen hinter dem Deich auf einem schmalen Pfad entlang gingen. „Lasst uns von hier aus zu Ines gehen", schlug Caren vor. „Vielleicht kommen deine Eltern nachher mit uns zum Strand, was meinst du, Pat?" „Klaro, dann gehen wir alle auf Schatzsuche." Pat war begeistert.

Sie gingen nun an Schafen vorbei, die fast alle einen schattigen Platz bevorzugten. Die Spaziergänger genossen die Sicht auf das fruchtbare Gelände, auf dem saftige Weiden sowie Kornfelder miteinander abwechselten, gartenmäßig aufgeteilt durch die vielen Wälle. Harry zeigte den Buben die einzelnen Ackerstücke, welche durch tiefe Furchen voneinander getrennt waren und vereinzelte Bauernhöfe, die wie ausgestorben wirkten. Harry deutete auf die Häuser und begann zu erzählen. „Wie auch auf den anderen Inseln rundherum dominiert hier noch das friesische Landhaus mit dem schmalen Giebel, seht ihr?"

Das Haus ist durch eine Diele quer geteilt. Später, als die Insulaner merkten, dass Touristen kamen, bauten sie ihre Häuser an. Aber lacht nicht: Nicht die Touristen wohnten in den Anbauten, nein, sondern die Tiere. Und die Touristen wohnten in den früheren Ställen." „Iii", war natürlich die Bemerkung der beiden Jungen. „Schaut mal, eine Kirche, und dahinter eine Windmühle", rief Sven, der über eine schmale Treppe auf den Deich gestiegen war und dort entlanglief. „Ja Sven, die Nikolaikirche. Der Name kommt von St. Nikolaus, welcher der Schutzpatron der Seefahrer ist."

Nach zehn Minuten erreichten sie das Haus, in dem Pat mit seinen Eltern wohnte. Es war alt, hatte ein graues Schieferdach mit einem dunkelroten Ziegelschornstein auf der einen Seite. Die große braune Holztür hatte in der Mitte einen Türklopfer aus Messing und unter den Fenstern wuchsen Rosensträucher. Pat hämmerte laut gegen die schwere, alte Holztür. Erwartungsvoll stand Sven mit seinen Eltern noch auf dem Bürgersteig. Nichts rührte sich. Caren und Harry schauten hinter das Haus, soweit es ihnen gestattet war – jeder von einer anderen Seite. Pat begann zu weinen. „Sie müssen doch da sein, sie haben mir heute Morgen nicht gesagt, dass sie weg gehen." Caren, die eine beruhigende Stimme hatte, lenkte ein. „Vielleicht sind sie jetzt auch am Strand oder

einkaufen gegangen." Pat trommelte noch einmal
gegen die schwere Tür. Stille!

Er ärgerte sich darüber, dass das Haus keine
Klingel hatte. „Hallo", schrie er, „hallo!" „Hallo"
hörte er, als wäre es weit entfernt. „Papa,
Mama." „Ja-ha", tönte es zurück. „Sie sind da!",
jubelte Pat. „Also", beruhigte Harry, „nicht immer
gleich so hitzig und ungeduldig sein, hm?"
Langsam öffnete sich die schwere Holztür und
begrüßte die draußen Stehenden mit einem
Quietschen. „Ach so, ja Pat, na klar, komm rein."
Arthur war verschlafen, die anderen drei sah er erst
später. „Was ist mit euch denn los, Ines wollte
nicht aufstehen?", fragte Caren und noch bevor
Arthur zum Antworten kann, sprudelte es aus
Pat: „Kommt ihr mit zum Strand? Wir wollen auf
Schatzsuche." „Halt, halt, mal langsam, eines nach
dem anderen, bitte. Also", holte Arthur aus, der
merkte, dass er den anderen eine Erklärung
schuldig war, „Ines hatte Migräne und wollte
heute auch nichts von der Sonne wissen. Wisst
ihr, wenn tagelang schlechtes Wetter gewesen ist,
und dann dieser Gegensatz kommt, dass die
Sonne gnadenlos vom Himmel herunter brennt,
das bekommt uns irgendwie nicht, da müssen wir
langsam machen. Mehr war nicht mit uns los.
War's denn schön am Strand?" „Na ja, die Kinder
haben sich über die Flut geärgert, die alles kaputt
macht." „Was, wieso?"

Pats Eltern schienen für einen Moment auf dem Schlauch zu stehen. „Na, schaut mal, die Burg, die sie gebaut hatten, das war auch ein wirkliches Meisterwerk, das kann ich gut verstehen. Sven dachte natürlich, jemand anderes hätte sie kaputt gemacht, war wütend und aufgebracht", erklärte Caren. „Ach so", lachte Ines, die auch an die Tür gekommen war. „Und was habe ich gehört, die Kinder wollen auf Schatzsuche?" „Ja, ich erklärte Sven und Pat, dass die Flut auch Sachen bringt und nicht nur zerstört, dass sie mitunter interessante Gegenstände zum Ufer schwemmt. Und jetzt wollen die beiden mal schauen, welche „Schätze" da ange- schwemmt werden", fuhr Caren fort. „Ach so, na klar, da kommen wir gern mit, zumal es jetzt ja nicht mehr so heiß ist. Aber kommt ihr erst einmal rein und trinkt etwas", lud Ines ein. „Komm Sven, trinkst du auch eine Brause, und was wollt ihr trinken? Hier könnt ihr euch hinsetzen, meine Ma sitzt nämlich immer dort", organisierte Pat, indem er auf einen Eckplatz zeigte. Sie hatten eine gemütliche Sitzecke, in der auch Pat seinen Lieblingsplatz hatte, es aber nicht für angebracht hielt, diesen auch noch zu erwähnen. Ihre Unterkunft war klein, aber gemütlich. Das Wichtigste im Moment allerdings war, dass das Haus eine angenehme Kühle spendete und somit alle froh waren, der Hitze erst einmal entkommen zu sein.

Zwanzig Minuten später drängten die Jungen zum Aufbruch. „Wir müssen erst noch zur Post", fiel Ines ein. „Ich habe achtzehn Karten geschrieben, die heute noch in den Kasten sollen." „Deshalb müsst ihr doch nicht zur Post", freute sich Pat, seine Eltern ertappt zu haben, „am Strand ist doch auch ein Briefkasten." „Ja, aber wir müssen Geld holen, mein Schatz." „Ooch, das ist ja ein wahnsinniger Umweg", riefen beide Kids wie aus einem Mund. „Wir können doch mit den Kindern schon vorgehen", schlug Harry vor. „Später treffen wir uns dann an der Strandpromenade." „Also gut, bis dann", meinte Arthur noch, als die vier Urlauber schon an der Haustür standen.

Die Strandpromenade bot ein Geschäft nach dem anderen und jedes hatte seine Souvenirs vor dem Laden aufgestellt. Ging man etwas weiter, wurden schon wieder die gleichen Artikel angepriesen, vor allem natürlich Bade- und Strandartikel. Pat hätte sich am liebsten auf den aufgeblasenen Dinosaurier gesetzt, während Sven lieber auf dem großen Krokodil geritten wäre. Als Caren die leuchtenden Augen der Buben sah, befahl sie gleich, nichts von den Sachen zu berühren, womit sie ja auch recht hatte. Sie selbst hätte am liebsten die Modeboutique aufgesucht, die schräg gegenüber ihren Platz hatte. Ihre Augen schweiften hinüber zu den ausgestellten Kleidern, aber sie hielt sich zurück. Sie war nun mal nicht allein, und die anderen würden sich furchtbar langweilen, zumal sie alle zum Strand wollten, auf den sie nun einen herrlichen Blick hatten, da die Strandpromenade etwas erhöht lag. Die vier Urlauber konnten auf das weite Wattenmeer schauen, wo sich in einigen Prielen und kleinen Pfützen die letzten Strahlen der Sonne und mitunter kleine Wolken spiegelten. Also war das Wasser schon wieder einige Zeit am Zurückgehen. Waren sie so lange bei Ines und Arthur im Ferienhaus? „Harry, darf ich bitte noch etwas trinken", bettelte Pat, als er eine Bar entdeckte. „Du hast doch gerade zu Hause etwas getrunken." „Schon, aber ich habe wieder Durst." „Na, meinetwegen", warf Harry ein..„Kommt, lasst uns alle hier einkehren." Caren und Harry bestellten sich Bier, während Pat und Sven Cola wollten. „Schaut, ihr bekommt eure Getränke schon, unser Bier muss noch gezapft werden." Die Jungen tranken alles in einem Zug aus – so schnell, als veranstalteten sie ein Wett-Trinken. „Dürfen wir jetzt zum Strand?", war das nächste Anliegen der beiden. „ Ja, meinet-wegen..und passt auf, dass euch kein Krebs zwickt", fügte Svens Vater noch hinzu. „Wenn wir ausgetrunken haben, kommen wir auch!"

Sven rannte die Treppe hinunter, die zum Strand führte und Pat folgte ihm. Sie stapften durch den Sand. Irgendwann war der Sand nicht mehr so hoch und unter ihren Sohlen wurde es feucht. Beide entschlossen sich, ihre Sandalen an einer Buhne stehen zu lassen und dann ging es weiter durch Sand und Pfützen. Sie genossen es, mit ihren Füßen fest aufzustampfen, wobei kleine Wasserreste zu den Seiten spritzten. Sie spürten die kleinen Rillen, die das Watt unter ihren Füßen hinterließ und hatten ihre Augen fast nur nach unten gerichtet, um etwas Besonderes zu entdecken. „Schau mal, ein Krebs", rief Sven begeistert, „aber nichts anfassen!" Pat hockte sich hin und beobachtete das Tier von allen Seiten und wartete auf eine Bewegung des Krebses. „Eins, zwei, drei, vier, fünf, sechs", zählte er. „Ich denke, ein Krebs hat acht Beine, das hab ich mal so gehört." „Ja, du hast vergessen, die Scheren mitzuzählen, das sind sozusagen die Vorderbeine", erklärte Sven. „Ach so." Pat fand eine Feder und wollte den Krebs mit dem Schaft umdrehen. In diesem Moment bewegte der Krebs seine Scheren und Pats Hand wich zurück. Pat war so fasziniert, er wollte gar nicht mehr weitergehen. „Komm, wir suchen noch Muscheln", warf Sven nun ein, der weiter wollte. Das konnte Pat überzeugen. Er hatte schon schöne Herzmuscheln in seiner Hand und war stolz auf seinen Fund von verschiedenen Schneckenarten, welche er mittlerweile gesammelt hatte. Um die Quallen, die überhaupt nicht einladend aussahen, machten sie einen großen Bogen.

Plötzlich hielt Pat Svens Hand ganz fest. „Was hast du, Pat?", fragte Sven, „hast du Angst?" „Da!", deutete Pat mit der Hand geradeaus. „Da Sven, da liegt ein Vogel!" „Ja, tatsächlich, es ist eine Eismöwe, glaub` ich. „Sie ist tot" erklärte Sven. „Warum ist sie denn gestorben?", wollte Pat wissen. „Weiß ich doch nicht. Es gibt viele Gründe, warum sie gestorben sein könnte. Sie könnte krank gewesen sein. Vielleicht ist sie gegen irgendwas geflogen, was hier aber sehr unwahrscheinlich ist, oder sie hat Gift gefressen. Außerdem muss alles, was lebt, auch mal sterben." „Tut der Möwe was weh?", fragte Pat voller Mitleid. „Nein, jetzt nicht mehr, ihr Herz schlägt nicht mehr, es ist kein Leben mehr in ihr. Weißt du, sie kann nichts hören und nichts sehen. Sie fühlt auch nichts mehr und hat deshalb auch keine Schmerzen." Pat wandte seinen Blick von der Möwe ab.

„Weißt du, was ich jetzt gerne sehen würde, Sven?" „Nö, was denn?", fragte sein größerer Freund überrascht. Pat schaute sich um. Er drehte sich einmal um sich selbst, hatte dabei ganz große Augen, die von Sekunde zu Sekunde immer ängstlicher dreinschauten. „Sven, wo sind wir? Ich möchte nach Hause." „Wir gehen gleich, Ma und Pa wollten doch nachkommen", erwiderte Sven, immer noch auf den Wattboden schauend. „Aber siehst du noch unseren Strand?" Pat war aufgeregt, Sven hingegen noch ruhig. „Nö." „Und in welche Richtung gehen wir jetzt?", wollte Pat von seinem großen Freund wissen. „Eigentlich immer Richtung Leuchtturm. Jedenfalls hat mir mein

Paps das neulich so erklärt, aber den rot-weißen Turm sehe ich im Moment auch nicht." "Und was willst du jetzt machen?"

Der Kleine schaute hilfesuchend Sven an und begann zu flennen. "Ist doch ganz logisch, einfach umdreh'n und zurückgeh'n, dann müssen wir doch zum Strand kommen." Aber so sicher war sich Sven da auch nicht, jedenfalls wollte er erst einmal Pat beruhigen. Schließlich sind wir bestimmt nicht immer in eine Richtung gegangen, dachte Sven bei sich. Er nahm Pat an die Hand und dann rannten sie, was sie konnten. Sven entschied sich, so zu laufen, dass sie die fast untergehende Sonne vor sich hatten, denn – so dachte er – als wir heute Morgen am Strand waren, war die Sonne hinter uns. Dort, wo sich der Aufgang zur Strandpromenade befand. Also gehen wir jetzt in diese Richtung zurück. Vielleicht war es aber auch nur der Grund, dahin zu gehen, wo es noch heller war, um mehr zu erkennen. "Aah, Hilfe", schrie Pat plötzlich, "ich kann nicht mehr." "Was ist?" Sven schaute sich um. Pat steckte fest. Im Schlick. Bis zu den Oberschenkeln. Irgendwie war hier eine ganz weiche Stelle. Sven versuchte, ihn herauszuziehen, hatte aber auch Angst, selbst einzusacken "Ich schaff' es nicht", rief der eine. "Du musst", der andere, "sonst sterben wir." Sven schaute sich abermals um.

22

Die Sonne war mittlerweile untergegangen und keine Menschenseele war zu sehen weit und breit, auch seine Eltern nicht, die doch auch kommen wollten. So lange waren Pat und er doch nicht draußen? Pat heulte. Sven schrie. Warum zum Donnerwetter hörte sie keiner? Warum kamen die Eltern nicht nach? „Halt mich, halt mich", schrie Pat verzweifelt. „Ich kann dich nicht halten, ich rutsche auch", war Svens Antwort. Nun versuchte er, Pat nicht nur nach oben, sondern auch etwas nach vorn zu ziehen, sozusagen zu schleifen. Aber das war ja noch anstrengender, weil er noch mehr von dem schlickartigen Zeug vertreiben musste. Diese verdammte, glitschige schwere Masse. Wie schön war es doch vorhin noch im Watt, wie genoss er es doch vorhin, dort herum zu waten. Also, noch ein Versuch, Pat wieder nach oben zu ziehen. Am besten unter seine Arme greifen. Plötzlich gab etwas nach und Sven kam bei seiner Rettungsaktion voran. Irgendwie ging es jetzt. Pat kam wieder als ganzer Kerl zum Vorschein und Sven war stolz auf seine Leistung. Aber wohin jetzt? Beide hatten Angst vor dem nächsten Schritt. Angst, wieder einzusacken. Sie spürten an ihren Beinen Wasser um sich im Glanz des noch etwas roten Himmels. Pats Knie war schon mit Wasser bedeckt. Sollte das etwa schon die ankommende Flut sein? Am Horizont sah Sven bedrohliche Wolkentürme und immer noch konnte man Silbermöwen im leichten Abendwind schreien hören. „Komm, fort von hier", feuerte Sven seinen

Freund an. „Wir müssen laufen, was wir können, damit wir gut vorwärts kommen, so lange wir nicht schwimmen müssen." „Bist du sicher, dass wir richtig laufen?", versicherte sich Pat bei Sven. „Lass uns so laufen, wie ich dir vorhin erklärt habe", kommentierte Sven und war sich seiner Sache auch nicht ganz sicher. Mit einem Fuß sackte Pat wieder ein, konnte sich aber mit Mühe und Svens Hilfe noch einmal heraushelfen. Nirgendwo war eine Wattdecke mehr zu sehen, und das verwirrte die Kinder. „Das Wasser muss doch irgendwo herkommen, es kommt doch nicht von allen Seiten" , wunderte sich Pat. „Doch, irgendwie schon, es kommt ja sogar von unten, glaub` ich, irgendwie auch aus dem Boden heraus." „Aber es kommt doch nicht von vorne", dachte Pat logisch. „Wenn ich am Strand steh' und zum Meer schaue, dann kommt doch hinter mir kein Wasser angelaufen, und in diese Richtung müssen wir eben! Da, wo der Strand ist, da wird es doch flacher, das Wasser." „Ja, jetzt rede nicht so viel, gleich müssen wir schwimmen, wenn wir nicht mehr stehen können, da brauchst du viel Luft. Du hast doch schwimmen gelernt, oder?" „Ja, aber..." „Nichts aber, wir müssen uns anstrengen, also los!"

Längst hatten irgendwo einige Touristen einem herrlichen Sonnenuntergang Applaus gegeben, längst hatte das gelbrote Etwas den Horizont verlassen. Noch konnten die beiden Verzweifelten genug sehen, nur Küste entdeckten sie keine....Sven wollte träumen:

...von Küsten ...geheimnisvollen Küsten, die so mancher Seefahrer fand...

Sven, wach auf, du bist nicht im Film!

..Wo bin ich, ich sehe nichts. Wo ist Licht?

Er suchte Licht. Licht in der Finsternis,

Hoffnung in der Verzweiflung.

Leuchtturm in der Dunkelheit.

„Sven! Warte doch, ich kann nicht so schnell schwimmen", flehte Pat.

Sven, der weiter vorne war, schwamm etwas zurück, zog Pat ein Stück vor, schwamm dann selbst wieder ein Stück und zog Pat wieder vor. Pat gefiel das Spiel, doch Svens Kräfte reichten nicht aus, das Spiel noch länger durchzuhalten, vor allem verloren sie wertvolle Zeit dabei. „Ich kann nicht mehr, versuche allein zu schwimmen, bitte Pat, wir kommen kaum voran, wenn ich dich ziehen muss", jammerte Sven, dem auch schon Tränen in den Augen standen.

Schiefergrau lag ein schwerer Himmel über dem dunklen Meer. Die Abenddämmerung zog über das Land – besser gesagt über das Meer – und irgendwo draußen schwammen zwei Kinder, ihre Bewegungen waren schnell und verkrampft, Wasser schluckten sie und es wurde so dunkel, dass sie sich gegenseitig nicht mehr sehen konnten. Pat konnte auch nicht mehr rufen, weil ihn das zu viel Kraft kostete und er sich jetzt voll und ganz auf das Schwimmen konzentrieren musste. Seinen Schwimmkurs hatte er erst letzten Herbst absolviert, und die längste Strecke, die er ohne Pause je geschwommen war, waren zwei Bahnen im großen Becken, jedenfalls erinnerte sich Pat so. Sven, der nun auch vor Müdigkeit nicht mehr so schnell schwamm, spürte plötzlich Boden unter seinen Füßen. War er nur auf einer Sandbank? Hoffentlich nicht! Hoffentlich hatte er die Küste erreicht, erkennen konnte er jedenfalls noch nichts in der bedrohlich dunklen Stille, die ihn umgab.

Eine freie Sandküste wäre jetzt angebracht. Welche Wasser empfängt, einen Teil davon in sich aufnimmt, die Wellen wieder zurückstoßen lässt... Menschenfüße auf weichem Boden empfängt...Sven, nicht träumen! Eine innere Stimme ermahnte ihn. Hauptsache Land! Auch wenn es ganz woanders war, das wäre ihm jetzt egal. Erst einmal war er erleichtert, keine Schwimmbewegungen mehr machen zu müssen und ruhte sich aus. Aber nur einige Sekunden, das tat schon gut. Ein „Gott sei Dank" flüsterte er gerade vor sich hin, eigentlich wollte er zu Gott schreien. Ihn anflehen und noch irgendwas zu ihm rufen...träume nicht! „Träume nicht!" ermahnte er sich selbst noch einmal. Dann entschied er sich für' s Weiterschwimmen, denn irgendwie fror er auch, wenn er sich nicht bewegte. Ausharrte, still blieb. Weiter, als weiter, nur nicht aufgeben!

Mist, es wurde wieder tief! Nicht nachlassen!

Hoffentlich ist Pat auch auf eine Sandbank gestoßen... Ach nein, er war ja noch hinter ihm, würde er diese Sandbank erreichen?

Ein Ziel erreichen!

Versuchten wir nicht ständig im Leben, Ziele zu erreichen? Sven rief seinen Freund, doch der Ruf verhallte. Er spürte wieder Boden unter seinen Füßen, diesmal war er weicher. Er entschied sich, zu laufen, was noch anstrengender war. Jeder Schritt ein Einsacken seines Fußes. Tief in den Meeresboden. Dann wieder ein Anheben. Er schob die Wellen geradezu vor sich her, hörte ein kräftiges Rauschen, welches in ein sanftes Ausklingen überging. Spürte das Flacherwerden des Wassers und dass von oben her immer mehr Luft an seinen Körper kam.

Kälte umgab ihn an den freien Stellen. Eisige Kälte! Ein Frieren und Zittern in der salzhaltigen, stillen und pechschwarzen Luft. Jetzt waren nur noch seine Füße im Wasser, Füße, die neue Schritte wagten. Sekunden später lief er auf Sand.

Der Wind hatte deutlich zugenommen und der feine Sand peitschte sein Gesicht, während er sich mit zugekniffenem Mund und fast geschlossenen Augen durch die Dünen kämpfte. Ihm kam der beschwerliche Weg durch den Sand unendlich lang vor. Es pfiff durch den Strandhafer, der vom Winddruck flach an den Boden gepresst lag.

Er blieb stehen, sah sich um. Irgendwo ein Licht! Das erhoffte er doch. Er starrte dieses Licht an, hielt es fest in seinen Augen, als wolle er es nie verlieren. Bis eben Dunkelheit um ihn herum, jetzt ein Ziel vor Augen. Aber wo war er? Er fror am ganzen Körper. Zitternd ging er durch den Sand. Näherte er sich einem Ferienhaus? Er dachte an Pat und rief laut seinen Namen. Stille. Kein Rückruf. Das beängstigende Dunkel hinter sich lassend rannte er los. Helfendes Licht...und wenn es nur eine Zwischenstation wäre! Zumindest ist es jetzt die Notlösung auf dem Weg zum Ziel! Links von ihm waren Liegen aufgestapelt, also musste es der Strand sein. Aber was tun? Jetzt? Er kam dem Licht greifbar nah. Sah ein bunt beleuchtetes Schild. Wahrscheinlich eine Kneipe. Das wäre seine Rettung! Jedenfalls für' s Erste, um sich abzutrocknen. Und Hilfe für Pat zu beschaffen. Mittlerweile lief er nicht mehr auf Sand. Hatte festen Untergrund. Halt auf dem Boden. Halt ....Suchten wir nicht alle Halt im Leben?

Wieder fiel ihm Pat ein. Hilfe beschaffen. Ja, Hilfe.
Er überlegte nicht lange, drückte die schwere
Türklinke der hölzernen Eingangstür herunter und
trat ein. Stand in einem kleinen Flur. Seltsame
Gerüche umgaben ihn, Gemurmel von Einheimischen hörte er. Worte, die er nicht verstand.
Worte – ja Worte - lagen wieder in der Luft. Worte
wie Hoffnung. Worte wie Hilfe. Wollten
ausgesprochen werden. In diesem einen Raum.
Umgeben von Strandhafer, Sand und Wellen.

4

Unterdessen vergnügte man sich auf Föhr. „Hallo",
rief Harry und hob seinen Finger, als der Barkeeper
für einen Moment in seine Richtung sah. „Unser
Bier!" „Ach so! Ja, sorry", gab der dicke Bärtige
zurück. „Wir warten schließlich schon eine
Viertelstunde", murrte Harry. „Ist ja gut, hier
bitteschön", konterte der Barkeeper, stellte mit
einer Riesenwucht zwei Bierkrüge auf den Tresen
und Svens Eltern waren erst einmal zufrieden.
Harry nahm gleich einen großen Schluck und
wischte sich den Schaum vom Mund.
„Aah, das tat gut."

Die Bar war klein, aber urgemütlich. Alles in
diesem Raum war aus dunklem Holz, der Boden,
die Wandbekleidung, die Decke. Es roch etwas

muffig, obwohl die Eingangstür offen stand.
Zurzeit war es sehr voll in der Bar. Eine Gruppe
von Einheimischen hatte sich mit ihren Bierkrügen
schon draußen vor der Tür aufgestellt, um den
Touristen die wenigen Plätze zu lassen, die der
Raum anbot. Caren war etwas unruhig, weil sie
schon so lange hier hockten, und auch, weil Ines
und Arthur nicht kamen. Harry, der mittlerweile
sein Bier ausgetrunken hatte, unterhielt sich mit
den Einheimischen, soweit er ihren Dialekt verstand. „Morgen soll es schon wieder Gewitter
geben." „Ja, und vor allem Stürme, habt ihr schon
gehört, Windstärke neun wird vorausgesagt."
„Schauen Sie mal 'raus", meinte der Fremde zu
Harry und deutete aus einem der kleinen Fenster.
Caren und Harry konnten die ballenden Wolkentürme nicht übersehen. „Lasst uns zum Strand
gehen, die Kinder holen", meinte Caren. „Ja, dann
trink' mal aus, ich habe ja nur auf dich gewartet." „Hier... kannst du trinken, ich mag nicht
mehr." Sie schob den Bierkrug ihrem Mann hin.
Harry kippte ihren Rest herunter. Die beiden
verabschiedeten sich und gingen hinaus.

Erst einmal zur großen Terrasse, von wo aus sie
einen herrlichen Überblick über den Strand
hatten. Weiter links sah Caren eine Gruppe
spielender Kinder ..da werden sie dabei sein,
dachte sie. „Schau Harry, da gehen wir jetzt hin,
die Kinder holen, sie können von hier aus unsere
Rufe nicht hören."

Plötzlich klopfte eine kräftige Hand auf Harrys Schulter. „Ach Arthur", „ach nein" . „Mensch, Anton, wo kommst du denn her?" Harry war sichtlich überrascht. Anton war sein bester Schulfreund...ja, Kumpel. Seit Langem hatten sie sich nicht mehr gesehen, aber Harry erkannte ihn sofort. Sie umarmten sich und Harry stellte ihm seine Frau vor. „Was treibst du denn so, beruflich, meine ich?", fragte Harry. „Nun ja, ich habe Theologie studiert und bin Dorfpfarrer in der Nähe von Kappel. Bin oft hier oben, bekomme manchmal Vertretungsgottesdienste auf verschiedenen Inseln angeboten." „Toll, wir sind gerade mal zwei Wochen im Jahr hier." „Alleine?" Pfarrer Strobel wollte natürlich mehr heraus bekommen. „Mit Sven, unserem zwölfjährigen Sohn, und meistens noch mit einer befreundeten Familie." „Caren", rief jemand laut. Gott sei Dank, es war Ines. „Entschuldigung, es hat so lange gedauert, auf der Post war eine Menschenmasse vor uns, und Arthur wollte noch in den SB-Laden, und dann natürlich noch mal zurück zum Haus, die Sachen abladen. Wo sind denn die Kinder?" „Die werden unten sein, ich habe sie eben noch gesehen." „Ja, Anton, wir müssen nun mal zum Strand, wie kann ich dich erreichen?" Harry war das eben geführte Gespräch viel zu kurz, er wollte noch viel mehr mit seinem früheren Freund austauschen. „Am besten, du rufst mich an, hier hast du meine Nummer" , erwiderte der Pfarrer und zückte seine

Visitenkarte. Mit einem Dankeschön
verabschiedete sich Harry. „Auf, zum Strand !
Kommt ihr mit, Ines?" „Wir haben unsere Füße
wund gelaufen, wir ruhen uns aus auf der roten
Bank dort und warten auf euch alle, wenn es euch
nichts ausmacht." „Nein, ist schon o.k., dann bis
gleich."

Caren und Harry schauten in der Dämmerung noch
einmal von der Terrasse zum Strand hinunter. Nun
war niemand zu sehen, auch keine Kinder mehr.
Die Flut war langsam wieder im Kommen und
außer den vereinzelten Möwenschreien war nichts
zu hören. Nichts. Svens Eltern schauten sich
sekundenlang an, dann rannten sie die Treppe zum
Strand hinunter. Caren war es mulmig, in ihrem
Bauch wurde es ganz heiß. Harry begann zu rufen. „Sve-hen, Pa-hat." Nichts tat sich.
„Verdammt, wo sind die Bengels denn schon
wieder, wenn ich die erwische!" „Ach Harry,
vielleicht sind sie nach Hause gelaufen. Oder sie
sind am Promenadenplatz, sie werden schon
irgendwo sein und irgendwann auftauchen." Caren
versuchte ruhig zu bleiben und sich vorzustellen,
was es noch für Möglichkeiten geben könnte.
„Irgendwo ist gut, irgendwo kann auch im Meer
sein", schrie Harry sie an. Caren glaubte nicht,
dass etwas passiert war. Sven war ja vernünftig.
„Ich gehe zu Ines", sagte sie. Harry war wütend, er
war auch nicht so optimistisch wie seine Frau und
malte sich schon die schlimmsten Geschehnisse

aus. „Ja, ich komme auch", rief er und schwermütig liefen die beiden die Treppe hoch. Ines und Arthur saßen doch nicht auf der Bank...oder vielleicht nicht mehr. Ein Hoffnungsschimmer durchleuchtete Caren. Die Kids könnten vor kurzem den Strand verlassen haben und eine andere Treppe zu Pats Eltern gegangen sein. Vielleicht sind sie auch zu den Ferienhäusern gelaufen. Caren beschloss zu beiden Bungalows zu gehen, während Harry noch am Strand blieb.

5

Währenddessen stand Sven im Kneipeneingang und hoffte, dass jemand ihn wahrnahm und ansprach. Keiner reagierte.

„Ruhe", schrie Sven aus vollem Leibe. Fünf Männer drehten sich um. „Schau mal, was will der denn", lachte Pepe ...und Olle fügte hinzu: „Kommst du aus der Badewanne?" „Scherzt nicht so!" Sven weinte. „Was hast du denn, du Dreikäsehoch?" Bei dieser Beleidigung wäre Sven am liebsten wie ein HB-Männchen hochgegangen, hielt sich aber zurück, als er an Pat dachte und glich seine Tonart deren der Männer an. „Ihr seht doch, dass ich nass bin, werft mir mal 'n Handtuch 'rüber, dann reden wir weiter." „He, Edgar, haste mal was zum Trockenmachen für den?" Edgar suchte, fand natürlich nur Küchenhandtücher.

„Hier Junge, da hab ich gleich drei, die wirst du brauchen." „Danke." Sven fuhr fort: „Da draußen im Meer ist mein Freund Pat noch, die Flut ist im Kommen." „Das wissen wir doch, ich mein, dass die Flut kommt, da kannst de mich nachts wecken, da weiß ich, ob wir Ebbe oder Flut ham." „Versteht ihr denn immer noch nicht? Pat muss gerettet werden, er kann nicht so lange schwimmen. Habt ihr 'ne lange Leitung?" Sven schaute sich um. „Wer ist hier der Wirt, ich meine, der Boss, ich muss anrufen." Die Männer lachten. „He Boss, dein Typ wird verlangt." Aus der Küche kam ein schmaler, junger Bursche. „Mein Vater ist grad' mal fort, was ist, wollt ihr schon eure Zeche zahlen?" „Nee, jetzt bestimmt nicht, jetzt wird es ja spannend, guck dir mal den an, der will bestimmt was von dir." Der Bursche kniete sich zu Sven.

„Was ist?" Sven weinte. „Ich brauche bestimmt die Polizei oder die Küstenwache oder so was ähnliches. Mein Freund ist da draußen im Wasser, ich will nicht, dass er ertrinkt." „Beruhige dich erst einmal." Er trocknete Sven die Tränen ab. „Und erzähl mir nun mal alles in Ruhe, übrigens, du kannst mich Wolf nennen." „Wir waren zu lange bei Ebbe im Watt, fanden nicht mehr heim, dann kam die Flut und wir mussten schwimmen. Und Pat war hinter mir." „Ach so, ja dann, und eure Eltern?" Sven schrie Wolf an. „Verstehst du denn nicht, jede Sekunde ist wichtig, jetzt ruf die Polizei an, bitte!" „Schon gut, kannste mir später erzählen." Wolf ging zum Telefon, musste wegen der Nummer überlegen, weil er noch nie mit denen zu tun hatte, er war ja schließlich nur eine Kneipenhilfskraft und entschied, die DLRG zu alarmieren. „Bleib' aber bitte am Telefon stehen, wegen Rückfragen von denen und so." „Okay." Wolf hatte jemanden am anderen Ende. „Hier Nachtdienst Deutsche Lebensrettungsgesellschaft Amrum, Weibert" klang es aus dem anderen Ende der Leitung. „Hier Kneipe Bierstrand, wir haben einen Notfall..." „Hallo, wer am Apparat?" „Ach so, Wolf Beckling, wir haben einen Notfall, ein kleiner Junge war draußen im Watt, wurde von der Flut überrascht und ist noch nicht an Land gekommen." Herr Weibert fragte nach den Eltern des Jungen. „Weiß ich auch nichts Näheres drüber", sprach Wolf in den Hörer, „erfahren wir vielleicht später, die Rettung ist jetzt wichtiger, das muss Ihnen doch klar sein, der Kleine kann so gut wie nicht schwimmen." „Wo sollen wir denn genau suchen?" Wolf gab die Frage weiter. „Wo wohnt ihr denn?" „Auf Föhr." Wolf sprach weiter mit der DLRG. „Nun ja, ich denke zwischen Föhr und Amrum." „Ok, geht in Ordnung, aber wir können nicht viel versprechen bei dieser Dunkelheit, und außerdem ist Sturm gemeldet." „Wenn ihr was wisst, kommt bitte in unsere Kneipe." Wolf bedankte sich, legte wieder auf und drehte sich zu Sven. „So, und jetzt zu dir, Junge, was ist denn genau vorgefallen?" „Wir wollten zum Strand, Schätze sammeln, meine Eltern wollten nachkommen, tranken nur noch ihr Bier. Wir durften schon vorlaufen, meine Eltern kamen aber nicht." „Und warum seid ihr nicht zurück gelaufen?" „Wir waren schon auf dem Rückweg, dachten es jedenfalls, aber Pat blieb im Schlick stecken und ich konnte ihm nicht gleich heraushelfen." „Das klingt ja furchtbar! Heißt das etwa, du musstest ihn zurücklassen?" „Ja und nein, Wolf. Nein, weil ich ihn doch noch herausgekriegt habe", berichtete Sven stolz „und ja, weil die Flut kam und wir schwimmen mussten und Pat nicht so schnell schwimmen kann wie ich. Ich konnte ihn auch nicht die ganze Strecke ziehen und gab mir so viel Mühe, und Pat ist doch erst acht und mein bester Freund und..." Wolf unterbrach ihn. „Sieh mal, der Hubschrauber oder sogar mehrere sind jetzt unterwegs, die haben schon so vielen Leuten geholfen, mehr kannst du jetzt auch nicht machen. Was anderes, du hast doch sicher Hunger. Ich kann dir Eier mit Speck machen." Sven unterbrach das Abwischen seiner erneuten Tränen, schaute zu Wolf und nahm sein Angebot an. „Aber ich habe kein Geld, das kannst du dir ja denken, Wolf." „Das kriegen wir schon irgendwie!" „Sag mal, wie erreichen wir jetzt deine Eltern?" „Weiß auch nicht", gab der Junge zu, und außerdem wurde ihm bewusst, dass er wahnsinnige Angst vor ihnen hatte, auch vor Ines und Arthur natürlich. „Weißt du die Straße, in der ihr wohnt?" „Nö." „Habt ihr Telefon in eurem Urlaubszimmer oder kennst du eine Handynummer?" „Auch nicht." „Na, dann kannst du das vergessen, außerdem werden die kaum im Zimmer herumsitzen, die suchen euch bestimmt auch." „Logisch" erwiderte Sven kleinlaut. „Aber wenn der Hubschrauber auch nichts findet?" Olle trat zu Sven. „Junge, hör mal, es ist schon stockdunkel, nicht mal Mond und Sterne sind heute Nacht zu sehen, wenn es so bewölkt ist. Hörst du, wie draußen der Wind durch die Ritze pfeift? Wenn sie heute nichts finden, dann ganz bestimmt morgen. Jetzt bestell` ich dir erst einmal 'ne Fanta, die geht auf meine Rechnung!"

Sven ging zum Fenster und schaute hinaus. Er hörte feines Nieseln. Oder war es das Meeresrauschen? Wenn nur Pat da wäre! Sven sah nichts. Dunkelheit umgab die Welt. Warum können wir nicht sehen, soweit wir nur wollen? Vielleicht war sein Freund ja wirklich in Sicherheit, aber Sven konnte es nicht glauben, sein logischer Verstand nein. Was ist, wenn sie Pat nicht finden würden? Wäre er schuld?

Ob Ma und Pa schon am Weinen waren? Sven nahm die Stimmen um sich herum in der Kneipe gar nicht mehr wahr. Er hörte Pats Hilferufe. Svehen. „Sven, dein Essen ist fertig, deine Eier mit Speck". Sven holte tief Luft ….lauschte…und erwachte wieder aus seinen Träumen. „Ach so, ja, danke Wolf."

Wenigstens Wolf konnte ihm etwas helfen und beistehen, die anderen Männer hatten ihn vorhin ausgelacht. Sven suchte eine Uhr, dachte an die kommenden Stunden . „Wo soll ich denn heute Nacht bleiben?", fiel ihm gerade ein. „Wo du willst. Der Hubschrauber kann dich natürlich nach Föhr bringen. Aber du kannst auch bei mir schlafen", schlug Wolf vor. „ich hab noch 'ne Couch in meiner Bude stehen." Sven war selig, genau das wollte er hören. Selbst wenn...wenn Pat auftauchen sollte, er war zu müde, nach Föhr zu fliegen und hatte auch keine Lust, sich Gemecker von Eltern anzuhören, von welchen auch immer.

Plötzlich wurde die Eingangstür aufgestoßen und zwei Männer mit DLRG-Jacken traten ein. „Nichts", sagte einer von ihnen. „Wirklich, wir haben lange gesucht, mit Spezialleuchten sogar." Sven wollte losheulen. Diesmal ging Pepe zu Sven und nahm ihn in die Arme. „Hör mal, vielleicht ist dein Freund auch irgendwo im Trockenen, vielleicht geht es ihm jetzt so gut wie dir in einer anderen Kneipe oder vielleicht sogar bei euren Eltern." „Vielleicht, vielleicht, hört doch auf", schrie Sven. „Dein Schreien hilft dir jetzt auch nicht", erklärte Wolf ganz ruhig, „weißt du was, du gehst jetzt mit mir hoch in mein Zimmer und legst dich hin, kannst auch noch Musik hör'n, um abzuschalten, darfst auch in meinem Bett schlafen. Nach diesem anstrengenden Tag ist das besser für dich, abgemacht? Morgen seh'n wir dann weiter."

Sven nickte still. „Ich kann bestimmt nicht einschlafen, außerdem weiß dein Vater ja noch gar nichts davon, erlaubt er das?",

‚Bestimmt, der ist genau so lieb wie du."‚

‚Und wie du", erwiderte Sven.

Nach zehn Minuten kam Wolf wieder in den Gastraum, die beiden DLRG-Helfer waren noch anwesend und unterhielten sich mit den restlichen Männern. „Wer jetzt noch im Wasser ist, kommt morgen nicht mehr lebendig raus", meinte Olle. Einer der Helfer wandte sich an Wolf. ‚Mittlerweile bekamen wir über Funk eine Mitteilung aus Föhr. Eine Mutter meldete zwei Kinder als vermisst. Ich erzählte, einer sei hier in der Kneipe, stimmt doch, oder? Ich konnte nur nicht sagen, wer von den Kerlen hier bei euch ist." „Und wo war die Mutter zu erreichen, ich meine, von wo meldete sie sich?" „Das war in einer anderen Kneipe in Föhr." „Vielleicht ist sie da immer noch, und man könnte noch mal hinüber funken", warf Pepe ein. Wieder öffnete sich die Kneipentür, Wolfs Vater, ein dicker Mittfünfziger, trat ein, ging zum Tresen, dann schaute er verwundert um sich. „Was ist denn hier los?" Wolf ging zu ihm, erzählte erst von seinem Gast und dann die Vorgeschichte. „Aha, was geschieht jetzt?", stammelte Jo. „Moment, wir müssen noch Funkkontakt aufnehmen, dann machen wir uns fort", antworteten die Helfer. Das Funkgerät wurde eingeschaltet. „Ist dort Föhr? Bitte Elternteil von vermissten Jungen."

6

Caren war aufgeregt. Schnell lief sie am Deich entlang. Richtung Pats Ferienhaus. Sie spürte einen leichten Wind um sich sowie feinen Nieselregen. Caren entschied sich, direkt auf dem Deich zu laufen, um mehr von der Insel zu sehen. Mehr Häuser, das hieß auch mehr Lichter. Sterne funkelten ja keine und der Mond war auch nicht zu sehen, so wolkenverhangen war schon wieder der Himmel, obwohl dieser heute Morgen und sogar am Mittag noch total blau war.

So schnell änderte sich hier das Wetter, so schnell konnten sich auch Stimmungen ändern. Sie konnte sich partout nicht vorstellen, wo die Kinder sein könnten, alle denkbaren Möglichkeiten schienen ihr absurd. Warum saßen Ines und Arthur nicht mehr auf der roten Bank? Und waren Sven und Pat überhaupt bei den spielenden Kindern gewesen, wie sie vermutet hatte, als sie von der Terrasse hinunter sah? Wie würde es Harry jetzt gehen, er war so aufgebracht wie immer bei Problemen und Sorgen, die sie hatten. Caren sah das Haus von weitem und erkannte schon, dass dort alles dunkel war. Trotzdem ging sie an die Tür, klopfte und hämmerte.

Nichts. Stille. Weiterhin Dunkelheit.

Das hätte sie sich ja auch denken können. Caren, du hoffst viel zu viel, dachte sie. Also zurück zum Strand. Oder vielleicht doch erst zu ihrem Ferienhaus, welches ja in unmittelbarer Strandnähe lag. Nun gut, vielleicht war Harry ja dort. Mit den Kindern. Mit Ines und Arthur. Und alles wäre dann gut. Wenn er bloß nicht zu sehr schimpfte. Doch auch dort war alles dunkel. Carens Entschluss stand fest, lag ja auch auf der Hand: Zur Strandpromenade laufen, zur Bar, wo sie am frühen Abend etwas getrunken hatten. Carens Gesicht wurde feuerrot, als sie die Bar betrat. Da saßen ja die drei anderen. „Und was ist?", brachte sie kleinlaut heraus. „Das fragen wir dich, Caren, das heißt, euch Caren und Harry, ihr habt schließlich beide in Obhut genommen!", schrie Arthur. Ines und Harry hockten schweigend neben ihm. „Also", Harry holte tief Luft, „wir haben keine Kinder gefunden, befragten Leute, niemand wusste etwas. Soeben rief die Deutsche Lebensrettungsgesellschaft an, die wussten sogar was von einer Suchmeldung und wollen mit einem Hubschrauber das Meer absuchen." „Und wir, was machen wir? Tatenlos hier herumsitzen?" „Die DLRG wird sich noch einmal telefonisch oder über Funk melden, und zwar hier in dieser Kneipe, so lange warten wir eben, was wollen wir sonst tun, hat jemand einen besseren Vorschlag?" Alle schwiegen.

In der Bar waren mehrere Einheimische, die nun
flüsterten und tuschelten. Jeder hatte die Situation
mitbekommen, dass Kinder gesucht wurden. Auf
einem der Barhocker saß auch ein alter Fischer in
dunkelblauer Seemannsjacke und langschäftigen
Stiefeln. Obwohl das Alter und ein hartes, be-
schwerliches Leben seinen Rücken gekrümmt
hatten, konnte man seinen breiten Schultern und
den großen, knochigen Händen ansehen, dass er in
seinen Tagen eine mächtige Gestalt gewesen sein
musste. Ihm kam gerade eine schaurige Geschichte aus alter Zeit in den Sinn. Hier in dieser
Bar, damals an eine Wirtin verpachtet war ein
Tanzabend. Die Wirtin hatte mit einem Gast aus
Amrum getanzt, einem Einheimischen also, der die
Gefahren des Meeres und des Watts kennen sollte.
An diesem Abend wagte er den Heimweg zu Fuß
über das Wattenmeer. Für einen Fremden wäre dies
von vornherein Selbstmord. Aber auch der Einheimische blieb nach seinem Tanz für immer
verschollen. Der Alte flüsterte die Story dem Wirt
in sein Ohr, er hielt es aber nicht für angebracht,
sie in der Kneipe wie ein Lauffeuer zu verbreiten,
dann bräche gewiss Panik aus, aber er dachte sich
seinen Teil.

Die vier Eltern saßen da wie ein Häufchen Elend.
Wartend. Abhängig von anderen, nicht einmal
mehr das Bier schmeckte ihnen. Draußen pfiff der
Wind durch die Fugen, doch nun war man drinnen.
Hoffend. Zumindest auf einen Anruf. Oder auf eine

sich öffnende Tür, die zwei strahlende Jungen zum Vorschein brachte. Morgen wollten sie eigentlich alle nach Sylt, Schiffskarten hatten sie schon gekauft. Selbst wenn kein Badewetter sein sollte, dann hätten sie das Meerwasser-Wellenbad besucht, dachte Ines. Das klang jetzt etwas makaber. Vielleicht hatten die Kleinen schon genug mit Wellen zu kämpfen. Wellen, die unberechenbar sind, mal hoch, mal flach. Mal zum Ufer treibend oder peitschend. Im Wellenbad weißt du, wann Wellen kommen, alle halbe Stunde oder so, kannst dir aussuchen, ob du dich den Wellen hingibst. Aber im Meer, in der stürmischen Nordsee? Manche kamen völlig unerwartet. Ines war Nordseefan. Sie war es, bis eben.

Sie saß auf ihrem Platz und träumte. Von früheren Nordseetagen auf Sylt, von ihrer eigenen Kindheit. Wie ihre Eltern mit ihr durch die Friedrichstraße gingen, ihr beim Einkaufsbummel sämtliche Wünsche erfüllt hatten....sagen wir mal, fast sämtliche. Nie war sie allein im Meer. Nie lief sie allein im Watt, nie hätte sie Pat erlaubt, allein in das Watt zu gehen! Auch nicht für eine Minute mit dem Versprechen, gleich nachzukommen. Ein schriller Ton weckte sie aus ihren Gedanken. Sie fuhr hoch. Pat? Ach nein, sie war ja in der Kneipe. Das Telefon musste geläutet haben. Sie hörte, wie der Wirt sprach: „Ja, wo? Und der andere? Meine Güte! Ja, wird gemacht, danke. Und gute Nacht."

Caren und Harry machten große Augen.
Hoffnungsvolle Blicke durchströmten den Raum.
Ines war aufgeregt..

„Was ist nun, sagen Sie' s uns." Kalle, der Wirt hatte aufgelegt. „Ruhe", befahl er. „Und keine Panik bitte! Es gibt 'ne gute Nachricht und 'ne schlechte." Er musste selbst erst tief Luft holen. „Also", setzte er an, „ein Junge ist auf Amrum in einer Kneipe, er schläft schon." „Wer?" Das war natürlich die flehende sofortige Gegenfrage. Das sage ich nicht, versteht mich bitte, der andere wurde noch nicht gefunden." Kalles Kopf sank und wirkte betrübt, was einiges verriet. „Was heißt das?" Arthur wollte es genauer wissen. „Das heißt, der Bub in Amrum erzählte wohl, dass sie zu lange im Watt waren, sein Freund stecken blieb und sie viel Zeit verloren, als sie zurück wollten. Nachher mussten sie sogar schwimmen, mehr weiß ich auch nicht." Ines schrie auf. „Bestimmt blieb Pat stecken, gewiss suchen sie den Jüngeren." Das weißt du nicht!", korrigierte Harry. „Bleib' bitte ruhig."

Ruhig waren auch die anderen. Irgendwie Trauerstimmung. Nochmal kam die Frage: „Was sollen wir jetzt machen?" Antwort vom Fischer in gedämpfter Stimme nach oben schauend:
„Den Einen schlafen lassen, für den anderen beten."

7

Caren lag im Bett. Grübelnd. Harry schlief schon. Caren bewunderte die Männer. Die können immer schlafen, egal, was rundherum passiert. Eigentlich hatte ihr Mann ja auch recht, als er vorhin zu ihr meinte : „Ändern kannst du im Moment auch nichts, also schlaf'." Ganz fest schloss sie ihre Augen, als wolle sie etwas zudrücken, ja, etwas wegdrücken. Sie sah das Meer in seiner unbändigen Kraft auf sich stürzen, hörte das gewaltige Rauschen der Wellen, schrie auf, so dass Harry wach wurde. Er agte aber nichts zu ihr, um sie nicht noch mehr zu erschrecken. Caren lag schweißgebadet auf der Matratze, fuhr mit der Hand über ihre Haare, träumte, dass es Pats Kopf war. Pat, wo bist du? Sven, bist du auch da? Caren fuhr hoch. Sie schaute sich um. Wo waren die Wellen, wo die Kinder? Ach so, nur geträumt. Caren stand auf, ging zur Küchenzeile und holte sich ein Glas Wasser. Es war erst ein Uhr. Wenn doch nur diese Nacht vorüber wäre! Am Tag würden sie mehr erfahren. Sie wünschte, jetzt eine Schlaftablette nehmen zu können. Aber sie hatte keine, nicht mal zu Hause, da sie immer gut schlief. Ines dagegen war anders. Sie hatte des Öfteren Schlafprobleme, schon deshalb, weil sie oft nervös war. Sicherlich hatte sie auch im Urlaub welche mit, bestimmt hatte sie am Abend zuvor eine genommen, nach dieser Aufregung. Caren wanderte im Wohn- zimmer auf und ab, setzte sich, stand wieder auf und lief erneut hin und her. Nach einiger Zeit setzte sie sich wieder auf die Couch und schlief ein.

„Hallo Caren, aufsteh'n." Harry schaute zur Couch und weckte sie. „Es ist acht Uhr und um neun Uhr dreißig fährt das Schiff." Caren war noch ganz benommen. „Welches Schiff?" Ach so, sie wollten ja nach Sylt. Caren war verdutzt. Konnte Harry das tun, tun als wäre nichts? Wenn sie sonst Probleme hatten, dann schrie er doch herum. Waren das die Männer heutzutage? Harry erkannte, was seine Frau hatte, worauf sie hinaus wollte und lenkte ein. „Du, die DLRG sucht nachher nochmal alles ab, Schiffe werden ver- ständigt, die Polizei wird eingeschaltet. Du wirst doch nicht auch noch ins Watt wollen, suchen?" „Nein, aber ich kann mich doch nicht auf Sylt amüsieren, wenn ich meinen Sohn, entschuldige, unseren Sohn, suche oder vielleicht Pat auf dem Gewissen habe. Außerdem: Einer von ihnen sitzt in Amrum und will zu seinen Eltern, das weißt du doch." Harry dachte nach. „Gut, wir sprechen mit Ines und Arthur, dann sehen wir weiter. Aber, ob du im Bungalow sitzt oder im Schiff nach Sylt oder in einer Kneipe.." „Oder, oder, hör auf mit diesem Oder. Ich darf gar nicht an meine Alpträume denken, die ich heute Nacht hatte."
Nach dem Frühstück machten sich beide

auf den Weg zum Strand. Von der Terrasse aus sahen sie mehrere Hubschrauber über das Meer fliegen. Scheint ernst zu sein, die geben sich ganz schön viel Mühe, dachte Harry bei sich. Er ging auf die Kneipe zu. Der Wirt hatte noch nicht geöffnet, war aber schon im Raum, um sauber zu machen und Stühle von den Tischen zu stellen. Als er Harry durch das Fenster schauen sah, kam er zur Tür heraus. „Gibt's was Neues?" fragte er. „Das wissen Sie vielleicht besser. Sie bekommen hier am Strand doch Einiges mehr mit als wir, oder vielleicht ruft man bei Ihnen wieder an. Wir haben ja kein Telefon", erwiderte Harry. Und wir kommen ja eben vom Bungalow. Wir wollen heute nach Sylt, haben schon Karten.." „Würde ich euch nicht raten, macht 'nen Ausflug nach Amrum und holt den Jungen, er sitzt bestimmt auf heißen Kohlen. Amrum ist auch sehr schön." Caren dachte sich ihren Teil. Aber Harry sah nun auch ein, dass es Wichtigeres gab, als sich in Sylt zu amüsieren. Er überlegte kurz und fragte seine Frau: „Willst du auch mitkommen, verträgst du die Wahrheit, die du dann erfährst, wer in Amrum hockt und lebt?" „Natürlich, erfahren tu ich's ja sowieso. Setzen wir zu zweit über oder warten wir auf die anderen?" Caren fiel ein, dass sie gestern vor lauter Aufregung gar nichts ausgemacht hatten, was den heutigen Tag betraf. „Du weißt ja gar nicht, ob die beiden überhaupt hierher kommen heute Morgen. Ich rede mal mit dem Wirt", meinte Harry, „der kann den beiden ja ausrichten, wo wir sind."

Caren und Harry liefen zum Fähranleger von Dagebüll. Dort erlebten sie das alltägliche muntere Treiben: Reisegruppen und Schulklassen, Familien und auch Einzelreisende. Soeben kam ein Schiff aus Amrum, das im Wattstrom der Nordsee fuhr.Aber auch, dass von hier aus Schiffe nach Sylt fuhren, konnte Harry der Anzeigetafel entnehmen. Er holte seine drei Fahrkarten aus der Brieftasche und ging damit zum Schalter. „Könnten wir die umtauschen, wir müssen nach Amrum, es ist dringend?" Der Beamte schaute auf die Preisliste. „Kein Problem, die Karten sind ja nicht abgerissen. Beeilen Sie sich, das Schiff fährt gleich ab. Hier sind die anderen Karten." „Ok, danke, komm, Caren."

Die Fähre legte ab und die beiden genossen den Blick auf die Insel, die sie gerade für einige Stunden verließen. Was heißt hier genossen, davon konnte man beileibe nicht sprechen, jetzt, hier und heute. Sie sahen die vielen Friesenhäuser und Bauernhöfe, die Nikolaikirche und die große, auffällige Windmühle. Föhr, die grüne und fruchtbare Insel. Die flachwellige Geest war Ackerland und die von einem mächtigen Seedeich geschützte Marsch fettes Weideland.

Schweigend standen Caren und ihr Mann oben am Deck, in ihre Nasen drang die salzige Meeresluft. Sie beobachteten die um das Schiff kreisenden

Möwen und das schnelle Wechselspiel der dunklen und helleren Wolken am immer noch bedrohlich aussehenden Himmel. Nach Ankunft müsste man erst einmal ausfindig machen, wo diese Kneipe ist. Wurde überhaupt ein Name der Lokalität genannt?

8

Im Osten durchbrach das erste Tagesgrauen die Nacht und goss seinen schwachen Schein über das unendliche, tobende Meer aus. Sven, der gerade wach wurde, schaute sich um. Das Zimmer kam ihm so unbekannt vor. Träumte er? Durch die geschlossenen Vorhänge sickerte graues Tageslicht. Da ein Fenster gekippt war, konnte der Wind den gestreiften Stoff wie ein Segel blähen und ihn über den Nachttisch wehen lassen.

Sven ging zum offenen Fenster. Huuh, was für ein Sturm war das! Sven sah von hier oben eine riesige Dünenlandschaft. Ach so, jetzt war ihm auch klar, weshalb ihm der Weg vom Strand zur Kneipe so lang vorkam. Das Meer lag in weiter Ferne, trotzdem glaubte Sven, die Brandung der Nordsee zu hören. Sven fiel nach und nach alles wieder ein. Er war ja gestern hier in der Kneipe gelandet. Pat fiel ihm ein. Im Haus war es still. Wo war Wolf?

Ob Sven heute seinen Freund Pat wieder sehen würde? Sven hoffte es innig, ihm wurde ganz heiß bei diesem Gedanken. Er schloss das Fenster, um den Sturm, der ihn an den Vortag erinnerte, nicht so stark hören zu müssen. Sollte er hinuntergehen? Nein, er war noch so müde und irgendwie wurde ihm heißer und heißer. Er kroch wieder in das warme Bett, in dem er sich einigermaßen wohl fühlte und schaute zur Decke. Tränen standen in seinen Augen. Er faltete seine Hände zum Gebet, dankte dafür, dass Gott ihm beim gestrigen schrecklichen Erlebnis die Kraft gegeben hatte, im Meer durchzuhalten, dankte dafür, dass er ein molliges Bett bekommen hatte und bat Gott, Pat wiederzubringen. Er wurde dabei nachdenklich und still und schlief noch einmal ein.

„Sven, aufwachen!" Eine bekannte Stimme dröhnte durch den kleinen Raum. „Wolf, hilf mir! Ich gehe unter!" Sven zuckte und schrie. Wolf setzte sich auf die Bettkante und streichelte Svens Kopf. „Du hast geträumt, Sven, wach auf, Wolf ist bei dir." Sven kam langsam zu sich. „Der Sturm da draußen, die Wellen." „ Der Sturm hat nachgelassen, glaub mir. Aber du bist ja ganz heiß", stellte Wolf fest, „ich glaube, wir messen mal Fieber. Eigentlich wollte ich fragen, was du frühstücken möchtest, was hältst du davon?" „Ich weiß nicht, ich bin noch so müde und habe ganz viel Durst", gab Sven gähnend zurück. „Ok, ich bringe dir was zum Trinken, kein Problem, ruh' dich schön aus."

Wolf verließ das Zimmer und ging zu seinem Vater. „Na, was macht unser Gast?" „Schlecht Pa, er hat, glaub ich, Fieber, er will nichts essen, nur trinken." „Hm, aber das ist normal, mein Sohn, schau mal, er kam barfuß aus dem kalten Wasser, musste frierend durch die Dünen laufen und hatte logischerweise nur nasse Klamotten am Leib. Das Beste ist, wir holen einen Arzt." „Ja, Pa. Übrigens, weißt du was wegen dem anderen Kind?" „Nicht viel, nur, dass heute eine große Suchaktion stattfinden soll mit drei oder mehr Hubschraubern." „Na ja, Sven fragte noch nicht nach seinem Freund, ich bring` ihm erst mal was zu trinken, er wird sicher schon darauf warten." Als Wolf sein Zimmer betrat, war Sven wieder eingeschlafen. Wolf stellte das Glas Wasser auf den Nachttisch und schlich wie ein Mäuschen aus dem Raum.

Mittlerweile hatte sein Vater schon den Arzt benachrichtigt. Als er den Hörer aufgelegt hatte, klingelte sofort danach das Telefon. Jo hob den Hörer und meldete sich: „Hier Kneipe Bierstrand, Amrum, moin."

Wolf, der gerade herunterkam, hörte seinen Vater sprechen. „He Kumpel, was gibt's. Hast du's verraten? Wer will kommen, wessen Eltern? Sollen Zeug zum Anziehen mitbringen. Wann? Ja klar, der Doktor will auch kommen, der Junge hat Fieber. Danke für deinen Anruf, tschau!" Jo legte auf und drehte sich zu Wolf. „Svens Eltern wollen kommen. Ist ja gut, wenn der Junge jemanden hat, der nach ihm schaut. Hoffentlich bringen sie Klamotten mit, das heißt, wissen sie überhaupt, wer von den beiden hier ist. Kalle sollte doch nichts verraten?" „Ach so, ja, daran dachte ich überhaupt nicht mehr. Na ja, vielleicht spüren sie jetzt durch diese Antwort, dass nur ihr Sohn gemeint sein kann." „Weiß nicht, ob sie an Kleidung gedacht haben, jedenfalls sind sie jetzt schon auf der Fähre." „Na ja, hab auch schon nach kleineren Sachen von mir geschaut, fand aber nur ein kleineres T-Shirt, das ihm bestimmt immer noch zu groß ist und ein Paar Filzschlappen, die ihm passen könnten." „Na, bin gespannt, was heute auf uns alles zukommt", meinte Jo und ging in die Küche. Wolf wischte die Stühle feucht ab und zündete sich erst einmal eine Zigarette an. Hier war zwar kein abgetrennter Raum. Er und sein Vater konnten nur hoffen, nicht erwischt zu werden, noch waren ja keine Gäste da! Er setzte sich an die Bar. Der Junge tat ihm Leid. Wolf glaubte nicht an Wunder, dazu kannte er die Nordsee zu gut. Mit all ihren Gefahren und Tücken. Er kannte zu viele Fälle von Vermissten. Ja, von Erwachsenen sogar, auch guten Schwimmern. Oft fand man die Leichen überhaupt nicht. Wolf war einsam. Er hatte eine Freundin gehabt, die im Meer um ihr Leben gekommen war. Wolf sah Svens Fall noch viel schlimmer, er könnte Schuldkomplexe bekommen. Wenn nicht von sich aus, dann bekäme er sie eingeredet.

Er nahm sich vor, Sven zu helfen. Wie, das wusste er noch nicht genau, aber er hätte dann eine Aufgabe, nur für wie lange? Sven war nur ein Tourist, einer unter vielen, die Geld auf die Insel brachten. Der Junge musste in seine Heimat zurück, musste zur Schule. Wolf dachte an Svens momentanen gesundheitlichen Zustand und beschloss, noch einmal nach ihm zu schauen. Er drückte die Zigarette aus und erhob sich vom Barhocker. Leise ging er die alte Holztreppe zu seinem Zimmer hoch. Jeder Schritt ließ ein Knarren widerhallen, so sehr er sich auch bemühte, sanft aufzutreten. Als er auf die Idee kam, immer eine oder zwei Stufen auszulassen, war er schon fast oben. Die Tür zu seinem Zimmer war angelehnt und er konnte sehen, was er sehen wollte, ohne die Tür weiter aufstoßen zu müssen: Sven schlief noch. Wenn der Arzt käme, müsste er allerdings geweckt werden. Wolf drehte sich um in Richtung Treppe, als er ein lautes Klopfen vernehmen konnte. Es musste unten sein. Sein Vater war ja unten, er würde schon öffnen. Wolf hörte eine Frauen- und eine Männerstimme, aah, wahrscheinlich Svens Eltern. Er ging in die Gaststube und grüßte mit einem freundlichen „Moin, moin" (Manchmal sagt er auch nur moin, je nach Laune, findet er. Obwohl hier ja streng unterschieden wird zwischen den „Moins" und den „Moinmoins") „Moin, moin" grüßten Caren und Harry und stellten sich bei Wolf vor. „Setzt euch, pardon, setzen Sie sich, pardon, hier kommen ausschließlich nur Stammgäste her, welche wir duzen", entschuldigte sich Wolf. „Und kleine Jungs, die man hier nicht siezt", gab Harry lächelnd zurück. Doch das Lächeln wirkte verkrampft, sie wussten ja immer noch nicht, wer an Land gekommen war. Harry war still, weil er die unheimlich bewegende Frage nicht stellen wollte. Was wäre wenn... Sven ... oder Pat...? Caren wurde es heiß. Sie gab sich einen Ruck, hörte kaum ihre eigene Frage, die sie stellte: „Wie heißt denn euer Gast?" Jo war klar, dass man jetzt keine Geheimnistuerei machen konnte. Nur gestern in der Kneipe, in Föhr, da wäre es unangebracht gewesen, den Namen des Geretteten preiszugeben. Jo hob sein Bierglas, setzte zum Trinken an.

Diese Sekunden Pause brauchte er, sie kam ihm viel zu kurz vor. „Sven", gab Jo zurück und wischte sich den Schaum vom Mund. Er senkte den Kopf, weil er befürchtete, die sofortige Reaktion der beiden mitzubekommen, schaute dann aber etwas hoch, ohne seinen Kopf zu heben. Beide schienen irgendwie aufzuatmen, aber niemand zeigte Erleichterung. Caren fiel ein Stein vom Herzen. Aber nicht für lange Zeit. Sekunden später drückte ein neuer Steinbrocken. Was war mit Pat? Was mit Ines und Arthur? Ines deutete bereits am Vorabend an, Harry und ihr die Schuld für alles zu geben. Sie hatten ja die Aufsichtspflicht übernommen. Allerdings, Sven, ihr Sohn lebte. „Wo ist er jetzt, können wir ihn nicht begrüßen?" Jetzt sprach Wolf. Ganz behutsam setzte er an. „Nicht so stürmisch. Sven schläft. Er hat hohes Fieber. Nachher will ein Arzt kommen, habt ihr, 'tschuldige, haben Sie etwas zum Anziehen für ihn mit?" Caren war es peinlich, nicht daran gedacht zu haben. Sie wollte an diesem Morgen so schnell wie möglich hier her. Ihr Gesicht wurde rot und sie schwieg. Wolf dachte sich die Antwort und tröstete: „Na ja, ein Shirt von mir hat er jetzt an, das tut' s für 'ne kurze Weile. Mehr konnte ich ihm nicht geben, was ihm passen könnte, selbst die Filzschuhe sind ihm zu groß." „Danke, ich finde es toll, dass Sie sich um ihn kümmern, gegessen hat er doch hoffentlich auch was inzwischen ?" „Na ja, gestern Abend Eier mit Speck und heute morgen wollte er noch nichts essen." Harry zückte seine Brieftasche. „Was macht das?" „Sven ist mein Gast", erwiderte Wolf stolz, „er soll es gut bei mir haben." „Danke sehr....glauben Sie, dass Pat gefunden wird?" wollte Caren wissen. „Ganz ehrlich, unter uns, nee, ich glaub nicht an Wunder, wissen sie, und das wär' ein riesengroßes." „Ich kenne zu viele Fälle, da kam nie einer lebend wieder, noch nich mal meine Freundin, die eine gute Schwimmerin war. Aber eines is wichtig, gebt bloß dem Jungen keine Schuld, bitte! Er hat sein Bestes gegeben, glaubt mir, er kann' s euch später oder wenn es ihm besser geht, selbst sagen." „Nein, um Gottes Willen, wir nicht, aber die Eltern von Pat, die schon, wir hätten aufpassen sollen. Es war nämlich so, dass Pats Eltern noch etwas erledigen mussten und uns baten, auf die Jungen aufzupassen, auf beide natürlich. Das sagten sie zwar nicht wörtlich, aber es ist doch dann automatisch so", fügte Harry hinzu. „Oh je", Wolf ahnte Schlimmes. „Passt auf, dass die nicht mit euch vor Gericht gehen." Wolf wusste jetzt, wo er anzusetzen hatte, wenn er Sven helfen wollte. Bei den anderen Eltern. Die kämen bestimmt auch noch nach Amrum.

Plötzlich klopfte es an der Tür. Harry, der näher zur Tür saß als die anderen, sprang schnell hin und öffnete. Der Doktor war es. „Moin, wo ist denn der kleine Patient?" Wolf grüßte zurück und zeigte dem Arzt den Weg, indem er vorging. Svens Eltern blieben unten sitzen, schauten sich schweigend an, dann vorsichtig zu Jo: „ Zwei Bier bitte", bestellte Harry, hauptsächlich um das Schweigen in diesem Raum zu brechen. Dr. Bess kam kurz darauf mit Wolf die Treppe herunter. „Und, dürfen wir zu ihm?" Caren war natürlich gespannt, endlich ihren Sohn zu sehen. „Ja, aber bleiben Sie bitte nicht zu lange bei ihm und regen Sie ihn nicht auf", war die strenge Anweisung des Arztes. „Wann kann er denn nach Föhr übersetzen?" „Wenn er mit dem Schiff fährt, sollte er mindestens drei Tage fieberfrei sein. Wenn ihn ein Hubschrauber mitnehmen kann, dann morgen. Aber bitte lassen Sie ihn selbst entscheiden. Sein Interesse ist momentan wesentlich wichtiger als das Ihrige!" Caren und Harry nickten. Dr. Bess füllte noch ein Rezept aus und schaute in die Runde, wem er es –

mit dem Auftrag, zur Inselapotheke zu gehen – in die Hand drücken könnte. „Geben Sie her", reagierte Wolf spontan. Dann verabschiedete er sich mit einem Schmunzeln. „Und denken Sie daran, im Zweifel für den Patienten!"

9

Als Arthur am selben morgen auf Föhr vom Heulen des Sturmes aufwachte, schlief Ines noch. Wahrscheinlich hatte sie eine Schlaftablette genommen. Arthur stand auf. Er wollte wissen, wer auf Amrum saß. Arthur wollte schon immer so schnell wie möglich Klarheit, Wahrheit und kein Vertuschen. Auch im Berufsleben. Auch, wenn es nun schmerzen würde. Schnell zog er sich etwas über, verließ die Wohnung und ging zur nächsten Telefonzelle. Sein Handy benutzt er nur berufsmäßig und hatte es auch nicht mit in den Urlaub genommen. Von Wirt Kalle hatte er wenigstens den Namen der Kneipe erfahren, in der einer der Jungen saß. Allerdings erst, nachdem er ihm einen Fünfer zugesteckt hatte. Und jetzt, im Telefonbuch fand er auch die entsprechende Nummer, die er anwählen musste. Was nun? Er begann zu zittern. Der Mut verließ ihn, obwohl er eben mit fester Absicht aus dem Haus ging, diesen Schritt zu tun. Was wäre, wen man ihm immer noch keine Auskunft erteilen würde oder wollte? Plötzlich jagte ihm eine Idee durch den Kopf.

Absurd. Ich könnte doch .... ja - das mach ich
auch. Arthur wählte. Als jemand an der anderen
Leitung den Hörer abnahm, wartete er gar nicht die
Meldung des Gesprächspartners ab, sondern sprach
selbst gleich in den Hörer: „Moin, hier Polizei-
dienststelle Föhr", meldete er sich mit verstellter
Stimme, um nähere Auskünfte zu erfahren. Hätte
er seinen Namen angegeben, hätte er gewiss immer
noch nicht erfahren, was er wissen wollte. „Ist
einer der vermissten Jungen bei Ihnen? Wie lautet
die Beschreibung des Jungen?" Am anderen Ende
der Leitung wurde geantwortet. „ Zirka zwölf
Jahre alt, blonde, kurze Haare, wollen Sie noch
Genaueres wissen?" „Nein danke, wir werden uns
bei Bedarf wieder melden." Arthur legte auf. Das
war es, was er befürchtet hatte. Sven saß in
Amrum, Pat suchten sie, dessen war er sich jetzt
sicher! Man würde keinen fast Neunjährigen für-
zwölf Jahre halten, es sei denn, er wäre sehr groß.
Und Pat war nicht groß. Arthur trottete zurück,
öffnete die Wohnungstür und sah sich um. Ines
schlief immer noch. Er zog die Vorhänge zurück
und betrachtete den Himmel. Alle Farbschat-
tierungen von Schwarz bis Weiß boten die vorüber
ziehenden Wolken. Immer noch stürmte es etwas.
Wie ging es heute weiter, wo war bloß sein Sohn?
Arthur grübelte. Er selbst hatte jetzt die Klarheit,
die er immer wollte, doch was wäre mit seiner
Frau? Erfahren musste sie es ja doch.

Wenn nicht jetzt, dann gleich.

Wenn nicht in einer Minute, dann in einer Stunde.
Wenn nicht heute Morgen, dann am Nachmittag
und immer so weiter.

Arthur gab sich einen Ruck. Zum zweiten Mal an diesem Morgen. „Ines!" „Ja, ach Arthur." „Möchtest du aufstehen oder noch liegen bleiben?" Arthur war behutsam mit ihr. Er hatte das Gefühl, dass er an diesem Tag nicht kommandieren, sondern sich von seiner Frau leiten lassen sollte. Ines stand auf, schaute auch erst einmal aus dem Fenster und betrachtete das Wetter, welches sie genau so wenig begeisterte wie ihr Mann. Sie zog ihren Bademantel an, steckte ihre Hände in die Manteltaschen und lief langsam in der Wohnung umher. „Was willst du heute tun?" fragte Arthur. „Zur Polizei gehen, mal hören, was die sagen. Und erfahren, wer in Amrum sitzt." „Letzteres kannst du auch von mir hören, ich weiß, wer drüben sitzt." „Woher, wie denn, was denn?" Ines war baff. Dann wurde ihre Stimme schärfer. „Und du willst es mir jetzt erst sagen?" „Du hast mich doch nicht vorher danach gefragt.." Arthur sprach nicht weiter, um noch mal Zeit zu gewinnen. „Sag es mir, bitte." Arthur blieb ein Kloß im Hals stecken. Seine Stimme kam ihm heiser vor. „Sven!" Ines war still. Sie befürchtete es eigentlich ja gestern schon und alle befanden, sie könne es gar nicht wissen. Ines war wie benebelt. Sie wollte schreien, konnte aber nicht. Da sie noch am frühen Morgen eine zweite

Schlaftablette eingenommen hatte, war alles in ihr so ruhig. Ihr Mann wunderte sich darüber, dass sie nicht in einen Schreikrampf ausbrach, aber nichts. Ihm war es gewiss nicht leicht gefallen, diese Nachricht loszuwerden. „Dann will ich eben erfahren, wer heute alles unseren Sohn sucht, und - wenn nötig – denen etwas Druck machen!" „Ok Schatz, jetzt mache ich erst mal Frühstück für uns." Ines konnte sich bei bestem Willen nicht vorstellen, wo ihr Sohn sein sollte, aber ihr ging auch nicht in den Kopf, dass man nicht rechtzeitig umkehren kann, wenn man merkt, dass die Flut kommt. Wenn man vom Strand aus das Schauspiel der ankommenden Flut beobachtet, dann kommen die Wellen doch sooo langsam angeschlichen, viel langsamer als man läuft, selbst wenn man gemütlich daher schlendert.

Nach dem Frühstück machten sich die beiden auf den Weg zur Inselpolizei. Sachte betraten sie das fremde Gebäude, schauten sich neugierig um, entdeckten gerade eine Anzeigetafel, die verschiedene Anlässe verschiedenen Zimmern zuordnete, als ein Beamter vor ihnen stand. „Moin, was gibt's?", fragte dieser forsch. „Wir kommen wegen des vermissten Jungen gestern Abend..." Arthur wurde unterbrochen.

„Ach so, ja, wir wissen schon."

„Wir wollen eine Vermisstenanzeige aufgeben."

„Dann kommen Sie mal mit."

Der Beamte zeigte ihnen das entsprechende Zimmer und die verzweifelt ausschauenden Eltern traten ein. Leider Gottes hatten sie einen sehr unfreundlichen Polizisten, dem anscheinend jede Arbeit zu viel war. „Sie glauben doch im Ernst nicht, dass ihr Sohn noch lebt, nachdem was hier jeder so mitbekommen hat." Ines wäre am liebsten an die Decke gesprungen. Eine Ungehörigkeit, wie der mit uns umgeht, dachte sie. Der Beamte meinte ständig, Ines und Arthur müssten sich damit abfinden, dass ihr Sohn tot sei. Außerdem hätte man schon sämtliche Schiffskapitäne gefragt, ob sie jemanden aufgenommen hätten. Ines fiel es nun schwer, ruhig zu bleiben, schon allein, weil sie sich über den unfreundlichen Beamten so aufregte. Arthur interpretierte dessen Aussage und fragte, ob der Junge bereits tot aufgefunden worden sei. „Nein, ich sage es Ihnen doch, ich weiß nichts, vielleicht kriegen wir heut` noch eine Meldung herein, aber Sie können davon ausgehen, dass er nicht mehr lebend zurückkommt. Wenn wir was wissen, geben wir Bescheid, haben Sie Telefon?" Der Mann zückte schon den Bleistift, als Arthur die Frage verneinte. „Aber die Kneipe an der Strandpromenade können Sie anrufen. Wir werden uns eh` meistens am Strand aufhalten und bleiben mit dem Wirt Kalle in Kontakt." Der Polizist notierte sich den Namen, um bei Bedarf die Telefonnummer heraus zu suchen. Ines und Arthur verabschiedeten sich und verließen das Gebäude. „Und was machen wir nun?" fragte Arthur vorsichtig. Ines standen Tränen in den

Augen. „Wir werden zum Strand gehen, zur
Kneipe und erst einmal was trinken. Vor lauter
Frust muss ich außerdem noch was essen." „So
kurz nach dem Frühstück? Wie du meinst, Ines",
gab Arthur zurück und sie schlugen den Weg zum
Deich ein.

„Huch!" Ines erschrak und zuckte zusammen.
Mehrere schwarze Vögel flogen dicht über ihren
Köpfen vorbei, vielleicht ein Dutzend. Deutlich
konnte sie das laute Krächzen vernehmen. Ihr fiel
sofort ein: Schwarze Vögel bedeuten Tod, und erst
recht dann, wenn sie über dir fliegen. Die beiden
kletterten den Deich hinauf, um die Sicht auf das
weite Meer zu genießen. Wieder war die Flut im
Anrollen. Wieder dachte Ines, vor der Flut mit
Leichtigkeit weglaufen zu können, wenn man
einen Wattspaziergang machte.

Als beide die Strandpromenade erreichten,
schauten sie die Terrasse hinunter. Auf den Strand.
Wo vor vierundzwanzig Stunden zwei Kinder
friedlich gespielt hatten. Einige Spaziergänger
liefen dort, wo das große Wattgebiet den feinen
Sand säumte. Einige Kinder sammelten Muscheln.
Es war frisch zur frühen Mittagszeit und niemand
lief in Badekleidung herum. „Lass uns zu Kalle
gehen", meinte Ines und Arthur stimmte zu.
Schweigend betraten beide die Bar. Bis sie den
alten Fischer entdeckten, sprachen sie nicht miteinander. „Moin." „Moin, die Herrschaften, was

gehört?" Der Wirt kam aus der Küche und plapperte gleich los, noch bevor Arthur etwas zum Fischer sagen konnte. „Gruß von Caren und Harry, die sind nach Amrum gefahren, sie meinten, Sie könnten ja nachkommen." „Die haben ja auch ihren Sohn dort im Gegensatz zu uns, was sollen wir denn auf Amrum?" Kalle wunderte sich, woher die beiden nun schon wussten, wer von den Jungen auf der anderen Insel saß, die Information konnte doch nur er selbst weitergeben. Vielleicht hatte Olli etwas gesagt. Kalle fiel ein, dass er Arthur ja die Kneipe verraten hatte, wo sich der Gerettete befand. „Sie meinte ja nur, ich soll es jedenfalls ausrichten." „Schon gut", lenkte Arthur ein, „wir möchten erst mal was trinken und essen." „Heute kann ich euch frischen Seelachs empfehlen, gefangen und persönlich hergebracht vom Fischer Sturm", schlug Kalle vor und zeigte dabei auf den Alten, der auch gestern hier in der Kneipe saß. „Fischer Sturm", heißen Sie wirklich so?" „Nein, Gnädigste, das ist mein Spitzname..." Kalle wandte sich zu Ines. „Jeder nennt ihn hier so. Ihr müsst wissen, er ist zuverlässiger als jedes meteorologische Institut, was Wetterprognosen anbelangt. Er wittert anziehenden Sturm geradezu wie ein Jagdhund das Wild. So auch gestern. Und stellt euch vor: dass es Sturm geben wird, teilte er mir schon tagelang vorher mit, als noch kein Wetterbericht davon sprach. Wolltet ihr eigentlich Seelachs oder wie war das?" „Na klar, ich bestelle zwei Portionen. Und zwei Bier bitte." Der Wirt gab den Essensauftrag weiter und kümmerte sich um die bestellten Getränke. „Wisst ihr, wie lange die DLRG-Leute heute noch nach unserem Jungen suchen wollen?" Arthur war beunruhigt. Denn: Wie auch die Antwort ausfällt, ob die Suche noch lange oder nicht mehr lange dauert, beide Varianten wären kein positives Zeichen. Müssten sie noch lange suchen, desto geringer war die Wahrscheinlichkeit, dass...ach gar nicht auszudenken. Hieße es, sie stellen demnächst die Suche ein, so wäre der letzte Hoffnungsschimmer ausgelöscht. Kalle, welcher gerade Gläser spülte, schaute nicht hoch, aber versuchte eine Antwort auf diese Frage zu finden. „Na, bis zum Einbruch der Dunkelheit bestimmt, schätz` ich mal." „Und dann?" „Was, und dann?" „Na, wie geht es dann weiter, wenn die DLRG heute nichts gefunden hat?" „Glaub' kaum, dass die Leute morgen nochmals suchen. Dann könnt ihr 'ne Vermisstenanzeige bei der Polizei aufgeben", klärte Kalle die beiden auf. „Wollten wir schon, aber die Bullen haben uns so fertiggemacht, was wir uns eigentlich dächten und so weiter, die erklärten unseren Sohn heute Morgen schon für tot." Jetzt mischte sich auch der Fischer ein. „Na ja, viel Hoffnung bleibt da nicht. Wenn wir bisher Vermisste hatten, die zuvor im Watt waren, sogar gute Schwimmer, die sich bei Flut in die Wellen stürzten, ist keiner mehr lebend zurückgekommen. Ich habe meine beiden Söhne auch im Meer verloren." Letzten Satz plapperte der Alte so lässig dahin... „Hier, euer Essen", übertönte Kalle die drei, um sie vom Thema abzulenken.

„Lasst es euch schmecken!" Ines stocherte in ihrem Essen herum. Ihr konnte es nicht schmecken, wie gerne hätte sie in diesem Moment jemandem von dem guten Seelachs abgegeben. Jemandem, dem es bestimmt auch geschmeckt hätte, jemandem, der nicht anwesend war. Arthur kaute vor sich hin, eine Gabel nach der anderen schob er in seinen Mund. Ließ ihn das alles kalt, oder ließ er sich nichts anmerken?

Mit einem Mal öffnete sich die Kneipentür und eine Horde fröhlicher Kinder trat herein. „Ne Fanta." „Ich will 'ne Cola.Und bitte zwei Wasser", riefen sie durcheinander und in der Bar sprudelte es vor Leben. Gestumpe, Geschreie, Drängeln und Schimpfrufe durchströmten den Raum. Arthur, der sich blitzschnell in Ines versetzen konnte, versprach dem Wirt, später zu bezahlen. Da das Lärmen nicht nachließ, verabschiedete sich Arthur von Kalle und vom Fischer, nahm seine stille, nachdenkliche Frau in den Arm und ging mit ihr hinaus auf die Terrasse, obwohl er noch gar nicht fertig gegessen hatte. „Lass uns bitte nicht hier bleiben, ich kann die Weite des Meeres nicht sehen", konterte Ines energisch. „Dann lass uns 'runter an den Strand gehen. Was meinst du, da kannst du dich erst einmal ausruhen." „Dann höre ich die Wellen brausen, die mir so Angst machen und mich an alles erinnern." „Du kannst dich doch vor nichts verschließen, Ines! Auf, komm." Ines schwieg und lief ihrem Mann hinterher. Sie suchten sich einen Platz weiter hinten, dort, wo der Deich begann, dort wo der Strandhafer sich in den leichten Böen des Windes bog. Ines schaute in die grau-violett gefärbten Wolken. Schnell zogen sie über den Himmel hinweg, schnell veränderten sich ihre Formen. Wolken, die der Form eines Fisches ähnelten, zogen vorne auseinander, als öffne der Fisch sein Maul, um etwas zu verschlingen.

Sollte ihr Sohn etwa...ach nein. Ines verwarf den Gedanken. Aber warum fand man ihn nicht? Die Flut schwemmt doch auch tote Tiere an, warum nicht auch tote Menschen, oder nur hin und wieder.

Tot. Ines ertrug das Wort nicht. Der Tod, was war das? Irgendein aus und vorbei, aber was für eins, wie sah es aus? Aber war Pat wirklich tot? War er vielleicht nicht entführt worden, und er lebte? Ines ertappte sich. Sie wollte hoffen, ja, sich an etwas festklammern, wenn man ihren Sohn nie finden würde. Aber was, wenn doch? Ines schloss ihre Augen. Wie dachte Arthur darüber? Seit gestern schwiegen beide, wenn es um solch ein brisantes Thema ging.

Ihr Mann hoffte vielleicht...

Aber wie lange noch?

10

Auch Amrum war wolkenverhangen. „Mum!" Sven strahlte. Er setzte sich im Bett auf und griff zu seinem Glas. „Ja, trink erst mal was, wie geht es dir denn?" Caren setzte sich zu ihm und streichelte über seinen Kopf. Gott sei Dank, er war nicht mehr so heiß. „Wo ist denn Papa?" „Weißt du, er macht was ganz Tolles, er holt mit Wolf Medizin für dich, damit wir bald wieder einen gesunden Sven haben." „Aber mir geht es doch schon wieder besser." „Ist ja gut, Sven, trotzdem." „Wo ist denn jetzt Pat?"

Caren stockte. Sie befürchtete diese Frage. Vor allem, sie sollte ihren Sohn ja nicht aufregen. „Mum, sag was, bitte, warum schaust du aus dem Fenster?" Wenn Sven aufgeregt war, nannte er sie immer Mum. Sven wunderte sich etwas. Angestrengt versuchte er, aus dem Gesicht seiner Mutter abzulesen, was sie gerade dachte. „Draußen sind ganz viele Hub-schrauber, auch ganz weit weg von hier. Und Schiffe suchen auch nach deinem Freund." Sven wurde still. Er dachte nach. Ach so, Pat wurde immer noch gesucht. „Papa!" Harry betrat das kleine Zimmer und Sven streckte gleich seine Arme nach ihm aus. „Ich hab schon auf dich gewartet." „Sven, du siehst ja besser aus, als ich dachte", wunderte sich sein Vater. „Gefällt es dir hier, in diesem Haus, meine ich?" „Ja, Pa, hier sind alle ganz lieb zu mir." „Na gut, Sven, werde erst einmal richtig gesund, du kannst selbst entscheiden, wann du wieder mit zu uns nach Föhr möchtest." „Ach so...Wolf wollte mir noch Amrum zeigen, vor allem die Vogelkoje. Und die vielen Pferde im Feld, denen wollen wir Futter bringen." Caren war froh, dass Wolf ihren Sohn begeistern und ablenken konnte. Käme er mit ihnen nach Föhr zurück, wüsste sie nicht, wie oft er an Pat denken würde, vor allem, weil Harry und sie nicht die richtigen Spielkameraden für ihn waren. Und außerdem würde er vielleicht Ines und Arthur begegnen. Pats Eltern, wo mochten sie sein? Anscheinend wollten sie nicht auch noch hierher kommen. Vielleicht wussten sie bereits...und wenn ja, wie sah es in ihren Herzen aus? Caren konnte es sich nicht vorstellen, obwohl sie wusste, was Zweifel und Trauer bedeuteten, aber waren sie hasserfüllt, oder hofften sie noch? Obwohl... ach was. Caren hoffte nur eines: Lasst uns Freunde bleiben! Und ganz, ganz leise flüsterte sie: Bitte, oh Gott! „Gut, dann lassen wir dich hier. Aber sei uns auch nicht böse, wenn wir nicht jeden Tag kommen können." „Ach nein, euch hab' ich ja immer", winkte Sven ab, „aber Wolf braucht mich auch, versteht ihr, er ist nämlich sooo einsam." Caren und Harry lächelten mal wieder. „Am besten, wir schicken dir gleich den Koffer mit all deinen Sachen." „Und noch was, könntet ihr mir neue Sandalen kaufen? Wir haben die Schuhe irgendwo am Strand ausgezogen, bevor wir auf

Schatzsuche sind, oder wurden unsere Sandalen gefunden?" Wir haben auch nie nach Schuhen am Strand gesucht, dachte Caren. „Aber klaro", meinte sie zu ihrem Sohn. „Bringen wir sobald wie möglich dann auch mit." „Klasse, und wenn unser Urlaub aus ist, holt ihr mich ab." Sven strahlte und fiel seinen Eltern um den Hals. „Nicht so stürmisch, jetzt ruhe dich mal schön aus, Sven! Und nimm vor allem die Medizin, wir wollen dich nicht länger aufhalten und gehen auch dann." „Ooch, schon?" „Ja, der Doktor sagte, wir sollen nicht so lang bei dir bleiben." „Der weiß ja nicht, wie gut es mir schon wieder geht. Na gut, ich hab` ja noch Wolf und Jo, tschüss Ma, tschüss Pa."

Caren und Harry verließen das Zimmer. Wolf hörte schon am Knarren der Treppe, dass die beiden in die Gaststube kamen. „Er bleibt noch", teilte Harry Wolf mit. „Aber er möchte auch noch etwas von Amrum sehen." Wolf war begeistert. „Wird gemacht.... bringt aber bitte noch Klamotten", fiel ihm ein. „Wird gemacht", erwiderte jetzt Harry. Die beiden verabschiedeten sich und gingen zur Tür hinaus.

Harry überlegte. „Wollen wir jetzt zurückfahren?" „Ach nein, lass uns bitte noch ein bisschen auf Amrum verweilen, eine neue Umgebung tut uns auch gut, wir können noch am Abend die letzte Fähre nehmen." Harry wunderte sich etwas. Was ging in seiner Frau vor? „Hier gibt es auch nicht mehr zu sehen als bei uns." „Doch, hier landen die Hubschrauber, hier kommen die Männer zu Wolfs Vater in die Kneipe und erstatten Bericht, nicht auf Föhr." Das war zwar ein Argument von Caren, doch der wahre Grund war es allerdings nicht, das sah Harry ihr an. Caren fürchtete sich etwas vor der Rückkehr nach Föhr, besser gesagt vor Ines und Arthur. Hier auf Amrum fühlte sie sich sicher, wenigstens so halbwegs. Kämen sie erst abends zurück, würden Pats Eltern nicht mehr irgendwo auftauchen. So hoffte Caren zumindest. Aber irgendwann käme sowieso die Konfrontation mit ihnen... ließ sich nicht vermeiden. Svens Eltern schlenderten durch Norddorf, als Harry zwei Hubschrauber am Himmel sah. „Siehst du, die kommen vom Meer, komm her, schauen wir, wo sie runtergehen." Er lief mit Caren Richtung Strand und sah auch schon einen Hubschrauber landen. Viele Strandbesucher meinten, als Schaulustige auftreten zu müssen und kamen von allen Seiten angelaufen. Doch es stiegen nur zwei Männer in DLRG- Jacken aus dem Gefährt und ließen die Menschenmasse zurück, ohne auch nur irgendwie Auskunft zu geben. „Komm, wir folgen ihnen, die gehen bestimmt in Jo's Kneipe", meinte Harry und hatte damit Recht. Er und Caren traten ein, begrüßten Wolf. Dieser meinte, sie wollten wieder zu Sven und gab ihnen ein Zeichen, dass ihr Sohn wieder eingeschlafen war. Die zwei Helfer saßen bereits an der Bar und ärgerten sich darüber, dass die

Bekannte der Eltern, die Sie suchen", und stellte sich vor. „Haben Sie den Jungen gefunden?" „Nein, wir bedauern", hieß es und sie erklärten ausführlichst, wo überall gesucht wurde. Sogar der Seenotrettungskreuzer der Deutschen Gesellschaft zur Rettung Schiffbrüchiger war an der Suchaktion beteiligt. Jo, der das Gespräch mithörte, entschied sich, seinen Kumpel Kalle aus Föhr zu alarmieren, welcher ja wiederum mit den Eltern des vermissten Jungen in Kontakt stand. Das war also die Antwort, so gut wie endgültig, es gab also keine Hoffnung mehr. Caren wusste selbst nicht, wie sie sich fühlen sollte. Sie hatte das Gefühl, in ihrem Bauch einen Stein sitzen zu haben, dann war ihr wieder schlecht und sie fühlte eine unheimliche Leere in ihrem Magen. Ihr fiel ein Vers von Rainer Maria Rilke ein: *„Der Tod ist groß. Wir sind die Seinen lachenden Munds. Wenn wir uns mitten im Leben meinen, wagt er zu weinen mitten in uns."*

Mitten im Leben, wann war das? Pat stand doch noch am Anfang mit seinen acht Jahren, und was heißt: der Tod ist groß? Ja, er ist fähig, vieles, ja alles zu zerstören. Liebgewonnene und Feinde. Ob Ines hofft, dass Pat lebt, nur weil er nicht gefunden wurde, ob sie ihn nun zu den „Verschollenen" zählte? Ob sie aufgibt und trauert oder ob sie sich einzureden versucht, dass ihr Sohn am Leben ist, nur um sich an etwas klammern zu wollen? Caren fand keine Antwort, aber sie wollte es herausfinden, mit Ines reden, ihr Trost spenden. Sie bestellte nun einen Cognac für sich und Harry verdoppelte die Menge der Bestellung.

11

Ines schlief am Strand. Schon wieder. Sie musste unbemerkt Pillen geschluckt haben, dachte Arthur. Er selbst konnte jetzt kein Auge zudrücken. Er schlief so, wie es die Natur eingerichtet hatte. Nachts. Kein Wunder, dass seine Frau nachts wach lag und dann wiederum was schlucken musste. Arthur sah weit entfernt Hubschrauber. Das waren sie! Diejenigen, welche die Schreckensbotschaft brachten. Aber sie landeten auf Amrum, nicht hier. Arthur wurde es heiß im Bauch. Er hatte keine Ruhe mehr, hier noch lange sitzen zu bleiben und stand auf. Arthur wusste: wenn er zu Kalle ging, würde er bald was erfahren. Er allein. Vielleicht war es besser so. Ines würde vielleicht umkippen, wenn sie dabei wäre. Arthur machte sich auf den Weg, betrat die Bar und sah Kalle an. Sie schwiegen. Niemand wollte den anderen nach Informationen fragen. Arthur: „Die Hubschrauber. Sie landen auf Amrum." Pause.

„Sie werden Neuigkeiten bringen."

Kalle nickte, verließ seinen Platz hinter dem Tresen, um andere Gäste zu bedienen. Das Telefon läutete. Arthurs Herz pochte. So heftig und laut, dass er meinte, jeder im Raum müsse es hören, auch der hinterste Gast. Kalle hob ab. „Moin, moin. Ja, Jo? Hm, danke, tschau." Kalle legte auf. Schweigen. Ihm gegenüber saß ein Mann, der auf seine Antwort wartete. Ein Vater. Warum musste er es ihm sagen? Warum war dieser Mann gerade jetzt in der Bar? Er zog Arthur zu sich und flüsterte etwas in sein Ohr. „Tut mir sehr Leid für Sie." Mehr brachte Kalle in diesem Moment nicht heraus. Arthur war wütend. Wütend auf Caren und Harry. Aber hier konnte er seine Wut nicht zeigen. Musste tun, als wenn nichts gewesen wäre. Er bestellte einen Doppelten und der Wirt gehorchte. Einigen Gästen fiel die unbeschreiblich angespannte Stimmung im Raum auf. Kalle stellte Arthur den Schnaps hin. „Wo ist Ihre Frau?" „Am Strand und schläft." Arthur kippte den Schnaps hinunter und bestellte noch einen. „Überlegen Sie sich's gut mit der zweiten Bestellung. Sie müssen jetzt Stärke zeigen, mit Betrinken zeigen Sie Schwäche!" „Dann ein Bier bitte", meinte Arthur daraufhin.

Sein Kopf dröhnte. Er wollte klar denken. Was sollte er alles? Seine Frau trösten, stark sein und diese Stärke auch noch nach außen zeigen? Durfte er eigentlich Trauer zeigen? Arthur wollte weinen. Irgendetwas hinderte ihn daran. Vielleicht die Tatsache, dass er ein Mann ist? Durften nur Frauen weinen? Arthur beschloss zu zahlen, verließ die Bar und schlenderte schwerfällig zum Strand. Ines

war inzwischen wach, hatte ihn bereits gesucht und
fragte, wo er gewesen war. Arthur druckste. „Auf
der Toilette und was trinken." Ines schwieg. Ahnte
sie etwas? „Was meinst du, wollen wir heimgeh'n
oder noch hier bleiben?", fragte ihr Mann vorsichtig. „Hier bleiben, was sonst. Es ist noch früh
am Tag." Arthur zog Ines an sich. Er musste
wissen, was sie noch hoffte, was sie dachte. Dann
erst könnte er das weitere Gespräch mit ihr in die
hoffentlich richtigen Bahnen lenken. „Was glaubst
du, ob sie Pat finden werden?" „Ach Arthur, es ist
alles so schrecklich, ich habe Visionen. Schließe
ich meine Augen, sehe ich ganz verschwommen
das Gesicht unseres Jungen, hole tief Luft, weil
ich meine, ihn zu riechen und bilde mir ein,
jemand flüstert Mama. Aber er kommt nicht näher,
ich strecke meine Arme nach ihm aus, aber ich
kann ihn nicht fassen, er bleibt unerreichbar."
Arthur entschied sich, das Neueste zu erzählen.

„Sie haben nichts gefunden, die Hubschrauber."

„Ach, haben die Retter die Suche schon
eingestellt, es ist doch noch hell?" „Anscheinend,
Ines. Aber bringt doch nichts, glaube mir, sie haben
die Suche nach unserem Pat wirklich ernst genommen und alles erdenklich Mögliche getan."
Ines schwieg. Ihr stiegen Tränen in die Augen.
Schnell petzte sie ihre Augen zusammen. Wieder
ertappte sie sich dabei, doch noch zu hoffen. Auf

Inseln und Halligen haben sie bestimmt nicht gesucht. Vielleicht war ihr Sohn auf einer unbekannten Hallig oder auf einer Insel, vielleicht sogar auf Sylt? Inseln. Ines dachte an das Wort auch im übertragenen Sinn.

Inseln suchen viele von uns,

mitten im Meer der Zeit.

Einen Halt der Geborgenheit

mitten im Meer der Unruhe.

Wenn das Nichts um uns herum zur

Gefahr wird und uns ängstigt.

Arthur schaute sie an. „Ines, hoffen wir nicht mehr, nehmen wir es hin." „Was sollen wir hinnehmen?" „Dass Pat bei Gott ist."

Ines wurde laut. „Das sagst du so einfach dahin, warum bist du so ruhig?"

„Weil es Dinge gibt, denen wir ins Gesicht sehen müssen. Dinge, die wir nicht ändern können."

Ines war anderer Meinung. „Doch, es hätte nicht sein müssen, Pat war schließlich nicht krank. Er wurde ohne Aufsicht ins Watt geschickt, welcher Leichtsinn!" „Beruhige dich, das kannst du nicht so einfach daher sagen", gab Arthur zur Antwort, war sich jedoch der Richtigkeit selbst nicht sicher, denn Caren und Harry waren ja wirklich nicht mit im Watt. Warum nur, warum?

Arthur verstand es nicht. „Wenn mein Sohn nicht wieder kommt, hasse ich Sven und seine Eltern", schrie Ines mit scharfer Stimme und betonte dabei die S von hassen. „Was kann denn Sven dafür?" Arthur wurde momentan alles zuviel.

Er sollte trösten, jetzt müsste er erst einmal seine Frau von diesen hässlichen Gedanken befreien, wann blieb Zeit zum Trauern für ihn? Dabei musste man stille werden, in sich kehren. Vielleicht mal beten...Gott.. ? Ach ja, da war was... Gott!

„Komm, wir gehen nach Hause, du kannst doch nicht den Strand zusammen schreien." Ines stand auf und folgte ihrem Mann. Schweigend. Aber in ihrem Kopf schwirrte es von Gedanken. An Caren und Harry, dachte sie, an denen würde sie ihre Wut herauslassen können, sie waren ja die Schuldigen! Gemächlich schlenderten sie am Deich entlang. Immer noch ohne zu reden. Gott sei Dank, dass Ines hier nicht auch noch schrie, dachte Arthur. Soll sie doch wieder Schlaftabletten schlucken, wünschte er sich jetzt - ja, weil er nun egoistisch war, weil er zur Ruhe kommen musste.

Als beide im Ferienhaus waren, warfen sie sich auf ihre Betten.

12

Es war Abend. Die Dunkelheit kommt im Sommer spät, aber schnell. Und schnell kommt auch die Flut, vor allem, wenn Wind herrscht und Vollmond ist. Caren und ihr Mann nahmen die letzte Fähre zurück nach Föhr, so lange blieben sie auf Amrum. Natürlich bekamen auch sie mit, dass Pat nicht gefunden wurde, natürlich wurde auch Kalle auf Föhr benachrichtigt. Ines und Arthur würden es auch erfahren haben. Harry schaute auf das Meer. Auf einmal ist die Flut da, dachte er. Schleichend, aber schnell. Das Wasser, von der einen Seite kommend, wird mit einer mächtigen Welle deine Knöchel umspülen, wenn du so im Watt vor dir herläufst. Und kaum bist du zur anderen Seite ausgewichen, kommt die nächste Welle mit ihren kleinen, weißen, harmlos aussehenden Schaumperlen und die übernächste und noch eine. Und plötzlich stehst du schon mit den Knien im Wasser, schneller als du denkst, schneller als dir lieb ist.

Es war mittlerweile finster geworden, der Wind heulte, wie er es nur hier an der Nordseeküste konnte, drohend und fremd. Harry spürte feinen Nieselregen auf seiner Haut. Die Schifffahrt war vorbei, Caren und Harry verließen das Deck.

Es waren nur wenige auf der Fähre. Svens Eltern verließen die Anlegestelle und trotteten zum Bungalow. Niemand sprach, doch beide dachten das Gleiche. Würde man sie für Pats Verschwinden verantwortlich machen? Oder vielleicht auch Sven? Harry unterbrach das Schweigen. „Überleg' mal Caren, eigentlich war es doch eine Reihe unglücklicher Umstände..." „Wie meinst du das?" „Na ja, wir wollten ja zum Strand. Wer wollte denn noch mal was trinken? Unser Sohn? Nein, Pat selbst. Wer vergaß erst einmal unser Bier, so dass wir erst viel später zum Strand kamen? Kalle! Wer redete noch lange mit uns? Pfarrer Anton. Und wer dachte, die Kinder seien am Strand, als sie vielleicht schon weit draußen im Watt waren?" Schweigen. Die beiden erreichten ihr Feriendomizil. Morgen würden sie zu Ines und Arthur gehen, da ging kein Weg dran vorbei. Und sie wissen lassen, dass Pat auf dem Weg zum Strand einkehren wollte. Vielleicht konnte man ruhig und vernünftig mit ihnen reden.

Am nächsten Morgen goss es in Strömen. Als es Zeit wurde, zu den Eltern des Vermissten zu gehen, gaben sich Svens Eltern einen gewaltigen Ruck. Sie hätten ja jetzt mit Leichtigkeit eine Ausrede gehabt, wegen des Wetters selbst im Bungalow zu bleiben. Weil sie aber fanden, dass sie trotzdem Hupperts aufsuchen sollten, bewappneten sie sich mit Friesenmänteln sowie Gummistiefeln und platschten durch den Regen los.

Arthur wälzte sich gerade im Bett herum, als er ein schweres Klopfen vernahm. Sollte es an der Tür geklopft haben? Er schaute zu Ines, die noch schlief und wartete ab. Noch einmal klopfte es. Arthur fluchte innerlich. Aber vielleicht war es ja wichtig. Vielleicht sogar wegen Pat?

Arthur streckte sich, setzte sich auf die Bettkante, rieb seine Augen und erhob sich. Er kam sich so benommen vor, als hätte er auch etwas eingenommen. Wieder klopfte es. „Ja", ich komme ja schon, Moment bitte, wer ist da?" „Arthur, wir sind es!", gab Harry zurück. Arthur öffnete. „Ach ihr, mit euch hab` ich gar nicht gerechnet. Kommt rein. Ines schläft noch, wir gehen am besten zur Essecke. Kann ich euch was anbieten?" „Nein, nein" war die knappe Antwort von Harry. Caren wollte zu Ines gehen, sich zu ihr ans Bett setzen. „Du, ich weiß nicht, wie sie reagieren wird, wenn sie wach wird." „Warum, wie geht es ihr, wie verkraftet sie das Ganze?" „Eigentlich eine dumme Frage, aber gut. Ich weiß nie, wo ich dran bin. Ines ist unberechenbar. Weinkrämpfe wechseln mit Lachanfällen ab. Sie hat oft Wutausbrüche und schreit hemmungslos. Eigentlich verständlich. Mal wiederum ist sie wie benebelt, weil sie viel Schlaftabletten einnimmt. Aber nicht erschrecken, wenn sie schreit, das ist sozusagen das Ventil, mit dem ihre Seele sich wieder Luft machen will."
Arthur standen jetzt Tränen in den Augen.

„Ach, es ist alles so furchtbar, und ich, ich muss Ines festhalten und komme mir selbst schwach vor. Es ist, als sollte ich einen Baumstamm vor dem Umstürzen bewahren." Caren ließ sich trotz der Warnung nicht davon abbringen, zu Ines zu gehen und verließ das Wohnzimmer. Harry wollte Arthur trösten, indem er seine Hand ausstreckte, um ihn zu umarmen. Arthur wich zurück. „Jetzt zu dir, ich möchte genau wissen, wie das war an diesem Abend, warum waren die Kinder eigentlich allein im Watt?" Harry wurde es heiß und flau im Bauch. Diese Frage hatte er befürchtet, aber er wusste auch, dass sie kommen würde, zweifellos. Harry setzte an. Er blieb ruhig.

„Pat wollte noch mal was trinken..."„Fang nicht an, Pat selbst die Schuld geben zu wollen." „Aber es war doch so, sonst wären wir ja alle gleich zum Strand gegangen. Hör zu, es waren mehrere Umstände, die zu dem Drama geführt hatten. Pat und Sven bekamen ihre Fanta oder was es war. Sie bekamen ihr Trinken im Gegensatz zu uns, die wir mindestens zwanzig Minuten warten mussten, bis ich überhaupt nachhakte und den Wirt an unser bestelltes Bier erinnerte. Er hatte es völlig vergessen." „Ja und, die Kinder waren doch bei euch?" „Sie wollten aber nicht sitzen bleiben, du weißt ja, wie Kinder so sind." „Das mussten sie aber." „Ja schon, hinterher kann man das leicht sagen. Sie wollten schon vorgehen. Es war ja auch nur vom Strand die Rede und nicht vom Watt!"

Arthur fragte sich, ob er als Kind den Unterschied zwischen Strand und Watt gekannt hätte, sagte aber nichts.

Plötzlich ein Schrei aus dem Nebenzimmer. Ines schrie Caren an und warf ihr Kissen auf sie. „Geh weg, du hast meinen Sohn auf dem Gewissen, du hast ihn umgebracht, indem du ihn allein ins Meer gelassen hast", schrie sie aus Leibekräften und vergrub ihr Gesicht in der Bettdecke. „Ines, lass doch mit dir reden, bitte." Caren bemühte sich, Ines zu besänftigen, aber ihre Bemühungen kamen nicht an. „Es gibt nichts zu reden, ich hasse euch, ich werde euch immer hassen. Geh weg." Caren ging ins Wohnzimmer. Arthur, der Ines` Wutausbruch hören konnte, meinte zu Caren „das ist normal, es sitzen tiefe Wunden in uns. Wir werden auf unseren Resturlaub verzichten, von Erholen kann sowieso keine Rede mehr sein. Freunde von uns, die kein Quartier mehr auf Föhr fanden, freuen sich, noch eine Woche hier verbringen zu dürfen. „Aber Ines wird doch bestimmt verrückt zu Hause, wenn sie Pats Zimmer sieht und an alles erinnert wird, schon allein, wenn sie hier seine Sachen zusammenpacken muss", meinte Caren. Zum ersten Punkt: Sein Zimmer sieht sie eh, ob früher oder später. Zum zweiten Punkt. Koffer packen kannst du für Ines erledigen, Pats Zimmer ist dort links." Caren nickte still, sie musste erst einmal schnäuzen, so viel hatte sie in sich hinein geweint. Arthur stand auf, holte Pats Koffer und zeigte Caren den Schrank mit Pats Sachen. Caren machte sich an die Arbeit. Ihr fiel ein, dass sie heute noch einmal Koffer packen durfte. Dieser Grund heiterte sie bei der Arbeit etwas auf, wenn man überhaupt von einer heiteren Stimmung reden konnte. Harry saß noch am Esstisch. Er konnte nicht weinen, das war nicht seine Art, selbst am Grab seiner Eltern brachte er keine Träne heraus, aber das war Vergangenheit, dort war man jetzt nicht. Wenn ein Kind stirbt, stirbt die Zukunft, so heißt es. Jetzt war man hier... und es galt, Verzweifelten zu helfen, soweit man das überhaupt konnte. Hoffentlich dachten die anderen nicht, weil er keine Träne vergießt....

Ines hatte ihr Gesicht noch immer in der Decke vergraben. Sie hörte Harrys Stimme, aber nichts von Caren. Wo sie wohl war, war sie schon fort? Ines wäre am liebsten aufgestanden, aber sie wollte mit Arthur alleine sein. Niemand sollte sie in ihrem Kummer stören, am liebsten würde sich Ines einkapseln, ja, in eine Trauerfestung. Sie entschied sich, ihren Mann zu rufen. Arthur kam. „Schick' bitte alle fort, Arthur, ich möchte alleine sein. Alleine mit dir!" Arthur hatte Verständnis und gab die Bitte an Caren und Harry weiter. „Und sag' ihnen, dass wir sie nie wieder sehen wollen", schrie Ines aus Leibeskräften. „Tschüss", rief Arthur ihnen zu, nicht wissend, wie er zu ihnen sein sollte. Hassen? Nein, das war zu viel, und es brächte auch nichts, man würde sich selbst dabei kaputt machen. Aber Wut brannte in ihm, das war verständlich, es ging schließlich nicht um eine Lappalie, die man übermorgen vergessen hat. Sie hatten ihren Sohn verloren, sehr wahrscheinlich für immer. Caren und Harry hatten noch ihr Kind, aber für seine Frau war Pat das einzige Lebensziel. Sie hatte keine abgeschlossene Berufsausbildung und konnte auch keine weiteren Kinder bekommen. Arthur stand zwischen zwei Stühlen. Er wollte, ja, er musste Ines einerseits verstehen, aber er wollte auch Kontakt zu Svens Eltern aufrechterhalten. Caren und Harry umarmten Arthur, klopften auf seine Schulter und gingen zur Tür hinaus. Hinaus in den Regen, aber das „schlechte Wetter", welches Pats Eltern jetzt zu spüren bekommen würden, war wesentlich schlimmer. „Lasst uns zu Kalle gehen", schlug Caren vor, „was Besseres fällt mir jetzt auch nicht ein." Harry stimmte zu. „Aber nach Amrum müssen wir heute auch noch, Sven Kleidung bringen." Ja, Schatz, aber dafür ist doch noch Zeit, gehen wir erst einmal etwas essen."

Als Harry und seine Frau bei Kalle ankamen, war eine seltsame Stimmung in der Kneipe. Das mit dem verschwundenen Jungen hatte sich mittlerweile wie ein Lauffeuer herumgesprochen und anscheinend wussten einige noch ein paar Einzelheiten mehr. „Stellt euch vor, da waren keine Eltern dabei." „Ja, aber die Eltern vom Freund, die hätten aufpassen sollen, haben die

Kinder angeblich schon mal vorgeschickt." „Und das zu einer Zeit, als die Flut schon am Anrollen war." „Ich sag's ja immer wieder, diese Touristen, die nehmen das Ganze zu leicht, entweder lesen die den Tide Plan nicht, oder die ham 'ne falsche Vorstellung von der Geschwindigkeit der Flut, denken, die kriecht an wie 'ne Schildkröte, ha, ha", lachte einer in der Runde und setzte zum Trinken an. „Der Bub da draußen ist bestimmt schon den Fischen zum Opfer gefallen, was meint ihr?" Caren und Harry standen noch als Zuhörer im Eingangsbereich und erröteten. Bestimmt war Ines hier und hatte über sie getratscht. Aber ihr momentaner Zustand? Da hatte sie doch andere Sorgen als hierher zu laufen? „Was ist denn mit euch?", fragte einer der Burschen, „seid nicht so ängstlich, wir tun euch schon nichts, pflanzt euch hin."

Svens Eltern standen immer noch wie angewurzelt im Eingangsbereich. Sie wollten einerseits nicht noch mehr auffallen und sich in der hintersten Ecke der Bar verkriechen, andererseits waren sie neugierig, was bei den Männern da noch getratscht werden würde. Vorstellbar ist auch, dass der Wirt Informationen weitergegeben hatte, der saß ja, was Nachrichten betraf, sozusagen an der Quelle. Oder wurde er ausgefragt, für Geld machen die ja alles! Die Frage, die Caren und Harry nun beschäftigte, war, ob man sie hier kannte. Ob sie mit dem aktuellen Gesprächsthema in Verbindung gebracht wurden; konnten sie sich überhaupt hierher setzen?

„Komm Caren, hier ist ein kleiner Tisch frei, setzen wir uns."

Caren gehorchte. Die Männer sahen kurz zu ihnen, wechselten aber das Thema nicht. „Wisst ihr, die Auswärtigen, die haben noch nicht geschnallt, dass die Flut von allen Seiten kommt, auch von unten. Und Kinder denken erst recht nicht so weit." Dem anderen Jungen, dem kann man keine Vorwürfe machen, der war ja kaum größer, der wird mit sich selbst genug zu tun gehabt haben." Erleichternd, so etwas von anderen am Tisch zu hören. Wie es Sven jetzt wohl ginge, dachte Caren. Bei diesem Regen konnte er die geplanten Ausflüge mit Wolf gar nicht machen, zur Pferdekoppel und zur Vogelwarte. Als Kalle Svens Eltern am Tisch sah, nahm er ihre Bestellung auf und gab wohl den anderen ein Zeichen, ruhig zu sein bzw. das Thema zu wechseln. Caren ärgerte sich. Spätestens jetzt wussten die Männer wahrscheinlich, mit wem sie es in der Bar zu tun hatten. Harry, der den veränderten Gesichtsausdruck an seiner Frau bemerkte, riet ihr ruhig zu bleiben. „Wir haben nichts zu befürchten, wenn die auf uns herum hacken, ziehen wir Kalle mit 'rein. Wir mussten über zwanzig Minuten auf unser Bier an jenem Abend warten. Überlege mal, wie weit man in dieser Zeit hätte laufen können. Und vor allem Kinder, die rennen zeitweise." Aber niemand der Einheimischen drehte sich zu ihnen um.

Caren und Harry waren erleichtert, tranken etwas, aßen wieder leckeren Fisch, zahlten und verließen die Bar.

13

„Gewonnen!", schrie Sven, als er das Spiel zu seinen Gunsten beendet hatte. „Komm Wolf, wir machen noch eins." Wolf zögerte. „Du, Sven, ich hab` noch Arbeit, und wenn Gäste kommen, die was essen wollen, kannst du das Buch über Amrum weiterlesen. „Ok", meinte Sven, der wirklich keinen Aufstand machte. Außerdem interessierte ihn unheimlich, was man auf dieser Insel alles entdecken konnte, auch wenn heute das Wetter nicht danach war. In diesem Moment ging die Tür auf. „Mama, Papa", schrie Sven, „hurra, sie haben den Koffer mitgebracht." „Moin, moin", grüßte Wolf. „Na, mein Bub, wie geht's dir?" wollte sein Vater wissen. „Toll, ich habe gefrühstückt wie ein Bär." Wolf trug den Koffer hoch ins Zimmer und gab Caren ein Zeichen zum Folgen. Caren verstand. Als sie oben waren, berichtete Wolf: „Sven fragte nach Pat, ich erzählte ihm, er sei im Himmel....Sven weinte erst, dann lenkte ich ihn ab und er vergaß seinen Kummer. Aber manchmal kommen aus heiterem Himmel Attacken, bei denen er laut den Namen des Freundes herausbrüllt. Das wollte ich Ihnen nur sagen." „Danke, Wolf. Ich hoffe, du hast es nicht so schwer." „Ach, es ist schon gut, wir spielen zusammen, er hilft mir manchmal und denkt allerdings auch von Zeit zu Zeit, er habe Schuld an Pats Tod, das versuche ich ihm dauernd auszureden." „Ja, ist schon gut, das machst du ganz prima. Es reicht, wenn wir Schuldkomplexe haben. Das wird Sven wahrscheinlich noch in verstärktem Maße mitbekommen, wenn wir wieder zu Hause sind und er zur Schule muss. Aber er kann doch wirklich noch bis zum Ende der Woche bleiben?" „Ja natürlich. Sven fällt uns nicht zur Last, wenn Sie das meinen", betonte Wolf. „Komm, wir gehen wieder hinunter." „Wie lange bleibt ihr heute bei mir?", wollte Sven wissen. „Wie du möchtest", meinte sein Vater. „Wir richten uns ganz nach dir. Erst wollen wir aber noch einen Kaffee trinken." „Wird gemacht, kommt gleich" antwortete Wolf, der den Wunsch mitbekommen hatte. „Und wie geht es Pats Eltern?", fragte Sven kleinlaut. „Die reisen morgen ab und lassen Bekannte in ihren gemieteten Bungalow." „Aber gibt es keine Trauerfeier?" „Nein, Sven, das wollten sie nicht" erklärte Caren in ruhigem Ton. „Wahrscheinlich auch deshalb nicht, weil die Wunden noch zu tief sitzen, alles zu sehr schmerzt, vielleicht hoffen sie auch noch, weil Pat bis heute nicht gefunden wurde. Pats Eltern müssen erst Fuß fassen. Bestimmt findet zu Hause eine Trauerfeier statt." „Hm." Caren und Harry schlürften den heißen Kaffee, schauten mit trauriger Miene ihren Sohn an, lenkten ihn aber ab, indem sie ihn baten, sich umzuziehen, da er nun seine eigenen Sachen hatte. Nachdem sie ausgetrunken hatten, verabschiedeten sie sich von Sven und beschlossen, zum Amrumer Hafen zu gehen, trotz des feinen Nieselregens, der ihnen da draußen geboten wurde, aber sie waren ja nicht aus Zucker! Im Hafenbecken schaukelten Jollen und Yachten, Ausflugs- und Segelschiffe, das Rettungsboot mit seinen leuchtenden Farben und Krabbenkutter mit hochgezogenen Netzen. Ein Geruch von Tang und Teer, von Weite und Meer stieg den beiden in die Nasen. Wieder eine Schifffahrt nach Föhr, auf die andere Insel. Die Insel, auf der es völlig an Dünen fehlt, dafür bestimmen grüne Weiden und gelbe Kornfelder das Landschaftsbild. Morgen ziehen sie in Betracht, eine Wattwanderung nach Amrum zu machen. Aber sie würden vorsichtiger sein, sie hatten jetzt einiges begriffen.

Aus dem Dämmerlicht der frühen Morgenstunden löste sich immer festlicher und heller der Tag. Aus dem dumpfen Schwarz schwoll die Farbe des Meeres immer leuchtender zu einem Blau an. Es regnete nicht mehr, aber immer noch bildete das Weiß der Schäfchenwolken die größere Fläche des morgendlichen Himmelsbildes. Zwischen Föhr und Amrum breitete sich eine Wattdecke aus und noch bevor die Flut wieder einsetzte, machten sich Caren und Harry auf den Weg zur Düneninsel, schließlich betrug die Wegstrecke ca. sieben

Kilometer. Die beiden hielten sich genau an die Prickeln, jenes Reisig, das überall im Schlick steckte und sich in einer großen Schlangenlinie von Insel zu Insel wand. Sie liefen eine knappe Stunde, als sie bemerkten, dass die Priele vor ihnen immer breiter wurden. Stellenweise vereinigten sich die Priele zu einer großen Wasserfläche, aus der nur hier und dort noch langgezogene Sandbänke hervorragten. Wenige Fußspuren im feuchten Sand waren längst überspült. Das Wasser reichte den beiden selbst an den flachen Stellen schon bis an die Knöchel. Das Laufen fiel ihnen zeitweise schwer, manchmal, an tieferen Stellen, sogar unmöglich. Caren konnte sich nun gut in die Lage der Kinder versetzen, die ja noch wesentlich kleiner waren. Dann und wann begannen Caren und Harry wieder zu rennen, kamen aber nur umso schneller wieder in tiefere Rinnen. Verzweifelt hielten sie Ausschau nach nach den Prickeln, die bald nur noch mit Mühe zu erkennen waren. Aber sie erreichten eine der Sandbänke und waren auch bald danach am Ufer.

Sandbank? Vielleicht diese hier?

Könnte es nicht sein, dass Pat...?

Und vielleicht ein Hubschrauber kam?

Aber nein, das hätte man inzwischen gewusst.

Heute war ja wieder anderes Wetter, mittlerweile überwog das Blau am Himmel, es war trocken und wurde immer heißer. Svens Eltern setzten sich in den Sand der Dünen und blieben so lange dort sitzen, bis sie wieder restlos trocken waren. An der Nordspitze Amrums wateten sie durch die Dünen, vorbei an den reetgedeckten Friesenhäusern im Ostteil Norddorfs. Am Wegesrand und im Grün der Wattwiesen zeigte ihnen die Natur die Fülle ihrer Salzflora, doch auch die Zerstörung, die ständig durch das Meer am Ufer angerichtet wurde. Jo erzählte einmal, dass hier schon oft die Bauern ihre Koppeln landeinwärts rücken mussten. Harry sah eine Bank und schlug vor, sich ein wenig auszuruhen. Die Bank fiel ihnen auf. Sie hatte ein Kreuz und die friesische Inschrift: „Un Jesus Rau an Frees." „In Jesus ist Frieden ".....müsste das heißen, dachten sich Svens Eltern. Das stand oft auf Grabsteinen. Für Pat konnte man ja einen Gedenkstein herrichten lassen, Caren wünschte sich, die Kosten dafür tragen zu dürfen, glaubte aber nicht daran, weil Ines momentan noch zu erbost war. Gegen Mittag erreichten sie Süddorf und liefen zum Leuchtturm, der zum Besteigen und Besichtigen geöffnet war. Knapp dreihundert Stufen wurden die beiden mittels einer Eisentreppe auf die hohe Leuchtturmdüne hinaufgeführt und gelangten über eine Wendeltreppe im Inneren des Turmes hinauf auf den Balkon unter der Kuppel. Die zwei genossen den herrlichen Ausblick über die Insel. An der Westseite sah man den Sand mit seinen Dünen, in der Inselmitte den breiten, grünen Streifen der Aufforstungsflächen und dazwischen noch vereinzelte Stücke mit brauner Heide sowie

Wiesen und Dörfer. Caren und Harry hatten viel vor. Zuerst ging es zur Heide-Bar, um etwas zu trinken. Schließlich waren sie nach dem langen Marsch bei den heutigen Temperaturen von über fünfundzwanzig Grad sehr durstig. In der Bar lief alles „normal", man schien sie nicht zu kennen, man sprach nicht über das Geschehen der letzten Tage. Dann ging es weiter durch die Dünen, am Wittdüner Strand entlang, nach Wittdün. Das reichte an zurückgelegten Kilometern für den heutigen Tag. Sie würden sich hier am Strand ausruhen und irgendwann eine Fähre nach Wyk nehmen.

Für den nächsten Tag war wieder Hitze angesagt. Blau leuchtete der Himmel schon am frühen Morgen und das Meer glitzerte wie ein blauer Saphir. Beide entschieden sich, zum Föhrer Strand zu gehen, vielleicht erst zu Kalle. Bestimmt konnte er ihnen Neuigkeiten mitteilen. Sie liefen wieder am Deich entlang. Caren dachte über ihren Traum der letzten Nacht nach. Sie stand mit Sven und Pat im Wasser und wollte die Kinder hochheben, ganz weit hoch gen Himmel... Harry hatte sicher nichts geträumt. Caren genoss das schöne Wetter an diesem Morgen und beobachtete die Küste. Küsten können verschieden aussehen, dachte sie und irgendwas hatten sie mit Menschen gemeinsam. Küsten können abstoßend sein wie die harte Steilküste. Sanft, wie die Küste, die eine Welle nach der anderen in den feinen Sand eines Strandes ausgleiten lässt, so sanfte Menschen kannte sie auch. Caren stellte sich geheimnisvolle Küsten vor und dachte, es gibt doch auch Menschen, die geheimnisvoll wirken. Die nichts von sich preisgeben. Caren fand ihren Mann auch irgendwie geheimnisvoll, aber vielleicht war gerade das seine Art zu trauern. Sie erreichten die Bar und stellten nach einigen Sekunden zu ihrem Entsetzen fest, dass man wieder über das Thema der Tage sprach. Ein jüngerer, salopp gekleideter Mann las gerade die Tageszeitung, als Kalle sie begrüßte. „Habt ihr auch schon gelesen?", fragte er. Noch ehe die beiden antworten konnten, schob er ihnen das Tagesblatt hin. Fettgedruckter Titel: **Befreundete Eltern schicken Jungen ins Watt. Tod auf tragische Weise.**

Harry wurde es heiß, das war doch eine Gemeinheit! Pat wurde doch gar nicht gefunden, wieso wusste man, dass er tot war? Was Zeitungen aus einer Begebenheit machten, die drehten alles um. Caren ging es nicht anders. Das konnte nur Ines gewesen sein! Sie musste Zeitungsredakteure aufgesucht haben, für die war so eine Story - vor allem mit ihren von der Wahrheit abweichenden Äußerungen – ein großer Brocken.

Wahrscheinlich wusste man schon in ganz Deutschland davon. Würden alle, die es wussten, ihnen noch ins Gesicht schauen, sofern man sie

damit in Zusammenhang brachte? Waren sie - die Schuldigen – in anderen Zeitungen vielleicht sogar abgebildet? Das wäre nicht ausgeschlossen, denn Ines hatte ja Fotos von gemeinsamen Unternehmungen, auch solche, auf denen nur sie beide abgebildet waren. Svens Eltern waren wütend, dachten an ihren Sohn. Hatte er etwa auch schon den Bericht gelesen? „Damit müsst ihr eben fertig werden", Kalle ganz trocken und zuckte seine Schultern. „Eine gewisse Schuld euerseits ist ja nicht von der Hand zu weisen." Als Harry das Wort Schuld hörte, fiel ihm Pfarrer Anton ein. Mit ihm müssten wir mal sprechen können, dachte er. Morgen würde er die Sekretärin anrufen. „Mach' s dir nicht so einfach, Kalle. Ich suche zwar keine anderen Schuldigen, aber bedenke mal, an jenem Abend hast du uns sehr lange auf unser Bier warten lassen, über zwanzig Minuten. Wir schickten unsere Jungs ja nur vor, weil wir mit einer solchen Verzögerung nicht gerechnet hatten."
„Mal langsam, macht **euch** es bloß nicht so einfach, ihr verletzt eure Aufsichtspflicht mit jeder Sekunde, in der ihr die Kinder unbeaufsichtigt lasst." Damit hatte Kalle nun mal Recht. Harry und Caren fühlten sich in dieser Kneipe nicht mehr wohl. Wo sollten sie überhaupt noch hingehen, wo nicht über sie getratscht wurde, über sie beide als große Versager?

Sie beschlossen, eine Schifffahrt nach Sylt zu machen. An diesem Tag wurde nur die längere

Route angeboten. Das bedeutete, man landete nicht in Hörnum, sondern fuhr weiter gen Norden und würde am Königshafen anlegen. An diesem heißen Tag war es am Deck richtig angenehm. Ein kleines Lüftchen während der Fahrt sorgte dafür, dass man nicht so schnell ins Schwitzen geriet. Kurz nachdem das Schiff angelegt hatte, waren die meisten Passagiere gleich darauf mitten im Ortsteil List. Caren und Harry nutzen die Möglichkeit, mit einem kleinen Bus eine Inselrundfahrt zu unternehmen. Sie durchfuhren Listland, ein sechzehn Quadratkilometer großes Naturschutzgebiet mit einer unendlich scheinenden Dünenlandschaft, dann ging es an der Vogelkoje vorbei. „Früher diente die Vogelkoje zum Massenfang von Enten, heute allerdings nicht mehr. Mittlerweile ist hier ein Urwald mit Schilf und anderen Pflanzenarten vorzufinden", erklärte die Reiseleiterin im Bus. Weiter ging die Fahrt durch Kampen und dann durch Keitum. Dem grünen Herzen Sylts. Dort sollen reiche alte Kapitäne wohnen, und in Archsum seien hauptsächlich Bauern zu Hause. In Morsum, fast am Ende der östlichen Halbinsel von Sylt, hielt der Bus an. Pause war angesagt. Viele der Passagiere schauten sich das Innenleben der Martinskirche an, darunter auch Caren. Sie trat vor den Altar und sprach ein Gebet. Von dort aus fuhr der Bus zum Hafen. Es war an der Zeit, nach Föhr zurückzukehren, da diese Schifffahrt auch noch einige Stunden dauern würde.

14

Nun waren sie in der Heimat. Arthur und Ines, die Trauernden. Arthur war der Stille. Ines hingegen musste jedem heulend die Story erzählen. Das tat ihr gut, aber nur, weil Schuldige im Spiel waren, über welche sie herziehen konnte. Man könnte meinen, es wäre ein Vulkan ausgebrochen, worauf niemand vorbereitet war. Es gab kein Grollen im Inneren schon Tage vorher. Die Eltern wurden über Nacht und ohne Vorwarnung überrumpelt. Die beiden bedauerten sich selbst. Dachten, trauernde Eltern, die ein Kind durch Krankheit verlieren, quasi vorgewarnt würden, hätten es wesentlich leichter als sie, alles zu verkraften. Ines hatte seit der Ankunft aus Föhr das Zimmer ihres verlorenen Sohnes noch nicht betreten. Arthur erledigte alles für sie. Er ging schweren Herzens in Pats Zimmer, packte die Sachen des Jungen aus, stellte seine Waschsachen weg, erst mal in eine Kiste. Er sah sich in der Küche nach Pats Geschirr um, um alles beiseite zu schaffen. Obwohl noch Ferien waren, suchte er Pats Klassenlehrerin auf, sie sollte schon vor Schulbeginn Informationen erlangen. Arthur hielt es so für angebrachter. Er verkroch sich in seine Arbeit und machte Überstunden. Ines hingegen hatte kein Ziel mehr, sie war nur für ihren Sohn dagewesen. Sie wanderte weinend und anklagend durch sämtliche Zimmer auf der Suche nach einem noch so kleinen Hoffnungsschimmer dafür, dass dies alles nur ein böser Traum wäre. Ines wusste nicht, wie ihr Tag ablaufen sollte. Kochte sie Mittagessen, dachte sie zwangsläufig an Pats Lieblingsspeisen: Grießbrei mit Himbeersoße, Spinat, Spaghetti, Vanillepudding und natürlich Pommes frites. Sollte sie Fotos von Pat sortieren oder nicht? Ihr Hass Harry und Caren gegenüber saß tief, er würde sich nie ändern. Auch Sven gegenüber hatte sie kein Verständnis. Mit fast dreizehn Jahren hätte er mit Leichtigkeit aufpassen können, so dachte sie jedenfalls. Nie wieder wollte sie alle drei sehen. Doch wollte sie sich vor ihnen verstecken oder hatte sie den Mut, diese Familie „fertigzumachen" und vielleicht sogar anzuklagen? Das wusste sie selbst noch nicht. Schließlich wohnten sie alle in derselben Stadt. Aber diese Einwohner, ja alle Einwohner sollten alles erfahren. Arthur meinte nur zu ihr, das Leben ginge weiter.

„Höre das Ticken der Uhr, sieh dem Lauf der Sonne zu und du weißt, dass die Zeit nicht stehenbleibt. Sieh die vielen Kinder in der Dritten Welt sterben, und du weißt, dass Pat nicht der Einzige im Reich der Toten ist."

Das war Arthurs Art zu trösten. Nur nach außen? Dachte er in seinem Innern wirklich genauso? Ines verstand die Welt um sich herum nicht mehr. Sie sah ihren Mann mit seinen tröstenden Sprüchen im Land der aufgehenden Knospen, während sie in das Land der verwelkenden Blätter eingetaucht war. Der Gemeindepfarrer würde eine Andacht halten. Doch wo würde ein Grab für Pat sein? Auf dem Friedhof? Nein, das konnte man nicht machen, vielleicht war er doch nicht tot. Ines beschloss an diese Version zu glauben. Sie würde Tagebücher schreiben, mit Briefen, die an ihren Sohn adressiert sein würden. Das wäre ihre Trauerarbeit. Sie würde einen Stein in ihren Garten setzen lassen mit der Inschrift: „Im weiten Norden hast du uns verlassen. Solltest du wieder zu uns finden, darfst du diesen Stein umhauen."

Ines verließ die Wohnung. Sie wollte sich nicht schwarz anziehen, sie hoffte ja! Sie trug ein eingeschnittenes Kleid, in dem sich Blau- und Grüntöne wellenförmig abwechselten, das erinnerte sie ans Meer. Diesen Ort verband sie mit ihrem Sohn intensiver, als wenn sie sich in Trauerkleidung werfen würde. Zügig ging sie an den Geschäften vorbei, um keinem Bekannten begegnen zu müssen, der sie nach dem Urlaub fragen könnte. Was sie die ersten Tage nach der Rückkehr gerne erzählte, um Caren und Harry ins schlechte Licht zu stellen, das belastete sie jetzt. Und außerdem, so einfach auf der Straße, zwischen

Hauswänden und parkenden Autos, das wäre eh`
nicht der richtige Ort für so etwas. Wer es ernst
meinte, könnte sie ja besuchen. Als Arthur nach
Hause kam, traf er Ines nicht an.

Arthur schaltete den Fernseher ein. Dort lief gerade
Fußball. Er wurde unmittelbar daran erinnert, wie
gern sein Sohn Fußball gespielt hatte und knipste
den Apparat wieder aus.

Sollte er mal in Pats Zimmer gehen? Jetzt war er
allein, vielleicht könnte er mal so richtig losheulen,
das würde befreien, dachte er. Arthur betrat das
Zimmer seines Sohnes. Ein grauer Lichtschleier
drang durch die braunen Vorhänge. Er setzte sich
auf die Couch und betrachtete die Wände, die
Poster, die Schranktüren. Alles schwieg. Es war ein
komisches, beklemmendes Gefühl. Würden sie
jemals ein anderes Zimmer daraus machen? Er
wusste es noch nicht.

Arthur weinte nicht. Die Gesellschaft würde es
nicht zulassen. Ines war labil, und beide saßen in
einem Boot, nur: das Boot durfte nicht kentern.
Der elterliche Schmerz über den Tod eines Kindes
kam Arthur zeitlos und grenzenlos vor, und doch
musste er an hoffnungsvollere Zeiten glauben.
Dass Schmerzen vergehen, dass Wunden heilen,
dass Neues kommen würde. Aber Narben, die
würden eben bleiben. Arthur verließ das Zimmer
wieder, aber er war froh, dort gewesen zu sein.

15

In Amrum schien von Neuem die Sonne. Bereits am frühen Morgen machten einige Frühsport am Strand. „Heute soll es heiß werden", meinte Wolf zu Sven am frühen Morgen, „lasst uns zeitig starten." „Oh ja, ich beeile mich." Zehn Minuten später war Sven fertig und stand schon in der Tür. „Wo soll es denn hingehen?" Wolf breitete die Karte von Amrum aus und zeigte mit einem Finger den Weg, den sie vorhatten. „Komm' her und schau selbst, wir sind hier in Norddorf, lass uns diesen Weg durch das Wäldchen gehen. Irgendwann werden wir ein Schild sehen, das uns zur Vogelkoje weist." Als Sven mit Wolf draußen war, spürte er bereits die morgendliche Wärme, die ahnen ließ, dass ihnen ein heißer Tag bevorstehen würde.

Sven war froh, dass er neue Sandalen hatte und nicht seine geschlossenen, festen Schuhe anziehen musste. Die beiden zogen durch das Wäldchen und genossen es, größtenteils im Schatten laufen zu können. Das säuselnde Geräusch von Blättern ließ die Spaziergänger aufatmen. Ein kleines Lüftchen ging und machte das Laufen angenehmer. Sven entdeckte das Schild, von dem Wolf erzählt hatte, als erster. „Du Wolf, ich glaube, das ist das Schild, von dem du mir erzählt hast, müssen wir jetzt nach links?" „Ja, Sven." Beide liefen auf einem schmalen, sandigen Weg, der - von dichten Kiefern und Fichten umrahmt – ausreichenden Schutz gegen Sonne oder Wind bot. „Wenn du mehr von der Landschaft sehen möchtest, können wir Richtung Dünen laufen." Sven stimmte zu und kurz darauf erreichten sie die Vogelkoje. Diese war ein kleines Tierparadies mit einheimischen sowie exotischen Tieren. „Schau Wolf, die Enten und die Kaninchen laufen frei herum." Sven war begeistert. Wolf zeigte dem Jungen auch das Kojen-Häuschen. „Du kannst auch was trinken, wenn du möchtest", schlug er vor. Sven lehnte natürlich nicht ab bei dieser Bullenhitze, wie er sich ausdrückte und somit legten beide eine Trinkpause ein. Gegen Mittag liefen sie weiter gen Norden, wo ein Pfad direkt auf die größte Wanderdüne von Amrum hinführte. Aber die Sonne brannte unbarmherzig auf Wolf und Sven herab und die beiden flüchteten wieder in den Wald. „Lasst uns zu den Pferden gehen, wie du mir versprochen hast" , bat Sven. „Ja gut, aber wir müssen durch den Wald zurück und weiter nördlich wandern, wenn du das durchhältst." „Ich habe es jedenfalls vor", konterte Sven und dachte an die letzte Wattwanderung mit Pat und daran, was er alles durchhalten musste. Dagegen war das hier nicht der Rede wert. Sie liefen wieder an Norddorf vorbei. Die grüne Marsch - zur See und zum Wattenmeer hin von Deichen umrahmt - zeigte ihnen ein buntes Bild von grasenden Kühen und verschiedenen Pferderassen. Sven lockte einige Pferde einer Koppel zu sich an den Koppelrand und streichelte sie. „Schau mal da hinten, ein ganz kleines bei seiner Mutter." „Die Stute wird bestimmt nicht vor zum Zaun kommen. Lass sie ruhig, sie hat einen schönen Schattenplatz. Außerdem, glaub' ich, das Kleine trinkt gerade." Hier im Norden der Insel fielen Sven die Warnschilder auf, die darauf hinwiesen, dass die Nordspitze Naturschutzgebiet war. Sven war müde. „Lasst uns zu Jo gehen, bitte, es ist genug für heute." Wolf war derselben Meinung und stimmte zu. Er hatte sich eh` schon über die Ausdauer des Jungen gewundert. Auf dem Rückweg war Sven etwas traurig. „Schade, nächste Woche ist schon wieder Schule, bald müssen wir heimfahren, dann vermisse ich alles hier, auch dich, Wolf." „Du kommst bestimmt mal wieder hierher, Sven. Und außerdem können wir uns schreiben." „Das mit Pat ist schlimm, das kann ich nicht so einfach vergessen." „Wäre ja auch schlimm, wenn du es so einfach vergessen könntest, solche Begebenheiten kann man nicht einfach in eine Schublade stecken! Aber das Leben geht trotzdem weiter. Du wirst neue Freunde finden, irgendwann sogar eine Freundin. Und dann wirst du sogar mich vergessen haben." „Oh nein, Wolf, sag' das nicht, ich werde dich immer in Erinnerung behalten, das schwöre ich dir" ,betonte Sven mit ernster Miene und streckte zwei seiner kleinen Finger ganz hoch.

16

Der letzte Urlaubstag rückte an. Caren war schon am frühen Morgen dabei, Koffer zu packen. Am Vormittag würden sie nochmals an den Strand gehen, den Duft nach Teer und Tang einatmen. So intensiv, als wollten sie ihn mit nach Hause nehmen. Gegen Mittag wollten sie nach Amrum übersetzen, bis abends dort bleiben, da Jo und Wolf alle zu einem Abschiedsessen eingeladen hatten. Sven mussten sie allerdings heute schon nach Föhr mitnehmen, um am nächsten Tag die erste Fähre nach Sylt zu bekommen. Schließlich würde ihr Zug nach Frankfurt bereits um neun Uhr dreißig abfahren. Aber warum schon an morgen denken? Svens Eltern gingen zum Strand. Es war diesig und etwas schwül, sicher war das nächste Gewitter nicht mehr weit, es roch geradezu danach.

Als Harry eine Telefonzelle sah, fiel ihm sein Kumpel Anton ein, seine Sekretärin wollte er ja anrufen. Aufgrund der Schwüle bat er Caren vor der Zelle stehenzubleiben und auf ihn zu warten. Nicht etwa deshalb, weil er Geheimnisse hatte. Harry nahm den Hörer ab und wählte. Kurz darauf meldete sich jemand. „Hallo, ist dort Pfarrbüro Richter?", sprach er in die Hörmuschel. Caren hielt zwar die Tür zur Telefonzelle auf, doch konnte sie nicht verstehen, was am anderen Ende der Leitung gesprochen wurde, nur was Harry von sich gab: „Ach schade. Er soll sich bei uns zu Hause dann wieder melden. Vielen Dank. Auf Wiederhör'n und schönen Tag noch!" Harry kam aus dem Häuschen. Er war enttäuscht. „Anton ist zurzeit auf Nordlandfahrt, was wir auch schon immer machen wollten, ich beneide ihn geradezu. Ob beruflich oder privat, weiß ich nicht. Jedenfalls ist er unerreichbar für uns, bestenfalls per Funk, aber wir wollten ihn ja persönlich sprechen." „Und wie seid ihr jetzt verblieben, Harry?" „Dass er uns baldmöglichst anrufen soll, aber erst, wenn wir wieder zu Hause sind, ich gab unsere Festnetznummer weiter. Du siehst, Caren, es war schon sehr oft so, immer wenn man jemanden dringend braucht, ist er nicht da." „Reg` dich nicht auf, Harry, das Gespräch mit Pfarrer Anton wird unsere Schuld auch nicht wegnehmen. Bestenfalls..." Caren stockte. Bestenfalls Gott...wollte sie sagen, doch glaubte ihr Mann....?

Die beiden beschlossen - trotz vorheriger Zweifel - nochmals die Bar zu betreten. Schließlich konnte doch nicht schon wieder oder immer noch darüber geredet werden, es war nun mal passiert. Und wenn doch, dann würden sie eben Stellung dazu nehmen so gut sie konnten. Flucht aus der Kneipe wäre ja lächerlich. Außerdem war Freitag und der Fischer würde frischen Fang bringen. Als sie die Bar betraten, war der Fischer bereits anwesend,

sonst aber noch niemand. „Moin", grüßte der
Alte. „Heut habe ich Rotbarsch, esst ihr das auch?"
„Selbstverständlich. Und zwei Bier bitte."
„Kommt gleich", rief Kalle. „Sagt mal, wie lange
bleibt ihr denn eigentlich noch?" „Morgen werden
wir abreisen, warum?" „Ach nur so, ich dachte, ihr
seid schon ziemlich lange hier?" „Nein, zwei
Wochen" stellte Harry klar. „Ihr habt doch sicher
Touristen, die länger bleiben?" „Gewiss, war ja nur
'ne Frage." Caren drehte sich zum Fischer.
„Glauben Sie auch, dass es heute blitzt und
kracht?", fragte sie den für die Umgebung
zuständigen Meteorologen. „Ja, gegen Abend
fallen bestimmt Gewitter, warten Sie mal ab. Ich
hoffe, Sie ham zu Haus` keine Gewitter", fügte er
hinzu „da können noch Stürme kommen." Harry
verstand nichts. Er dachte bei der Aussage nur an
Wetterprognosen. Caren hingegen verstand den
Alten. Was er sagte war natürlich zweideutig. Er
meinte auch das „innere Klima". Wenn Ines sie
beide hasste, wenn Arthur schwieg, oder wenn
beide Sven verrückt machten, ihm Schuld ein-
redeten oder was auch immer, das würde alles zu
einem schlechten Familienklima beitragen. Caren
schluckte nur. Das reichte vollkommen. Der
erfahrene Fischer sah ihnen an, wie sie seine
Aussage interpretiert hatten.

Nach dem guten Rotbarsch-Essen liefen Svens
Eltern auf dem Deich entlang. Caren äußerte den
Wunsch, zur Kirche St. Nikolai zu gehen,

vielleicht auch deshalb, weil sie vom Friedhof erzählt bekommen hatte. Der Friedhof glich einem großen grünen Garten. Wege, Rasen und Gräber gingen ineinander über, dazwischen standen Hecken. Faszinierend waren vor allem die Grabsteine. Älteste Grabplatten aus dem Kircheninnern waren ins Freie gebracht und senkrecht in den Rasen gesetzt worden. Der Sandstein der alten Grabplatten war aufgeweicht vom steten Wind, dem Salz sowie der Feuchtigkeit und von Moos überwachsen. Ab und an sah Caren modern gestaltete Steine mit glänzender Ober-fläche. Aber auch Grabsteine aus den letzten zwei Jahrhunderten konnte man finden. Die Namen auf den Steinen klangen alle friesisch.

Caren kam die Idee, hier auf Föhr einen Grabstein für Pat setzen zu lassen. Ines würde es vorerst nicht erfahren, vielleicht irgendwann, sollte sie jemals wieder diese Insel betreten...ja, betreten können. Eine schöne Inschrift sollte den Stein schmücken. Ihr musste nur noch etwas Passendes einfallen. Aber das müsste sie jetzt wohl alles von zu Hause aus organisieren, heute war schließlich ihr letzter Urlaubstag. Schade, dass sie nicht schon früher diesen Friedhof besucht hatte. Die beiden verließen den Friedhof und gingen Richtung Kirche. Caren öffnete die schwere Kirchentür und Harry folgte ihr. Während er sich die verschiedenen Informationsblätter im Innenraum betrachtete, lief seine Frau still zum Altar. Sie wollte ein Gebet sprechen,

wusste aber nicht, wie sie all das, was sie
bedrückte, formulieren sollte und entschied sich,
das Vater Unser zu sprechen.

Die beiden verließen das Gelände, sie wollten ja
noch nach Amrum zu Sven, hatten ihn lange nicht
gesehen. Mit Absicht ihm etwas Abstand von
seinen Eltern gegönnt. Bestimmt war er im Haus,
es war ja Mittagszeit, die anstrengendste Tages-
zeitfür Wolf. Hoffentlich hatte ihr Sohn genug
Anstand, seinem Freund etwas zu helfen.
Schließlich durften Harry und sie nichts bezahlen.
Dafür, dass Sven dort wohnte, für Svens Essen, für
die viele Zeit, die Wolf mit Sven verbrachte. Zu
Hause, dachte Caren, würde ihr schon etwas
einfallen, womit sie Wolf und Jo eine Freude
machen könnte und sie würde ein großes Paket auf
die Insel schicken.

„Hallo Mama, hallo Papa", rief Sven begeistert.
„Setzt euch, was wünscht ihr?" „Na, du redest ja
schon wie ein Ober, geht' s dir gut?" „Ja, Papa, ich
durfte ganz toll mithelfen, auch Bestellungen
aufnehmen und Getränke an die Tische bringen",
erzählte ihr Sohn voller Stolz, „nur kassieren
durfte ich nicht." „Klar, kann ich verstehen, aber
tröste dich, das dürfen die meisten Anfänger nicht,
selbst Erwachsene." „Aber Wolf steckte mir das
Trinkgeld zu von dem Tisch, an den ich die Sachen
hinbrachte." Caren und Harry fanden Wolf toll,
lachten gleichzeitig herzlichst über Svens

grammatische Ausdrucksweise, die sich manchmal katastrophal anhörte. Na ja, Montag war ja wieder Schule, dachte Harry beruhigt, da würde wieder ein anderer Wind wehen als hier. „Also dann bringe uns mal bitte zwei große Pils", meinte er lächelnd zu seinem Sohn. „Wird sofort gemacht." Sven rannte zur Bar. „Na, rennen sollst du nicht, das macht doch kein richtiger Ober." Sven hatte viel erklärt bekommen. Wie man Bier ausschenkte, wie man schneller die Wünsche der Gäste notierte, vom Umgang mit den Feriengästen und vor allem: er durfte Rechnungen hinter dem Tresen addieren. Besonders Letzteres erfreute Svens Eltern, viel Rechnen konnte nie schaden. Sven kam mit den gefüllten Bierhumpen, stellte sie ordnungsgemäß auf den Tisch und setzte sich zu ihnen. Seine Eltern wollten sofort wissen, was er die letzten Tage alles unternommen hatte, und somit erzählte er sprudelnd von der Insel, auf der sie sich befanden. Er glaubte, die ganze Insel nun kennengelernt zu haben und bedauerte, dass der Urlaub so gut wie zu Ende war. „Ja, heute Abend müssen wir dich wohl nach Föhr mitnehmen", teilte Harry seinem Sohn mit. „Warum, wir fahren doch erst morgen?" „Aber so früh, Sven. Wenn wir dich morgen früh noch hier abholen müssten, bekämen wir die erste Fähre nach Sylt und somit den Zug nach Frankfurt nicht mehr." „Dann nehmen wir eben eine spätere Fähre und einen späteren Zug." „Sven, das ist nicht so einfach. Wie du denkst! Der Zug fährt bereits um halb zehn morgen früh und später fährt kein Zug mehr an diesem Tag, jedenfalls keiner, der bis

Frankfurt durchfährt, wir haben eine lange Fahrt vor uns." „Ach so." Sven sah das ein und wollte nachgeben, als Wolf dazwischen funkte. „Ich kann doch den Jungen zur Fähre bringen, die kommt ja aus Amrum und fährt dann weiter nach Föhr, dann nach Sylt." Caren überlegte. Mittlerweile hatte sie großes Vertrauen zu Wolf. „Wenn dir das nichts ausmacht, das wäre sehr nett von dir, Wolf, schließlich **wirst** du früh aufstehen müssen. Und eine Karte für die Strecke Amrum- Föhr braucht Sven dann auch noch." „Ok, gut!", jubelte Sven.

Mama war richtig toll, dass sie das erlaubte. Nun wäre er noch eine Weile länger bei Wolf, seinem besten Freund. Er war besser als jeder Schulfreund. Und Pat? Sven wollte stark sein, nicht weinen, er war ja ein Junge, für ihn waren die Mädchen die Heulsusen. Er wollte zu Gott beten oder versuchen, zu Pat zu sprechen über den Umweg, der Gott hieß. So oder ungefähr hatte er es in Religion gelernt. „Zeigst du uns heute Nachmittag was von Amrum, Sven? Bis zum Abendbrot, das dauert ja noch." „Gern, was wollt ihr denn sehen, Mama?" „Na, was hat dir denn besonders gut gefallen?" „Ich glaube, die Vogelwarte." „Na gut, dann lasst uns dort hingehen!" Svens Eltern wollten Wolf mal gewisse Ruhe gönnen.

Auf dem wunderschönen Weg lernten Caren und Harry die „Naturseite" Amrums kennen. Sven erklärte ihnen sämtliche Vögel, die er mittlerweile an ihrem Aussehen erkannte: die Küsten- und Fluss-Seeschwalben, die Möwenarten und den ruffreudigen Austernfischer. Alle drei hatten einen schönen Nachmittag und kamen drei Stunden später erschöpft und verschwitzt bei Jo und Wolf an. Die beiden Männer waren bereits in der Küche und richteten das Abendessen her. Mühevoll und mit viel Liebe, es sollte etwas Besonderes sein. Sven, der sich ja auskannte, bediente seine Eltern und sich mit Getränken. Einige Minuten später bekamen alle eine köstliche Vorspeise serviert: panierte Riesengarnelen. Somit konnten die Ehrengäste gut die Zeit bis zum Hauptgericht überbrücken. Wolf servierte feierlich hochwertiges Schollenfilet mit einer Füllung aus Käsecreme, frischem Broccoli und Krabben. Das Essen schmeckte köstlich, als Krönung wurde noch eine cremige Nachspeise serviert: Cocos-Eiscreme mit gerösteten Mandeln und Sahne. Man saß an diesem Abend noch lange zusammen und dachte auch über ein Wiedersehen im nächsten Jahr nach. „Sven ist immer herzlich willkommen bei uns, wenn er will, das heißt, wenn er älter ist, kann er hier oben auch richtige Ferienjobs suchen", meinte Jo. Svens Eltern mussten sich nun von Jo und Wolf verabschieden, um die letzte Fähre nach Föhr zu erreichen und Sven blieb noch eine Nacht. Die letzte dieses verhängnisvollen Urlaubs, der aber auch schöne Seiten hatte. Gerade dadurch! Wäre nicht die weite Wattwanderung mit Pat gewesen, wäre er nie auf Amrum gelandet, jedenfalls nicht als Patient, um den man sich liebevoll kümmern musste. So wie das hier glücklicherweise bei Jo und Wolf der Fall gewesen war. Sven freute sich darauf, dass es kein Abschied für immer sein sollte und schlief beruhigt ein.

17

Am darauf folgenden Morgen brachen Wolf und Sven schon früh auf. Jo hatte Sven ein Riesen-Lunchpaket zurecht gemacht, ganz liebevoll umarmt und alles Gute gewünscht. „Wenn du Kummer hast, egal welchen, du kannst es uns wissen lassen." Das waren seine Worte zum Abschied. Irgendwann hätte er bestimmt Kummer, und den Kontakt zu Wolf und Jo wollte er sowieso aufrecht erhalten. Wolf holte seinen alten Bollerwagen aus dem Schuppen, legte Svens Koffer hinein und setzte Sven mit hinein. „So, jetzt zur letzten Schifffahrt!" Wolf hatte ein ganzes Stück zu laufen. Von Norddorn über Nebel nach Wittdün zum Hafen. Sven schaute sich mehrmals um, als wolle er die Insel nochmals ganz genau studieren. Zum letzten Mal konnte er die Schiffe im Hafen betrachten, bevor er selbst auf ein Schiff ging. Die Fähre sah man von weitem gerade ankommen. Beide stellten sich an der Anlegestelle an, Wolf hob den Koffer aus dem Bollerwagen und umarmte Sven. „Ich warte noch, bis du auf dem Schiff bist, keine Angst." An diesem Morgen war es besonders frisch, nachdem es am Vorabend und in der Nacht etwas geregnet hatte. Im Hafen roch es unheimlich nach Tang und Teer. Sven beobachtete gerade einige Möwen, die sich auf ein Brötchen stürzten, als die Fähre anlegte. Wolf und Sven verabschiedeten sich voneinander. Beide spürten, dass sie Freunde geworden waren. Beide klopften sich gegenseitig auf die Schulter und Sven bestieg das Schiff nach Sylt.

Caren und Harry hielten nach Sven Ausschau. Es stiegen Menschenmassen in die Fähre. Klar, man schrieb den letzten Ferientag in den meisten Bundesländern. Aber dass man zu dieser frühen Tageszeit schon mit so vielen Menschen auf dem Schiff rechnen musste, das dachten die beiden auch nicht. Schließlich war es die allererste Fähre an diesem Tag. Caren war etwas unruhig, glaubte aber an Wolfs Zuverlässigkeit, wenn es darum ging im Zusammenhang mit ihrem Sohn einen Auftrag auszuführen. „Hallo Mama." Caren drehte sich um. Was für ein Glück, er war auf dem Schiff, was sollte jetzt noch schiefgehen? Die drei genossen die Überfahrt noch einmal so richtig, da ihnen bewusst geworden war, dass sie sich von der Nordsee verabschiedeten. Bald hatten sie das Festland erreicht.

Zwei Stunden später saßen sie im Zug. Sven durfte am Fenster sitzen. Träumend schaute er hinaus.

Alles zog vorbei. Er zog vorbei. Vorbei an der Küste, an den Marschen, an Kornfeldern, Kühen und Pferden. Vorbei an reetgedeckten Friesenhäusern. Er wusste, dass er das nicht mitnehmen konnte, dass sich das Landschaftsbild außerhalb des Zuges allmählich verändern würde. Er würde andere Häuser sehen, größere Dörfer, ab und zu Städte, aber auch riesige Waldflächen würden sie durchfahren mit Bergen und Tunnels.

Sven wollte nicht an die Schule denken, vor allem nicht an den Montag. Frau Wiesner, seine Klassenlehrerin fragte am ersten Schultag immer nach den Erlebnissen der Sommerferien und jedes, und zwar wirklich ausnahmslos jedes Kind müsste über seine Ferien berichten, oft sogar auch in Form eines Aufsatzes. Dazu wäre Sven nicht fähig, das wusste er jetzt schon. Den Montag, den müsste er schwänzen, das war sein soeben beschlossenes „Geheimnis", selbst seinen Eltern gegenüber würde er schweigen wie ein Grab, das hieß, am Montag vor der Schule müsste er natürlich so tun, als wäre alles wie sonst. Sven sah einen Tunnel kommen und schloss seine Augen. Nicht vor Angst. Nein, er liebte das Kinderspiel, mit geschlossenen Augen durch einen Tunnel zu fahren und zu spüren, wann man wieder aus der Dunkelheit heraus war, wann Licht in Gelb- und Rottönen die Augen durchdringen würde. Aber seine Augen blieben geschlossen. Caren war erleichtert zu sehen, dass er eingeschlafen war, etwas Ruhe könnte ihr Sohn auf alle Fälle gebrauchen, schließlich waren sie heute schon sehr früh auf Achse. Harry las Zeitung. Ein Regionalblatt seiner Heimat, um sich wieder auf das Alltagsleben einzustellen.

„Sehr verehrte Fahrgäste, in wenigen Minuten werden wir Frankfurt Hauptbahnhof erreichen", ertönte es aus dem Lautsprecher.

Harry faltete seine Zeitung zusammen. Caren war damit beschäftigt Sven zu wecken, was sich als ziemlich schwierig erwies und Harry begann, die Koffer vom Ablagegitter herunter zu holen. „Pat", schrie Sven. Caren wurde nervös. Ausgerechnet jetzt musste ihr Sohn Schwierigkeiten machen, seinen „Traueranfall" haben, wie Wolf das nannte. „Sven, wir müssen aussteigen, komm, bitte, hier, deine Jacke, nimm, geh' zum Gang hinaus, bitte, Papa ist da auch schon." „Papa, Pat?" „Nein, nicht Pat." „Ach so, im Zug bin ich ja", war von Sven kleinlaut zu hören, der ganz benommen dreinschaute. Caren war erleichtert. Zum Glück, er hat es gerafft. Kaum stand Sven dort, wo er hin sollte, fuhr auch schon der Zug in Frankfurt ein. Die Drei schoben sich durch den schmalen Gang hinaus. Harry leitete die beiden anderen, er kannte sich hier aus, zumal er oft beruflich in Frankfurt zu tun hatte. Vor zur Rolltreppe, runter zum S-Bahnhof, das richtige Gleis ausfindig gemacht,

dann in den richtigen Zug gestiegen und vom
Heimatbahnhof aus mit dem Taxi vor' s Haus.
Geschafft! Da war man! Der Urlaub war aus.

Aus und vorbei. Alltag und Büro für Harry.

Wer kochte nun? Caren natürlich. Arbeit gab es
schon wieder en masse, hauptsächlich allerdings
für die Hausfrau. An die viele Urlaubswäsche
durfte sie noch gar nicht denken! Aber sie war
auch froh, wieder in ihrem eigenen Reich zu sein.
Spätestens dann, wenn sie heute in ihre eigenen
gewohnten Betten fielen, würden sie die Vorzüge
spüren, wieder „gelandet" zu sein. Allein die
Bettwäsche war anders, roch anders, vor allem
hatten sie zu Hause verstellbare Lattenroste.

Sie lagen nun in ihren Betten und es war wieder
einmal so: Ihr Mann schlief und sie grübelte.
Hauptsächlich über Sven. Würden seine schulischen Leistungen unter dem Vorfall im Urlaub
leiden? Sollte sie nicht gleich am Montag seine
Klassenlehrerin aufsuchen und sie darüber
informieren? Ach was, vielleicht waren ihre
Sorgen auch unberechtigt. Erst mal abwarten,
dachte sie. Aber Sven im Auge behalten. Zu sehr
schimpfen durfte sie nächste Zeit auch nicht mit
ihm, dann könnte er zu trotzig werden, vielleicht
an Selbstbewusstsein verlieren. Und das durfte auf
keinen Fall eintreten, bestimmt fühlte er sich
ohnehin schon als Versager. Und was war mit den
anderen beiden, den verwaisten Eltern? Sollte

Caren noch einmal versuchen, Kontakt zu Ines aufzunehmen? Das müsste sie eigentlich, aber wie, wenn Ines ihr sofort die Haustür zuschlug? Caren und Harry mussten ja auch noch Einiges erfahren: Gab es eine Trauerfeier, fand sie schon statt? Etwa ohne sie, weil Ines sie nicht dabei haben wollte? Caren spürte, dass es bestimmt so war. Gab es ein Grab, wo sie etwas hinbringen könnten? Oder? Wenn Ines immer noch an Pats Dasein auf Erden glaubte, dann wollte sie vielleicht gar kein Grab? Zumindest eine Beileidskarte musste geschrieben werden. Oder lieber nicht? Fragen über Fragen. Weder Caren noch ihr Mann waren sich der Antworten sicher. Aber Harry wollte dies schon in Erfahrung bringen. Er hatte vor, Arthur auf seinem Arbeitsplatz anzurufen um sich etwas vorzutasten, was die Stimmung in deren Haus anbelangte.

18

Montagmorgen. Der Schulgong ertönte. Eine Masse von Kindern drang durch das Hauptportal des alten Schulgebäudes und strömte durcheinander in den Gängen umher. Lehrkräfte kamen sich wie Hirten vor, die ihre Schäfchen in ihre Koppeln, sprich Klassenzimmer, zu treiben versuchten. Erst eine halbe Stunde nach dem Gongschlag waren die Gänge wie ausgestorben.

Frau Wiesner hatte ihre Schäfchen eingesammelt.
Sie zählte. Dreißig Schüler und Schülerinnen saßen
in ihren Bänken. Prima, sie hatte ihre Klasse
vollzählig, dreißig waren sie auch im letzten
Schuljahr. Doch halt: Sollte sie nicht einen
Sitzengebliebenen in ihre Klasse bekommen? Frau
Wiesner schaute sich um. Ja, Roman war dabei,
saß ganz hinten, also fehlte doch jemand, aber
wer? Sie musste die Anwesenheit genau über-
prüfen! Jeden einzelnen Namen rief sie in
alphabetischer Reihenfolge auf. Bisher hatte sich
jedes Kind gemeldet. Tiemann? Keine Antwort.
Tiemann! Nichts. „Weiß jemand was von Sven?"
Niemand meldete sich. Also bekam Sven einen
Eintrag ins Klassenbuch. Frau Wiesner bestimmte
die Sitzordnung, indem sie etwas korrigierte: Die
kleinen, ruhigen Schüler nach vorne, größere oder
die Vorlauten etwas weiter nach hinten. Es gab
natürlich Gemaule; nie durfte man sitzen, wo und
neben wem man wollte. Sven könnte hinten sitzen,
er war ja ein Zweier-Schüler, vielleicht neben
Roman, dem Neuen. „Heute läuft alles etwas
anders, als ihr es vom ersten Schultag gewohnt
seid. Ihr werdet gleich eure neuen Bücher bekommen. In der dritten Stunde muss ich in einer
anderen Klasse Vertretung machen. Nach der
Pause dürft ihr zusammen mit eurer Parallelklasse
einen Film anschauen und dann habt ihr aus.
Morgen kommt ihr bitte erst zur zweiten Stunde."
Die Kinder jubelten.

Sven entschloss sich unterdessen, nach Frankfurt zu fahren. Dort konnte er erst einmal untertauchen. In der Zeit würde er nicht auffallen. Die Menschen liefen nur so vorbei, ohne andere näher zu beachten. Aber was tun dort? Er wollte ja nichts kaufen. Vielleicht könnte er zum Main gehen, den Schiffen zuschauen. Nur: wann müsste er nach Hause, wie lange hätte er heute Schule? Am ersten Schultag waren das ja nur wenige Stunden, das wusste er noch vom letzten Jahr. Nun gut. Sven schlenderte die Zeil entlang. Richtung Hauptwache. Nichts interessierte ihn. Aber er freute sich. Sollten sie doch heute alle vom Urlaub erzählen, er nicht! Sven lief am Römer vorbei und kam zum Main. Er stellte sich ans Ufer und schaute herunter auf das grün-braune Wasser. Mal spiegelten sich Sonnenstrahlen, mal trübte ein Wind seine Spiegelung und zeichnete graue Streifen hinein. Sven fiel die große Brücke auf. Sie hatte wohl einen bestimmten Namen, der Sven entfallen war. Noch interessanter war das Passagierschiff, das ihm in die Augen fiel, es schien anzulegen. Sven hatte schon einmal eine Mainfahrt unternommen, daran konnte er sich noch gut erinnern. Aber jetzt, jetzt hatte er keine Zeit dafür, leider. Er wollte ja nur die zwei oder drei Schulstunden überbrücken. Irgendwo hörte er eine Kirchturmuhr schlagen. Sven schaute auf seine Armbanduhr. Es war elf. Höchste Zeit, nach Hause zu gehen; bis er bei Mama ankommen würde, wäre es bestimmt Essenszeit. Zurück zum Bahnhof.

Zurück zum richtigen Gleis, hinein in den nächsten Zug. Ach nein, der nächste Zug fuhr gar nicht heim, er musste noch warten. In einer Großstadt war das alles ganz anders. Wenn er zu Hause am Bahnhof am richtigen Gleis stand, dann fuhr der nächste Zug automatisch immer nach Frankfurt.

Caren wurde ungeduldig. Sie hatte schon das Mittagessen fertig und ihr Sohn war noch nicht zu Hause. Na ja, vielleicht war er mit Freunden zusammen, das wäre ja sogar gut, aber trotzdem müsste er mal eintrudeln. Er wusste ja, wann in der Regel gegessen wurde und so lange hatte er bestimmt heute nicht Unterricht. Heute, am ersten Schultag! Hoffentlich hatte er nicht wieder einen Traueranfall und hielt sich vielleicht in irgendeiner Ecke mitten in der Stadt auf. Es klingelte. Caren rannte zur Tür. Hoffentlich war das Sven. „Mama", hallte es aus dem Treppenhaus. „Sven, ach Sven, bin so froh, dass du endlich da bist, beeile dich, wir essen gleich." Sven gehorchte. Er wollte nicht auffallen. Er war so still. Sollte Caren ihn nach dem Vormittag ausfragen oder ihn ganz gehen lassen? Caren stellte wenigstens die übliche Frage, wie der erste Schultag denn so gewesen sei. „Schön" kam als einziges Wort zur Antwort, sonst nichts. Caren bohrte nicht weiter. Schweigend aßen beide ihre Suppe. „Hast du heute Mittag etwas vor, dich verabredet?"

„Nee." „Hast du viel auf?" „Nee, heute noch nicht." „Was willst du denn heute machen?" „Weiß nicht." Caren ertappte sich, sie wollte doch nicht so bohren. Sie hatte das Gefühl, dass Sven jede Antwort schwer fiel. Na ja, vielleicht würde er allein zum Bolzplatz oder zum Spielplatz gehen, das hatte er ja schon öfter getan, dann würde er bestimmt auch Kameraden finden. Wenn er das nicht wollte, würde sie etwas mit ihm unternehmen, dafür müsste sie jetzt Zeit opfern, das wusste sie. So, und jetzt holte sie erst einmal für jeden ein Eis aus der Gefriertruhe, vielleicht würde ihn das ja aufheitern.

Harry saß am Schreibtisch. Ach, was war viel Arbeit liegengeblieben, um die sich während seiner Abwesenheit niemand kümmern konnte, wahrscheinlich auch wegen fehlender Kenntnisse. Was wollte er noch? Ach ja, Arthur anrufen. Auf seinem Arbeitsplatz, damit Ines nicht stören kann. Das müsste er jetzt tun, gleich wäre schon wieder Mittagszeit. Er musste die Nummer erst suchen. Er hatte sie mal gewusst, aber irgendwie wieder vergessen, vielleicht auch wegen des Trubels. Harry wählte. „Huppert", kam aus dem anderen Ende der Leitung. „Ja, Arthur? Hier Harry." Pause. „Harry, was gibt's?" Der schroffe Ton von Arthur war nicht zu überhören. Harry musste sich zusammennehmen und Mut fassen, um in normalem Ton weiter zur reden. „Ich wollt` mal hör'n , wie's euch geht." „Da hast du leicht Fragen,

außerdem kann ich jetzt nicht über private Dinge sprechen." Arthur war kurz angebunden. „Also, was willst du?" „Schon gut, ich wollte mich mal abends mir dir unterhalten, in 'ner Kneipe oder so. Wann hast du Zeit?", fragte Harry konkret, als wolle er einen geschäftlichen Termin vereinbaren. „Heute nicht, ich komme eh' immer so spät, weil zu Hause alles so unerträglich ist. Gerade heute habe ich Ines versprochen, früher bei ihr zu sein." „Na gut, dann morgen?" Arthur überlegte kurz. „Ja , ok – und wo?" „Im Bierbrunnen schlage ich vor, acht Uhr?" „Das ist zu spät, Harry, Ines soll es nicht wissen, es ist besser so. Ich muss deshalb unser Treffen als Besprechung hinstellen, beruflich natürlich. Sagen wir, halb sieben."
„Auch gut, ich bin ja froh, dass du nicht ablehnst. Bis dann, tschüss." Harry legte auf. Er war erst einmal erleichtert. Jetzt ging ihm die Arbeit besser von der Hand. Er würde nun Mittagspause machen, danach vielleicht seine Frau anrufen und sich noch gut überlegen, was er alles am nächsten Tag mit Arthur besprechen wollte.

Sven saß an seinem Schreibtisch und malte. Caren betrat das Zimmer und stellte sich hinter ihn. „Na, was malst du Schönes? Hausaufgaben? „Das siehst du doch, was ich male." Natürlich sah sie das. Caren betrachtete das Bild eine Zeit lang. Schwarzer Boden, ein schwarzes Pferd, aber die Beine waren so kurz.... so kurz, als hätte es nur Oberschenkel. Sven malte einen dunkelblauen

Himmel, eine rote Sonne am Horizont und zwei schwarze Vögel. Caren dachte sich Einiges, aber alles verstand sie nicht. „Warum hat das Pferd so kurze Beine?" „Ist doch einfach, Mama, der Boden ist das Watt und das Pferd steckt bis zu den Knien da drin." „Ach so. Und so hat auch Pat im Watt gesteckt?" „Ja, so." „Und warum malst du so traurige Sachen?" „Ach, ich weiß auch nicht, ist mir halt eben so eingefallen. Vielleicht, weil ich immer an Pat denken muss." „Und ist das Bild für die Schule?" Das beschäftigte Caren. Wollte er wirklich in der Klasse darüber reden? Stand er bereits über den Dingen? Caren bezweifelte es. Vielleicht war es ja gar nicht so schlecht, wenn ihr Sohn solche Bilder malen würde, wahrscheinlich brauchte er das, war das seine Art zu trauern? Oder damit fertig zu werden? „Nee, das Bild, das mal ich nur so, nicht für die Schule, einfach für mein Zimmer, weißt du, dann denke ich ein bisschen an meinen Freund. Und außerdem mag ich Pferde, das weißt du doch. Wenn ich einen Menschen im Watt male, dann denke ich zu oft an ihn, und das will ich auch nicht." Caren schwieg. „Ich mag halt Tiere überhaupt, das hab` ich im Urlaub gemerkt, Mama. Und jetzt bin ich hier zu Hause, da hab` ich nichts mit Tieren zu tun, also male ich oft Tiere",erwiderte Sven mit traurigem Unterton. Caren war spontan. „Gut, willst du heute Mittag mit mir in den Zoo gehen, Sven?" Sven glaubte, sich verhört zu haben. „Ehrlich, würdest du das mit mir machen?" „Klar, Ehrenwort, auf, wir fahren mit der S-Bahn nach Frankfurt und dann mit der

U-Bahn weiter zum Zoo." Sven wunderte sich.
Seine Mutter allein mit ihm einen Ausflug? Das
war noch nie da! Hatte sie irgendwie Mitleid mit
ihm? Oder Angst um ihn? Na gut. War er nicht
heute schon einmal in Frankfurt? Sven bekam ein
schlechtes Gewissen, aber er verriet nichts. Heute
Morgen die Schule geschwänzt! Wenn das seine
Mutter wüsste, würde sie jetzt bestimmt nicht mit
ihm in den Zoo gehen. Vielleicht bekäme er
demnächst des Öfteren einen Wunsch erfüllt?
„Wann gehen wir, Mum?" „Wenn du willst,
sofort." „Au ja." Und schon war Sven draußen.

Als Harry nach Hause kam, wunderte er sich.
Niemand war anzutreffen. Auch gut, er konnte mal
Ruhe finden nach diesem harten Arbeitstag. Wo die
anderen bloß waren? Gut, dass Sven irgendwo
draußen herumschwirrte, das war er ja gewohnt.
Aber Caren? Er schaute in jedes Zimmer, auch in
das seines Sohnes. Harry fiel das Bild auf, das
Sven am Mittag gemalt hatte. Es hing bereits an
der Wand gegenüber. Hing das Bild schon länger
da? Er hatte es noch nie gesehen, jedenfalls nicht
bewusst. Ein schwarzes Pferd auf schwarzem
Boden. Oder war das ein Balken? Harry wollte
nicht länger grübeln und verließ das Zimmer
wieder. Erst mal was trinken! In der Küche fand er
dann die ersehnte Botschaft. „Mama und ich sind
im Zoo" stand auf einem abgerissenen Zettel. Ach
ja, warum nicht? Gute Idee, dachte Harry. Etwas
ungewohnt, dass seine Frau am Werktag so was

unternahm und nicht bis zum Wochenende wartete. Nicht, weil er mitgewollt hätte, nein. Aber Caren wird schon gewusst haben, warum. Bestimmt hing es mit Sven zusammen, alles lief ja jetzt etwas anders als sonst, das wusste auch Harry.

19

Zweiter Schultag. Sven verließ sehr früh die Wohnung. Er wollte ja nicht auffallen durch zu spätes Erscheinen. Außerdem wollte er noch vor Beginn der ersten Stunde andere Klassenkameraden ausfragen nach dem gestrigen Tag. Und noch was fiel ihm ein: Was sollte er eigentlich sagen, aus welchem Grund er am Vortag gefehlt hatte? Sven erreichte den Schulhof. Wie immer tobten noch viele Schüler dort herum anstatt gleich in ihre Klassen zu gehen. Aber Sven sah niemanden aus seiner Klasse. Er entschloss sich zu warten. Schließlich wusste er ja auch nicht, ob seine Kameraden noch denselben Klassenraum behalten hatten. Aber niemand aus seiner Klasse kam. Dann ging er eben hinein in das große Schulgebäude. Irgendwann würde er bestimmt die Tür mit dem Zeichen 8 B finden. Erst einmal dahin, wo seine Klasse letztes Schuljahr unterrichtet wurde. Neben der Tür stand nun 7 B. Also weiter suchen. Sven musste wohl in den ersten Stock, laufen. Im Erdgeschoss waren nur die „Kleinen", die fünften, sechsten und siebten Klassen. Jetzt gehörte auch er zu den Großen! Sven war erfolgreich und fand sein neues Klassenzimmer.

Langsam öffnete er die Tür. Alles war so still. Huch, der Raum war ja leer, niemand drin! Sven schaute vorsichtshalber noch einmal, ob er sich nicht in der Tür geirrt hatte. Nein, „Frau Wiesner" stand auf dem Schild neben der Tür- wo waren die alle bloß? Sven entschloss sich, ein anderes Klassenzimmer aufzusuchen und dort nachzufragen. Herrn Strammer, den kannte er am besten, der unterrichtete allerdings eine kleinere Klasse. Also wieder ins Erdgeschoss. Sven suchte den entsprechenden Raum und klopfte an. „Herein?" Sven trat ein. „Guten Morgen, ich gehöre zur 8 B und finde meine Klassenkameraden oben nicht, der Raum ist leer", druckste er. Die Kinder der fremden Klasse lachten. „Na Sven, zu Frau Wiesner gehörst du; sofern ich unterrichtet bin, beginnt sie heute eine Stunde später, wusstest du das nicht?", fragte Herr Strammer, ohne auf die lachenden Kinder einzugehen. „Hab' s vergessen", antwortete Sven schnell, um nicht noch mehr aufzufallen. „Na gut, dann bleibe die erste Stunde bei uns. Was wir durchnehmen, dürfte dir ja bekannt sein. Allerdings darfst du uns erst etwas über deine Ferien erzählen." Sven wurde rot und brachte kein Wort heraus. „Na, irgendwas wird dir doch einfallen", meinte der Lehrer. Die Schüler lachten. „Ruhe bitte", befahl er. „So Sven, und jetzt zu dir, warst du fort oder zu Hause?" „Fort!" „Und wo?" „An der Nordsee." „Ach, das war bestimmt schön." „Nein!", schrie Sven, stand auf, nahm seinen Ranzen und ging hinaus. „Lassen wir ihn", befahl Herr Strammer seiner Klasse und versuchte mit größter Mühe den Unterricht fortzusetzen nach diesem Zwischenfall, für den er keine Erklärung fand.

Sven stand auf dem Schulhof und schaute auf seine Uhr. Na ja, bald würden die anderen kommen, die er kannte und die hatten ja bestimmt schon gestern vom Urlaub gesprochen. Dachte er. Wie dieser Herr Strammer eben mit ihm gesprochen hatte, also, man merkte, dass er es mit den Jüngeren der Schule zu tun hatte. „So, du darfst was erzählen. Ach, das war bestimmt schön." Das kann einem ganz schön auf die Nerven gehen.

Zehn Minuten später fing Sven gleich die ersten Klassenkameraden ab. „Gestern konnte ich nicht, wie war' s denn?" „Och gut, du hast nicht viel verpasst." „Und wo ist mein Sitzplatz?" „Ganz hinten hat sie dich hin verfrachtet, die Wiesner, neben Roman, glaube ich." „Roman?" „Ja, ein Neuer, der dreht 'ne Ehrenrunde." „Ach so." Der Schulgong zur zweiten Stunde ertönte und die 8 B betrat ihren Raum. Sven setzte sich auf den Platz, den Oliver ihm zeigte. Hoffentlich würde man ihn in Ruhe lassen! Gegen normalen Unterricht hätte er ja nichts einzuwenden. Und hoffentlich bohrte Frau Wiesner nicht wegen seiner gestrigen Abwesenheit. Es wurden Taschen umhergeschoben und Stühle gerückt. „Guten Morgen", begrüßte Frau Wiesner die Klasse. „Ausgeschlafen habt ihr sicher, dann können wir ja loslegen. " Die Lehrerin schaute sich im Raum um. „Ach Sven, was war mit dir gestern?" „Ich war krank." „So? Na gut, dann brauche ich noch eine Entschuldigung von deinen Eltern, denk` bitte dran." Sie schaute wieder in die Runde zu allen. „Habt ihr schöne Ferien gehabt? Erzählt bitte kurz, ob ihr verreist ward und wo ihr euren Urlaub verbracht habt, wir beginnen hinten." Sven wurde es schlecht. Warum hatte er eigentlich gestern geschwänzt? Um heute gleich zwei Mal an die Ferien erinnert zu werden? Sven versuchte nicht wieder „auszubrechen". Als er an der Reihe war, erzählte er, begann ganz ruhig. Ich war an der Nordsee." Pause. „Und weiter, lass dir nicht alles aus der Nase ziehen! Wo dort genau? Sicher warst du auch im Watt?" Sven verschwamm alles vor seinen Augen. Watt? Ja, mit Pat. Er sah Pat im Watt stecken; sah, wie hilflos er war, sah das Bild vom Pferd, das er gemalt hatte... „Svehen". Frau Wiesner rief. „Was ist mit dir?" Sven weinte. Heulend sprach er weiter. „Ja, ich war im Watt. Mit Pat. Und der ist einge- sunken." Svens Kameraden waren stumm. „Natürlich, im Watt sinkt man oft ein, das macht ja auch Spaß." Was hat Sven bloß?, dachte Frau Wiesner. Sie versuchte abzulenken. Sven einfach gehenzulassen, indem sie seinen Nachbarn Roman bat, von seinen Ferienerlebnissen zu erzählen. Vielleicht würde sie um ein Gespräch mit Svens Eltern bitten. Oder erst einmal abwarten. Vielleicht wäre er ja morgen wieder normal und alles wäre vergessen. Ihr Vorhaben verstärkte sich allerdings wieder, nachdem sie in der Pause im Lehrerzimmer von Herrn Strammer wegen Sven angesprochen wurde.

Sven war auf dem Heimweg. Allein. Wie er sich schon gedacht hatte, sonderten sich die anderen aus seiner Klasse von ihm ab, er war ja auch so komisch gewesen heute. War auch besser so, dachte Sven. Velleicht hätten sie ihn sonst geärgert, vor allem Olli mit seinem großen Mundwerk. Sven bog in eine Seitenstraße ein. Auf der gegenüberliegenden Straßenseite lief Roman, der ihn sofort erkannte. Sven reagierte nicht. Mit Absicht. Aber Roman, er lief zu Sven und sprach ihn an. „Na, geh'n wir zusammen ein Stück, du gehst doch sicher auch durch die Hauptstraße, oder?" Sven verneinte nicht, er nickte nur. „Kann ich machen." Roman fiel auch Svens Verhalten wieder ein, er hielt es aber für geschickter, erst einmal nicht darüber zu sprechen. Als sie in der Hauptstraße waren, zeigte Roman Sven, wo er wohnte. „Schau da vorne, da sind wir zu Hause." „Wer ist wir?" „Na , meine fünf Geschwister, meine Eltern und ich." Ach, dachte Sven, das muss ein Wirrwarr sein, so viele Leute unter einem Dach. „Willst du nachher kommen zu mir?" Sven stutzte. Ich zu Roman? Zu der wilden Bande? Roman hatte bestimmt nicht viele Spielsachen. „Na, sag schon was", drängte Roman. Sven betrachtete sich das alte Haus. Sieht aus wie eine Bruchbude, dachte er. „Ach so ja, wenn du meinst." Sven wollte Roman keinen Korb geben. Eigentlich war er ja ganz nett. „Oh fein", freute sich Roman, „und wann?" „Sagen wir drei Uhr?" „Abgemacht Sven, ich freue mich." Roman freute sich wirklich. Er wollte nicht wieder Außenseiter sein wie in seiner letzten Klasse, nur weil er Ausländer war. Vielleicht konnte er Sven auf seine Seite ziehen, gerade jetzt war das seine Chance, weil die anderen Klassenkameraden ihn heute Morgen verspottet hatten. Was Sven nur hatte? Roman hätte es selbst gern gewusst.

Sven erreichte sein Elternhaus und klingelte. „Hallo Mama, da bin ich." „Hallo Sven, war es schön heute?" „Ja, Mama." Sven stockte. Ihm fiel das mit der Entschuldigung ein. Daran hatte er am ersten Schultag überhaupt nicht mehr gedacht, dass man so einen Lappen braucht, auf dem steht, warum man gefehlt hatte. Und das Schlimmste war: Man durfte ihn nicht selbst schreiben. Aber jetzt wollte er noch nichts sagen, erst einmal was essen und dann von Roman erzählen. „Heute Mittag gehe ich zu Roman, dem Neuen", setzte Sven an. „Habt ihr einen neuen Schüler in eurer Klasse? Ist er hierher gezogen?" „Nee ,sitzen geblieben, war schon mal in der achten." „Ach so, macht doch nichts, da kannst du vielleicht was von ihm lernen, wenn er den Stoff schon kennt." „Der Roman, der ist Ausländer, der kann mir bestimmt nicht helfen", konterte Sven. „Na dann du ihm, ist doch auch was, oder?" Caren war froh, dass Sven jemanden hatte, egal wer wem helfen könnte, wahrscheinlich würden sie sich beide sogar gegenseitig ergänzen. „Na, dann wünsch` ich dir viel Spaß, und Sven, hör mal, lade deinen Freund auch einmal zu uns ein." Freund? Was redete Mama da? Vielleicht gefiel es ihm ja gar nicht bei Roman....mit fünf Geschwistern. Wenn das alles Weiber wären, nicht auszudenken!

Sven schlenderte durch die Hauptstraße und suche das Haus von Roman. Er hatte sich gar nicht die Hausnummer gemerkt, aber er würde es wieder erkennen, ganz gewiss! Es war bestimmt das älteste Haus in der ganzen Straße. Er hatte noch die Klapp-Rollläden in Erinnerung, an denen die grüne Farbe abgeblättert war. Die dunkelbraune Holztür, die schon morsch aussah, in der es bestimmt geradezu von Holzwürmern wimmeln musste. Er schaute hoch und sah das alte Fenster.Aber er sah auch schöne Blumenkästen vor ihnen. Sven klingelte, stellte sich mit dem Ohr zur Tür und horchte. Er hörte Trampeln, Pochen und Geschrei, Stimmen und... jemand öffnete. Sven sah die Frau, die vor ihm stand, bedächtig an. „Guten Tag", brachte er kleinlaut heraus. „Aah hallo,

schön, dass du bist gekommen, tret' ein. Roman!"
Roman kam mit schnellen Schritten die Treppe
herunter. „Hallo Sven, komm zu Balkon, Mama
hat gebacken für uns guten Kuchen." Sven war
erstaunt. Was hatte Mum vorhin gesagt? Dein
Freund. Die taten ja wirklich so, als sei er schon
ein altbekannter Kumpel, ja, ein Freund! Sven
schmeckte es sogar, obwohl er so einen Kuchen
gar nicht kannte. Irgendwie war es momentan still
im Haus, sie waren anscheinend nur zu dritt. „Wo
sind denn all deine Geschwister?" wollte Sven nun
doch mal wissen. „Ach so ja, kein Schreck, die
sind nicht immer alle da", klärte Roman auf.
Abdullah, mein ältester Bruder, geht schon arbeiten. Irka ist auch älter als ich, geht morgens zur
Uni und mittags jobben. Oben schläft gerade unser
Jüngster, er ist zwei Jahre alt. Und Nissa und Sina
sind Zwillinge neun Jahre alt und meistens verabredet. Neun Jahre, dachte Sven. Pat wäre bald
neun geworden.... nein nicht doch... jetzt war er bei
Roman und der war fröhlich. Sven wollte nicht
wieder... „Sven, du träumen, komm, du essen noch
was, wir haben genug da." Sven griff zu. „Ach ja,
danke." Es war ein heißer Tag, so dass Sven froh
war, vom Balkon aus ins kühlere Haus flüchten
zu können. „Wo ist denn dein Zimmer?"
Roman führte Sven nach oben. „Hier ist unser
Spielzimmer." „Für alle?" „Ja, hier stehen die
Spielsachen, und das Zimmer ist das Größte hier
oben. Dafür haben wir vier Schlafzimmer, immer

zwei zusammen schlafen." Roman war sichtlich stolz auf die Wohnung, die er vorführte.Sven wollte ihn nicht verletzen und blieb still. In den nächsten Stunden ließ er sich davon überzeugen, wie Roman mit wenig Spielzeug viel anzufangen wusste. Als Sven nach Hause musste, gab es noch eine große Verabschiedung. Romans Mutter umarmte Sven, gab ihm Kuchen mit und sagte, dass er gerne jeden Tag kommen könne.

20

Caren war allein zu Hause und Sven war schon längere Zeit bei Roman. Und Harry, ja, der war mit Arthur verabredet. Sie war gespannt, was dabei herauskommen würde. Aber sie müsste sich gewiss noch gedulden, bis er heimkäme. Je länger Harry fort war, umso besser, dachte Caren. Wenn sie länger miteinander reden könnten, wäre es bestimmt gut. Caren dachte zurück an den Urlaub, an die schönen und an die furchtbaren Tage. Warum konnten sie jetzt nicht zusammen leiden und trauern, warum musste einer den anderen hassen, einer vor dem anderen Angst haben? Caren hatte nochFotos von Pat, sogar ganz neue von den ersten Urlaubstagen. Sollte sie Ines Abzüge schicken? Würde Ines sich freuen oder noch mehr leiden? Na ja, Harry wollte ja von Arthur Auskunft über Ines` momentanen Zustand sowie weitere Ratschläge zur Kontakt- aufnahme einholen. Caren fiel Wolf ein. Sie wollte ihm und Jo ein Paket als Dankeschön schicken, aber was einpacken? Wolfs Konfektionsgröße kannte sie nicht, sonst hätte sie ihm einen schwarzen, eleganten Anzug gekauft. Jo hatte nämlich mal mit Pepe darüber gesprochen, dass Wolf keine gescheiten Klamotten hätte und das hatte Caren zufällig mitbekommen. Aber Frankfurter Würstchen und andere hessische Leckereien, das würde sie einpacken. Bloß keine Pralinen, bei dieser Affenhitze. Vielleicht im Winter. Wolf und Jo bekämen Kugelschreiber, in denen ihre Namen eingraviert wären, Ledermappen und Etuis. Und Sven würde sie bitten, ein schönes Bild für beide zu malen.

Caren hatte bereits Hunger und wartete auf ihren Sohn. Er würde doch nicht dort noch zu Abend essen? Möglich wäre alles. Roman war Türke. Und Türken, die hatten eine ganz andere Mentalität als wir Deutschen. Caren kannte sie als gastfreundliche Menschen. Sollte sie noch länger warten? Und vor allem: Wenn Sven käme, sollte sie ihm sagen, wo sein Vater war? Würde Sven die Tatsache, dass sein Vater sich mit Arthur traf, beruhigen und gut finden oder bekäme er wieder einen Traueranfall? Man konnte es nie wissen. Kinder trauerten anders als Erwachsene. Sie konnten sich stundenlang mit fröhlichen Spielen beschäftigen, und dann – plötzlich, wie aus heiterem Himmel – wieder wahnsinnig trauern.

Einige Minuten später klingelte es. Sven kam zur Tür herein. „Toll Sven, dass du da bist, ich habe großen Kohldampf und Essen für hungrige Bären gemacht." „Ja Mama, ich esse mit dir. Viel Hunger hab` ich allerdings nicht, bei Roman gab' s leckeren Kuchen." Caren war neugierig und stellte gleich mehrere Fragen. „War es denn schön bei ihm? Was habt ihr alles gespielt? Hast du die Familie kennen gelernt?" „Ja, war schön. Roman wohnt zwar in einem alten Kasten, hat auch nicht viel Spielzeug, aber er weiß viele Spiele, die man so spielen kann. Mama, ich glaube, man braucht gar nicht so viele Spielsachen. Und außerdem: Roman ist mein Freund geworden." „Prima, habe ich mir gedacht, Sven." Caren heiterte ihren Sohn auf. „Wo ist denn Papa?" „Er hat etwas Wichtiges zu besprechen." „Immer diese blöden Besprechungen, der hat gar keine Zeit mehr für mich. Kommt er noch, bevor ich vor Müdigkeit umfalle?" „Das kann ich dir auch nicht sagen. Er wird noch einmal nach dir schauen."

An diesem Abend schlief Sven beruhigt ein. Wenigstens einen Freund hatte er: Roman. Auch wenn er Türke war und in einem alten Haus wohnt. Roman war lieb und verständnisvoll. Ihm würde er sogar von Pat erzählen. Sven begann zu träumen. Wieder kam Pat im Traum vor, doch diesmal war es nicht der typische Traum vom Watt. Pat, Roman und er spielten zusammen mit Matchbox-Autos. Anfangs versuchte ein Auto immer das andere zu rammen, dann wollte das eine Auto immer schneller sein als das andere und zum Schluss fuhr man friedlich, mal nebeneinander, mal hintereinander.

21

Harry saß bereits im Bierbrunnen und bestellte sich ein Wasser. Bier wollte er erst später mit Arthur trinken. Er schaute sich um. Es war noch nicht sehr voll hier in der Kneipe. An den Wänden hingen große Kronkorken bekannter Biere und anderer Getränke. An einem Tisch saß ein grauhaariger Mann und las Zeitung. Er schien völlig ungestört bleiben zu wollen, da er zwischendurch nie hochschaute.

Direkt an der Bar hockte ein junges Pärchen. Unbeirrt schauten sich die zwei Liebenden gegenseitig an. Harrys Blick schweifte zu einem Regal. Er begann die vielen Bierhumpen zu zählen, jeder mit einer anderen Biermarke versehen. Er dachte an Arthur. Wie würde er ihn anschauen?

Wie mit ihm reden? Könnte er ruhig bleiben?
Würde er sich aufregen? Ihm hier in der Kneipe
laut Vorwürfe machen, dass jeder es mitbekäme?
Harry machte sich darüber träumend Gedanken,
wurde aber aus seinen Träumen gerissen als Arthur
eintrat. „Hallo Arthur, setz' dich." „Tag, Harry."
„Sei mein Gast, lehn` bitte nicht ab, was möchtest
du?" „Aach, Moment mal, lass mich erst einmal
verschnaufen, doch ja, ein Pils, bitte." Harry gab
die Bestellung auf und leitete das Gespräch
ein. „Wie ist denn alles so?" Harry fand die Frage
selbst sehr plump, aber sein Herz klopfte rasend, er
wollte kein Schweigen, und in der Erregung fiel
ihm kein besserer Anfang ein.

Arthur fiel das Reden schwer. Er holte ein Foto
von Pat aus seiner Jackentasche und hielt Harry die
Rückseite hin. Harry las: „Ich trage dich wie eine
Wunde auf meiner Stirn, die sich nicht schließt,
Gottfried Benn." Harry sah auf. „Genauso ist es,
Harry. Es ist alles noch zu frisch, die Wunde ist
aufgerissen, sie blutet noch. Ines befindet sich
noch in Trance, es ist immer noch ungefähr wie im
Schockzustand. Wir leiden still in uns hinein,
verstehst du? Wir machen uns gegenseitig kaputt,
unsere Beziehung ist in Gefahr. Ines schweigt sich
tot, redet so gut wie nicht über ihre Gefühle! Ich
komme nicht rüber zu ihr, sie verkapselt sich.
Wenn wir bloß besser miteinander reden könnten.
Ich hoffe nicht, dass eine stille Zeitbombe
tickt..." „Glaubt denn Ines immer noch...?" Arthur

unterbrach. „Ja und nein. Sie findet sich mit dem Tod Pats ab, um Trauer zu er-leben, durch-zu-leben und zu verarbeiten.

Gleichzeitig hofft sie. Jedenfalls will sie einen Grabstein in den Garten setzen lassen. Auf dem soll so was eingraviert werden wie:

Wenn der verlorene Sohn wiederkommt, darf er den Stein umhauen."

„Ja, und auf dem Friedhof?" „Das ist es doch, was ich meine. Es gibt keinen hundertprozentigen Beweis dafür, dass unser Sohn tot ist, auch wenn es noch so wahrscheinlich ist, es gibt deshalb auch keine Trauerfeier." Arthur fiel das Sprechen schwer, vor allem dann, wenn er Worte wie Tod und Trauer herausbrachte, auch wenn sie in einem verneinten Zusammenhang standen. Er hob erst einmal sein Bierglas und trank einen enormen Schluck. Harry zog nach. „Am letzten Sonntag, als ihr eure Heimreise hattet, hielt der Gemeindepfarrer eine Andacht. Du siehst schon am Termin, den Ines ja festlegte, dass sie euch nicht dabei haben wollte. Ich riet ihr sogar noch dazu, die Andacht eine Woche später abhalten zu lassen." „Aber was meinst du, Arthur, wie deine Frau reagieren wird, wenn sie uns zufällig in der Stadt trifft?" fragte Harry besorgt. „Du, das kann ich dir auch nicht sagen. Ich schilderte dir ja bereits unseren Zustand, dass Ines schweigt. Sie redet nicht mit mir über ihre Gedanken und ihre Gefühlsausbrüche sind auch nicht immer dieselben. Sie lässt ihre Gefühle nicht mehr 'raus, so wie ihr das im Urlaub mitbekommen habt an jenem Tag, als ihr bei uns wart und Ines Caren anschrie. Ich sage meiner Frau manchmal, dass sie sich selbst kaputt macht, wenn sie zu einer hassenden Person wird. Trauer ist schon schlimm genug. Ich sagte ihr sogar, sie hätte ja an dem Abend des Unfalls nicht noch zur Post gehen müssen. Ich dachte, jetzt geht sie bestimmt hoch, weil das ja ein Vorwurf gegen sie war. Aber sie schwieg." Beide setzten wieder zum Trinken an, nahmen jeweils einen großen Schluck, setzten ihre Gläser ab und es entstand eine Redepause. Aber sie schauten sich an dabei. Und Harry fasste Mut, weitere Fragen zu stellen. „Arthur, sag' doch bitte, wie sollen wir uns jetzt verhalten? Können wir irgendwas tun?" Harry war verzweifelt. Hoffentlich würde seinem Freund etwas einfallen. „Nein Harry, ihr könnt nur abwarten. Die Zeit heilt Wunden, sagt man, obwohl wir jetzt noch gar nicht daran glauben können. Narben werden bestimmt bleiben." Arthur trank sein Bier aus. „Aber eine Bitte hab` ich noch, Arthur. Zieht Sven nicht so mit hinein, solltet ihr ihn sehen, seid bitte weitgehend normal zu ihm, er leidet sowieso genug, glaub mir!" „Ja, ich werde es auch Ines sagen." Harry trank aus und bat den Ober, die Rechnung zu bringen. „Arthur, können wir uns nicht regelmäßig sehen? Heute ist Dienstag; wenn es dir recht ist, dann bleiben wir bei diesem Wochentag, sagen wir, jeden ersten Dienstag im Monat?" Arthur merkte, dass Harry sich bemühte,

die Verbindung zu ihnen aufrecht zu erhalten.
Warum sollte er ablehnen? Hassen würde krank
machen, das er vor einigen Minuten selbst zu
Harry.

Arthur schwieg und hielt Harry die Hand hin,
nickte und nachdem Harry bezahlt hatte, stand er
auf. So, ich muss. Ines wartet. Schließlich weiß sie
nichts von unserem Treffen. Mach' s gut
Harry." „Mach' s besser, Arthur."

Als Harry nach Hause kam, war seine Frau noch
wach. Sie war gespannt auf das, was Harry zu
berichten hatte. Caren hörte sich alles an. Sie
wusste nicht, ob sie damit zufrieden sein sollte.
Wenn Arthur selbst nicht wusste, was in Ines
vorging. Wenn Ines vielleicht sogar selbst nicht
wusste, wie sie handeln sollte, wie sollten es dann
die anderen wissen? Caren blieb nichts anderes
übrig als abzuwarten, sich zu gedulden. Beruhigt
war sie, als sie hörte, dass Arthur versprach, Sven
nicht mit hineinzuziehen. Ihn nicht zu hassen, oder
würde Ines ihn doch hassen und ihre Gefühle ihm
gegenüber nur verbergen? Das mit dem Grabstein
gefiel ihr ganz gut. Grabstein? War da nicht was?
Klar, auf Föhr....!

Caren sah in Gedanken den Friedhof, die alten
Grabsteine, sie wollte ja... morgen würde sie sich

darum kümmern! Jetzt erst mal Harry bitten, nochmals nach Sven zu schauen, ihm eine gute Nacht wünschen und versuchen, selbst einzuschlafen.

22

Die folgenden Tage und Wochen waren für Sven weitgehend angenehm. Er war oft mit Roman zusammen und es störte ihn nicht mehr, wenn die anderen aus der Klasse tuschelten: „Guck, die Heulboje geht mit dem Sitzenbleiber." Frau Wiesner ließ Sven einige Tage in Ruhe, dann - gegen Monatsende – als sie ins Klassenbuch schaute, fiel ihr die fehlende Entschuldigung ein. „Sven, du hast noch eine Entschuldigung abzugeben, was ist damit?" „Ja, ach so" stammelte Sven. „Hast du überhaupt schon deine Mutter gebeten, eine zu schreiben?" Sven wurde rot und schüttelte den Kopf. „Dann werde ich wohl selbst mit deiner Mutter reden müssen. So, und jetzt zeigst du mir bitte deine Aufgaben." Sven kam mit seinem Heft vor ans Pult, gemacht hatte er sie ja, ein schlechtes Gewissen hatte er aber doch. Warum, das wusste er genau. In der Klasse wurde inzwischen getuschelt und gemauschelt. Frau Wiesner schlug Svens Heft auf und war entsetzt. Sie kannte Sven als ordentlichen Jungen, der eine saubere Heftführung hatte. Aber was war das?

Seine Handschrift hatte sich total verändert: wackelige Buchstaben, welche nach allen Seiten fielen, über den Rand geschrieben, Schmierereien. Das schreibst du noch einmal, und zwar bis morgen, zusätzlich zu deinen anderen Hausaufgaben!"

Das alles musste Ursachen haben. Gleich in der Pause würde sie seine Mutter anrufen. Sven setzte sich. Am liebsten hätte er wieder geweint. Er biss seine Zähne zusammen, ballte seine Hände zu Fäusten, so dass keiner es sehen konnte und kniff die Augen zusammen, um nicht heulen zu müssen. Und es gelang ihm, irgendwie hatte er sich wieder im Griff. Jetzt konzentrieren und dem Unterricht folgen, dachte er. Roman klopfte leise auf seine Schulter und sprach ein tröstendes Wort. „Du machen Aufgaben mit mir, ja?"

In der Pause versuchte Frau Wiesner, Svens Mutter zu erreichen. Aber sie meldete sich nicht. Somit setzte sie sich im Lehrerzimmer an den Sekretär und schrieb einen Brief. Sie würde ihn aber nicht Sven in die Hand drücken, sondern abschicken, dessen war sie sich sicher. Nach der Pause war Sport. Nachdem Sven letzte Woche den Schwimmunterricht geschwänzt hatte, musste er auch jetzt wieder mit einer Aufforderung rechnen, eine Entschuldigung abzuliefern. Das Schwimmen fand zwar nur einmal im Monat statt, Gott sei Dank!

Aber selbst vier Wochen nach dem Urlaub, da hätte er beim besten Willen nicht hingehen können. Sven hatte das Gefühl, nicht mehr schwimmen zu können, ja, in allem zu versagen, ja, selbst unterzugehen. Aber heute hatten sie ja Geräteturnen. Nur, heute müsste er auch mit seiner Mutter reden, unbedingt! Wegen des ersten Schultages und wegen des Schwimmunterrichts. Hoffentlich gäbe es nicht zu viel Krach zu Hause. „Kommst du heute zu mir?", fragte Sven seinen Freund Roman, weil er befürchtete, nach der Beichte nicht zu Roman zu dürfen. Aber im umgekehrten Fall: Svens Mutter würde Roman nicht abweisen, wenn er erst mal vor der Haustür stünde. „Ich habe ein großes Geheimnis für dich, dann werden wir in den Wald gehen." Für Roman hörte sich das spannend an. „Ja gerne, Sven! Und sein nicht immer so traurig, irgendwas du doch haben, das merk` ich. Bis später dann."

Wie immer freute sich Caren, als Sven zu Hause eintrudelte. Nur Sven, der schaute etwas geknickt. „Na, was hast du denn, mein Junge?" Caren fiel auf, dass mit ihrem Sohn was nicht stimmte. „Weißt du Mum, am ersten Schultag nach den Ferien, da..." Sven begann zu weinen und lehnte sich an seine Mutter. „Sven? Beruhige dich und erzähle mir alles ganz ruhig." Sven wischte die Tränen aus dem Gesicht und setzte seinen Satz fort: „Da hab ich in der Schule gefehlt." „Und warum?" Sven sprach zwar jetzt nicht mehr mit verheulter Stimme, erzählte aber alles so durcheinander, gar nicht in der richtigen Reihenfolge. „Und im Schwimmen war ich auch nicht." Caren musste noch einmal nachfragen. „So, wann warst du wo nicht und warum, bitte sag' s mir. Ich schimpfe nicht." „Also am ersten Schultag fehlte ich, weil dann immer alle Schüler von den Ferien erzählen müssen, und zwar wirklich alle. Da wäre ich auch an die Reihe gekommen. Und im Schwimmen hab ich auch gefehlt, da hatte ich panische Angst davor, nicht mehr schwimmen zu können. Und stell' dir vor, Mum, diesmal war alles doof. Ich kam am zweiten Schultag zu früh, musste in einer anderen Klasse vom Urlaub erzählen und dann später nochmals bei Frau Wiesner, die haben das alle diesmal am zweiten Schultag gemacht, warum weiß ich auch nicht." Und?" Caren kniete sich nieder und schaute Sven an. „Ich, ich sei an der Nordsee gewesen, da habe ich noch nicht geweint. Und dann fragte mich Frau Wiesner, ob ich auch im Watt gewesen war. Dann musste ich an Pat denken und heulte." „Ach mein Armer, ich glaube, wir müssen deiner Lehrerin mal erzählen, wie sich alles verhält, was meinst du, Sven?" „Sie hat meine Hausaufgaben gesehen und gesagt, sie will mit dir sprechen." „Ach so ist das" überlegte Caren, „weißt du was, am besten, ich melde mich bei ihr, ja? Und eine Entschuldigung schreibe ich natürlich auch." „Ja, danke Mama, welche Krankheit erfinden wir denn, die ich am ersten Schultag hatte?" „Hör' mal, Sven, wenn ich mit Frau Wiesner rede, brauche ich keine Krankheit zu erfinden, dann schreibe ich, warum du gefehlt hast, das wird sie auch verstehen, hm?" Sven war erleichtert; was ihn die ganze Zeit bedrückt hatte, war draußen. „Mum. Roman kommt heute Mittag, dann wollen wir in den Wald gehen." „Gute Idee, Sven", gab Caren zurück, die jegliche Ablenkung am Nachmittag gut für ihren Sohn fand. „Aber erst einmal machst du ordentlich Haus- aufgaben!"; erwiderte Caren.

Sven und Roman waren im Wald. Sven, der sich auskannte, bog in einen breiten Waldweg ein und nach wenigen Minuten befanden sich die beiden inmitten eines Kiefernforstes, dessen Nadelmassen einem schwarz-grünen Meer glichen. Unhörbar, wie auf Sand, schritten die Jungen über die feuchte Moos- und Nadelschicht des Waldbodens. Sie liefen erst durch den Hochwald, dann durch dicht verschlungenes Jungholz über Lichtungen und kamen in den Mischwald, wo sie ein leises Säuseln der Laubbäume vernehmen konnten. Sven suchte die Höhle, in die er mit Pat immer hineingekrochen war, sie konnte nicht mehr weit weg sein. Beide liefen etwas neben dem Weg, um durch die raschelnden Blätter gehen zu können, welche den Boden bedeckten. Plötzlich fiel Sven etwas auf, er stieß mit seinem linken Fuß geradezu daran: Ein toter Eichelhäher lag zwischen verdorrtem Laub. Sven dachte sofort an den Tag im

Watt. Pat hatte auch einen toten Vogel entdeckt, eine Möwe. Und er fragte ihn noch, ob der Vogel Schmerzen habe, wenn er tot ist. Jetzt ist Pat selbst...ach nein, man konnte es gar nicht wissen, wenn man ihn nicht gefunden hatte. Sven war abwesend, wäre beinahe über eine Wurzel gestolpert. Roman merkte es gerade rechtzeitig und hielt ihn an seinen Schultern fest. „Sven, was ist?" „Ach, lasst uns zur Höhle gehen, dann erzähl` ich dir alles. Hast du eben den toten Vogel gesehen? Jemand fragte mich mal, ob Tote Schmerzen haben, jetzt ist dieser Jemand selbst tot." Sven fand es einfacher, Roman gegenüber die Geschichte so darzustellen, dass Pat tot ist und nicht vermisst wird. Im letzten Fall würde er getröstet werden, dass Pat irgendwo sein könnte. Und Trost, das wollte er jetzt nicht. Sven wollte verstanden werden. Wenigstens Roman sollte wissen, warum er manchmal merkwürdig reagierte.

Endlich erreichten sie die Höhle. Über ihr war ein Zwillingsbaum, wie Pat es bei Bäumen zu sagen pflegte, die von einer Wurzel aus schon ab dem Boden zwei dicke Stämme hatten. Eine dicke, bemooste Wurzel bildete das Dach der Höhle und etwas Gestrüpp stellte die Eingangspforte dar. „Ich gehe vor, folge mir, Roman", flüsterte Sven und hielt für seinen Freund das Gestrüpp beiseite. Sie suchten sich einen weitgehend sauberen Platz und setzten sich auf eine bemooste Schicht. „Du mir sagen Geheimes?", fragte Roman gespannt. Sven holte tief Luft. „Also, ich war an der Nordsee. Mit Mama und Papa. Mit meinem Freund Pat und dessen Eltern. Dass ich dort war, weißt du ja vom Unterricht." Roman erinnerte sich. Hatte Sven nicht so geweint, als er was erzählen sollte? Hatte das mit dem Geheimnis zu tun? Sven erzählte weiter. „Ich war mit Pat im Watt. Meine Eltern wollten nachkommen, sie kamen aber nicht. Es wurde dunkel und die Flut kam." „O je, was du gemacht?" Roman war sichtlich besorgt und merkte, dass sein Freund gleich weinen würde. „Nicht weinen!" „Wir mussten schwimmen, aber Pat konnte nicht so gut schwimmen wie ich und ich konnte ihn nicht ziehen." „Und dann, du geschrien um Hilfe?" „Beim Schwimmen ging das schlecht, weißt du, da brauchst du Luft für was anderes. Ich kam auf einer Insel an, aber mein Freund nicht. Ihn haben sie nicht mehr gefunden, er ist ertrunken. Das war so schrecklich, Roman." „Glaub` ich dir, komm, hier hast du ein Taschentuch, nimm." „Danke. Das war das Geheimnis, deshalb muss ich oft weinen." „Ich dich verstehen." Sven und Roman blieben noch lange in der Höhle. Roman fielen viele Höhlensagen aus seiner Heimat ein, die er – in seinem manchmal noch lustigen Deutsch – einem Freund erzählte.

Sven erzählte weiter von Amrum, von Wolf und Jo und von der Rückfahrt. Dann schauten sie aus der Höhle heraus und bemerkten, dass die Dämmerung bereits den Wald mit einem schwarzen Kleid überzogen hatte. „Meine Güte, ich dachte nicht, dass wir schon so lange in der Höhle sind", stellte Roman mit Entsetzen fest. „Du wissen, wie spät?" „Nein, hab keine Uhr an", gab Sven zurück, der von der Dunkelheit genau so überrascht war. Der Abend hauchte kühl aus Halm und Blatt. Die Bäume hatten ihre Wipfel regungslos in die Stille gehoben. Nur einige Vögel waren noch laut und der Waldschreiner Specht hackte und hämmerte am Eichenstumpf. Die Kinder rannten, was ihre Beine hergaben, querfeldein durch das Gehölz. „Hoffentlich weißt du Weg, Sven." „Ja, wir sind doch nicht bei Hänsel und Gretel!"

Caren ging ans Fenster, dann zum Balkon hinaus. Wo blieben nur die Kinder? Sie schaute zum rötlich leuchtenden Westhimmel und beobachtete, wie dieses Rot zu hellem Bernsteinbraun ausblich. Und im Dunkelblau am Himmel, weit oben, war eine schmale glänzende Mondsichel sichtbar. Plötzlich sprang ein Stern auf wie ein Edelstein, ein zweiter, ein dritter, noch einer und noch einer. Und wie diese Sternfunken mehr und mehr wurden, wurde der Himmel dunkler und tiefer, bis er blauschwarz über den Dächern stand. Mit einem Mal hörte sie hastige Schritte. Die Kinder! Das mussten sie sein, hoffentlich! Jetzt ruhig bleiben, nicht schimpfen, sondern sich freuen, dass sie da waren, ermahnte sie sich und antwortete auf das Klingeln, indem sie die Haustür öffnete.

23

Es war Herbst geworden. Die Nächte wurden kühler, die Regentage häuften sich, Morgennebel war schon bald keine Seltenheit mehr und allmählich hatte das Land Herbstfarben bekommen. Aber es war auch ruhiger in der Natur geworden, genauso Sven. Er war nicht mehr der lebhafte Junge, wie Caren ihn kannte. Von Frau Wiesner hatte sie letzten Monat einiges erfahren über ihren Sohn. Er würde im Unterricht träumen, sei nicht mehr so aufmerksam wie früher und auf die Noten würde sich dies auch negativ auswirken, zumal Sven auch während der Klassenarbeiten träumte, sich schwer tat und nicht fertig wurde. Natürlich, Caren hatte Frau Wiesner alles über den Urlaub erzählt, die Lehrerin hatte bis zu einem gewissen Grad Verständnis und konnte, was seine mündlichen Leistungen betraf, ihn etwas lenken. Aber die schriftlichen Noten würden dadurch trotzdem nicht besser, denn während der Arbeiten konnte sie ja keine Hilfe leisten.

Sven ging oft mit Roman in den Wald. Mal war es die Höhle, die sie aufsuchten, mal bestiegen sie verwaiste Hochsitze oder einen Aussichtsturm mitten im Wald und bestaunten das prächtige bunte Bild der Herbstlandschaft, das sich ihnen bot. Die

Birken standen in Gold, der Ahorn in einem schweren Rot, dazwischen das dunkle Grün der Tannen, und die Felder lagen im gelben Grau der Stoppeln. Beide zählten die Tage bis zu den Herbstferien. Roman würde in die Türkei fahren, dort hatte er noch eine große Verwandtschaft. Zu Svens Leidwesen. Ihm würde bestimmt langweilig werden. Sven wusste noch nichts von seiner Chance, die sich ihm für die Herbstferien bieten würde. Caren hatte am Vortag einen Brief von Jo und Wolf erhalten, in dem sie sich unter anderem wahnsinnig für das liebe Paket bedankten, welches Caren ihnen geschickt hatte. Wenn Sven Lust hätte, könnte er in den Herbst- ferien nach Amrum kommen. Aber auch in den Weihnachtsferien sei er ein willkommener Gast, schrieb Wolf. Er wollte Sven zwar nicht beein- flussen, legte aber ein Prospekt bei, aus dem zu entnehmen war, was in Amrum zur Weihnachtszeit alles los wäre. Eines wusste Caren: Zwei Mal innerhalb so kurzer Zeit sollte er nicht da hochfahren, entweder Herbst oder Weihnachten. Gar nicht mal wegen der Kosten; sondern, ja, das wusste sie selbst nicht so genau. Vielleicht die Erinnerungen. Caren wusste nicht, ob sie ihren Sohn entscheiden lassen sollte. Oder ob sie ihm einfach das sagen sollte, was sie selbst für besser hielt: ihn in den Weihnachtsferien zu schicken. Erstens wären sie länger als die Herbstferien, zweitens erlebnisreicher und drittens wäre der zeitliche Abstand bis zum ersten Wiedersehen nach dem Urlaub größer und somit auch die Freude.

Außerdem hätte ihr Sohn bis dahin mehr verkraftet, was die Urlaubserinnerungen beträfe. Aber Sven wäre es bestimmt langweilig in den Herbstferien, da Roman ja wegfahren würde. Na ja, vielleicht könnte Harry Urlaub nehmen, dann würden sie auch wegfahren oder Ausflüge machen. Sie müsste ihren Mann nur noch von der Wichtigkeit überzeugen, dass sie beide als Eltern ihrem Sohn mehr Zeit widmen sollten.

Als Sven aus der Schule kam, war er sehr geknickt. „Na, was ist denn heute schon wieder mit dir los? Fast immer machst du ein betrübtes Gesicht, wenn du aus der Schule kommst", befand Caren. „Und ich, ich freue mich doch, wenn du da bist, mein Schatz. Hat wieder jemand vom Urlaub gesprochen?" „Nee, Mama, den Roman, den haben sie geärgert." „Wer ist sie?" Caren musste nachhaken. Sven machte immer noch Rede-pausen. „Na, die aus meiner Klasse, der Oliver, der Martin, der Kevin und noch mehr Jungs. Eigentlich die, die früher meine Freunde waren." „Die werden eifersüchtig sein. Da siehst du mal, was du für Freunde hattest. Und was hat Roman ihnen getan?" „Nichts, das ist es ja eben, die mögen den einfach nicht, weil er Türke ist. Erst sagen sie Spaghetti-Fresser. Aber ich hielt zu Roman, klärte die anderen erst einmal auf, dass er nicht aus Italien, sondern aus der Türkei kommt. Dann sagten sie Kümmeltürke zu ihm. Ich schrie zurück, sie sollen ihn gefälligst in Ruhe lassen."

Caren war verzweifelt. Sie hatte das Gefühl, Sven rutschte von einem Problem ins andere. Erst die Sache mit Pat, dann seine nachlassenden Leistungen, dann so was wie heute, was ihn sichtlich aufregte. Hoffentlich käme er in den Herbstferien mal zur Ruhe. Sollte sie wieder mit Frau Wiesner sprechen? Wegen Roman und Sven? Aber sie wusste bestimmt schon davon, oder? „Sag mal, Sven, bekommt das deine Lehrerin nicht mit, dass die anderen Roman ärgern?" „Nee, die machen das ja oft auf dem Heimweg. Oder in der Pause, wenn gerade die Aufsicht nicht guckt." „Na ja, jetzt setz' dich, wir essen erst einmal was." Eigentlich wollte Caren Sven fragen, wann er die letzte Klassenarbeit geschrieben hatte, ließ es aber wieder, heute war ihr Sohn geknickt genug. Vielleicht könnte sie ihn nach dem Essen aufheitern mit dem Brief aus Amrum. Oder noch besser: nach seinen ordentlich gemachten Hausaufgaben! Trotzdem: Das mit den Arbeiten musste Caren im Auge behalten. Sven musste merken, dass seine Eltern danach fragten.

Harry saß derweil am Schreibtisch und grübelte. Es war Mittagszeit und er wurde gebeten, am Telefon Stellung zu halten. Harry schaute auf seinen Kalender. Dienstag war heute. Moment mal, es war der Monatserste. Schon wieder, sollte das Treffen mit Arthur schon so lange her gewesen sein? Wie bloß die Zeit verging! Harry rief Arthur an, erinnerte ihn an das Treffen, rief Caren an, um mitzuteilen, dass er später käme und sinnierte, worüber er an diesem Abend mit Arthur reden könnte.

„Sven, ich hab' eine Überraschung für dich, ein Brief ist gekommen", verkündete Caren feierlich, nachdem sie seine Hausaufgaben kontrolliert hatte. „Zeig her." Sven riss den Brief seiner Mutter aus der Hand. „Oh, von Wolf. Er hat mich noch nicht vergessen." Sven las mit großer Aufmerksamkeit den Brief. Über eine Erweiterung der Vogelkoje, drei neugeborene Fohlen, einen Wolf, der bei den Schafen vom Bauern Franz ein Lamm gerissen hatte und natürlich auch das mit den Ferien. „Mum, darf ich?" Caren las in Sven einen flehenden Gesichtsausdruck. „Ja..." Sven wollte seine Mutter umarmen. „Hör' zu, ich bin noch nicht fertig, lass' mich bitte ausreden! Entweder du fährst in den Herbstferien für eine Woche zu Wolf und bleibst Weihnachten hier oder du entscheidest dich für die Weih- nachtsferien, die länger sind und bleibst im Oktober bei uns." Svens Freude trübte sich etwas, aber er sagte nichts. Er musste haarscharf nachdenken. „Aber ich hab' doch zwei Wochen Herbstferien", konterte Sven. „Nun, du kannst nicht am ersten Ferientag abhauen und am letzten wiederkommen, so ein bisschen musst du dich schon vorher wieder auf Schule und Klimawechsel einstellen." Am liebsten würde er nächste Woche schon an die Nordsee fahren, so groß war die Vorfreude. Mama hatte Recht.

Wenn sie nur eine Woche erlaubte, wäre das mit den übernächsten Ferien wohl besser. Zwei Wochen lang bei seinem besten Freund, oder vielleicht doch zweieinhalb Wochen? Drei Tage zur Umstellung würden Sven sicher reichen, meinte er. Vielleicht wäre Mama bis dahin noch weich zu kriegen? Das Fest der Feste auf einer Insel, das musste herrlich sein! Rechnen konnte Sven ja noch! Caren, die Sven bei seiner Entscheidung helfen wollte, erzählte noch beiläufig, sein Papa hätte angerufen. „Und weiter" „Er will sehen, dass er nächste Woche Urlaub bekommt, dann wird es dir nicht so langweilig, falls du dich entscheiden solltest, in den Herbstferien hier zu bleiben. Ach ja, und er meinte noch, er käme heute später." „Und weshalb muss ich schon wieder so lange aufbleiben, wenn ich Papa noch sehen will?" „Stell' dir vor, er trifft sich mit Arthur." „Mit Arthur?" Sven war total von den Socken. „Hat er da keine Angst?" „Nein, mein Schatz, wovor denn?" „Na ja, ich denke, die sind uns noch böse wegen Pat." „Schon, aber es ist nicht mehr zu ändern." Caren hockte sich vor ihren Sohn, der auf der Couch saß. Sie wollte ihn ermuntern. Er sollte auch verstehen, dass man sich jetzt nicht aus dem Wege gehen müsse. „Sven, das gilt auch für dich. Es kann ja sein, dass du zufällig Ines oder Arthur triffst in der Stadt oder so. Dann brauchst auch du keine Angst zu haben, dann grüßt du ganz freundlich." Sven nickte. Wieder fiel ihm ein Stein vom Herzen; darüber hatte er sich auch schon so lange Gedanken gemacht. Sven las den Brief noch einmal. Er war eingeladen, herrlich!

Er hatte sich entschieden. „Dann ist ja alles klar, Mama, Weihnachten auf einer Insel muss toll sein. Nur euch hätte ich nicht dabei, ist das schlimm für euch?" „Wenn du es aushältst, dann freuen wir uns sogar, Sven." Ihr könnt ja Ines und Arthur zu euch einladen, dann seid ihr nicht so allein und die anderen auch nicht." Caren schluckte schwer. Aber Recht hatte ihr Sohn. Sie selbst hatte ihm ja gerade etwas erklärt. Wie schnell manchmal Kinder etwas begreifen, vor allem, wenn sie begreifen wollen! Sven jubelte und umarmte nun seine Mutter. „Und du, du strengst dich in der Schule etwas mehr an, versprochen?" Sven nickte verwundert. Was wusste seine Mum denn schon wieder, er hatte doch gar nichts gesagt, gar keine Arbeiten gezeigt, sogar eine Unterschrift hingekriegt wie die von Papa. Hatte Frau Wiesner Mama angerufen? Oder seine Mama die Frau Wiesner? „Und die nächsten Arbeiten werden uns gezeigt, ja?" „Großes Ehrenwort." Sven nickte dabei nochmals und fühlte sich erleichtert. Genauso fühlte sich Caren, die es endlich fertiggebracht hatte, mit ihrem Sohn darüber zu sprechen. Was so Einladungen alles bewirken!

Wieder waren sie in der Kneipe, Harry und Arthur. Diesmal war Arthur zuerst da. Er schaute sich um, ob die Kneipe zwei Bereiche hatte. Jetzt sah er, was er sehen wollte. Die Sitzecke von damals war im Raucherbereich. Arthur entschied sich für denselben Platz wie vor einem Monat und zündete sich eine Zigarette an. Als Harry den Raum betrat und Arthur sah, war er erstaunt. „Nanu? Ich wusste gar nicht, dass du Raucher bist." „Geworden, Harry, geworden!", war die Antwort. „Es hat sich doch alles so verändert. Vor allem, seitdem Ines versuchte, sich umzubringen." „Was?" Harry war entsetzt. „Ja, für Ines war es ein „leerer Abend", wie sie später schilderte. Wenn Pat schon tot sein soll, dann wollte sie wenigstens bei ihm sein. Sie hatte etliche Packungen Schlaftabletten aus der Schublade geholt und wollte nicht mehr aufwachen." „Und weiter?" „Na ja. Eigentlich war eine Betriebsbesprechung geplant. Da Ines dies wusste, dachte sie, sie hätte viel Zeit. Weißt du, sie meinte, in aller Ruhe das über die Bühne ziehen zu können, ich käme ja vor Mitternacht nicht nach Hause. Aber die Besprechung fiel aus, weiß der Kuckuck warum. Jedenfalls war es ihre Rettung. Ich kam dann noch rechtzeitig genug. Und entdeckte die leeren Packungen. Na ja, dann das Übliche. Krankenhaus, Magen auspumpen und so weiter. Ich sage dir, das war die stille Zeitbombe, die getickt hatte. Seitdem redet sie auch wieder mehr mit mir. Und was gibt' s bei euch?" Harry fand es nett von Arthur, dass er nach den Umständen bei ihnen fragte.

Harry erzählte von Sven, seinen nachlassenden schulischen Leistungen, seinem neuen Freund und auch von der Einladung, die er bekommen hatte. „Was macht ihr denn Weihnachten?" „Wieso fragst du jetzt schon, Harry? Wir haben schließlich erst Oktober." „Weihnachten kommt schneller, als du denkst. Außerdem machen wir uns Sorgen um euch. Ihr könnt gern zu uns kommen. Aber Ines würde es bestimmt ablehnen, oder? Du kannst das ja besser beurteilen. Vielleicht wäre ja auch ein vollkommener Ortswechsel ganz gut für euch, ganz weit weg von allem. Ist denn deine Frau noch so hasserfüllt?" „Lass das Wort Hass weg, bitte, ich kann es nicht hören. Ich habe Ines allerdings nicht mehr direkt danach gefragt. Obwohl, seit ein paar Tagen redet sie mehr, vielleicht bekomme ich etwas heraus." „Danke, Arthur." „Lass uns heute nicht so lang hier sitzen wie letztes Mal. Wenn ich nicht zu Hause bin, dann sind das die sogenannten leeren Stunden für Ines, dann kann sie auf dumme Gedanken kommen." „Ist schon ok, Arthur. Caren wartet ja auch." Nachdem sie ausgetrunken und bezahlt hatten, verließen sie das Lokal. Zwei Männer, die geknickt waren, jeder auf seine Weise, jeder aus einem anderen Grund!

24

Ines saß im Wohnzimmer. Allein, wie fast immer. Niemand hatte sie in den letzten Wochen verstanden. Im September kamen mal dann und wann Nachbarn oder Bekannte zu ihr, sozusagen zum Beileidsbesuch. In Wirklichkeit wollten sie doch alle ihr Informationsbedürfnis befriedigen mit ihren neugierigen Fragen. So dachte Ines. Sie hielt das nicht aus. Ständig von neuem von ihrem Sohn zu erzählen, ihn dabei dann in Gedanken vor sich zu sehen. Von dem einen Prozent Hoffnung zu berichten und immer wieder dabei in Weinanfälle auszubrechen. Aber niemand konnte ihr helfen, wie auch? Arthur war da anderer Meinung. Er, die Leute, die zu ihr kämen und mit ihr über das Schicksal sprechen würden, das wäre eine Art Hilfe, ob sie das nicht merken würde? Ines verneinte. Sie kapselte sich von jedem ab. Nun kam niemand mehr. Aber nun hielt sie das Alleinsein auch nicht aus. Arthur hatte leicht Reden mit seinen Ratschlägen, er war ja nicht den ganzen Tag zuhause. Er meinte sogar, Ines müsse auf die anderen zugehen, weil die anderen schließlich nicht wissen könnten, wie sie mit ihr umzugehen hätten. Aber Ines konnte nicht, sie traute sich einfach nicht.

Jetzt waren Herbstferien, jetzt hätte sie Pat den ganzen Tag um sich gehabt. Aber alles war so leer. Selbst Arthur kam immer so spät nach Hause. Aber Ines fragte ihn nicht, vielleicht brauchte ihr Mann seine Arbeit, um abgelenkt zu sein. Trotzdem, so spät wie letzten Dienstag hätte er nicht kommen müssen, was da wohl los war? Und irgendwann schon einmal dienstags, da kam er noch viel später! Ines hatte neulich einen Spruch in großen, schwarzen Buchstaben auf ein hellblaues Blatt geschrieben:

Ich habe ein Prozent Hoffnung. Und genau diese Hoffnung bedeutet mir so viel und ist mir auch schon wieder zu viel.

Dann rahmte sie den Spruch ein. Hoffnung, was war das? Ines hoffte so viel, auch jetzt für die Zukunft. Dass Arthur öfter bei ihr wäre. Dass sie wieder mehr Kontakt zu alten Bekannten bekäme. Dass die Leute normal mit ihr redeten und nicht wieder anfingen... Dass sie wieder Kinder...ach was, sie konnte ja keine mehr bekommen, das wusste sie von ihrem Arzt. Aber irgendwie vermisste sie Kinder. Vielleicht könnte Sven ja mal vorbeikommen Was sollte das, ihm könnte man nicht so böse sein. Viele Erwachsene unterschätzten sogar die Gefahren des Watts. Ines' Hass auf Sven war nur von vorübergehender Dauer. Aber Caren und Harry? Ines war wütend und zornig auf sie. Sie wusste auch: Svens Eltern zu hassen brächte ihren Sohn auch nicht zurück, aber vergeben konnte Ines auch noch nicht. Schließlich hatte sie ihren Sohn verloren, und sowohl Caren als auch Harry hätten die Kinder dazu anhalten müssen, dass gewartet wird bis alle ausgetrunken hätten. Klar, die Kinder hätten gemosert, aber was hatten sie und Arthur nun? Einen verlorenen Sohn.

Ines ging zur Küche und nahm sich ein Glas Wasser. Essen wollte sie immer noch nicht viel, ihr schmeckte einfach nichts. Wie auch, wenn sie immer allein essen musste? Drei Kilo hatte sie schon abgenommen, und dabei hatte sie es überhaupt nicht nötig. Aber Sven, der könnte wirklich mal kommen. Die Idee wäre gar nicht so schlecht. Er könnte auch in Pats Zimmer gehen, nach Spielsachen schauen, die er wollte. Er kannte ja viele seiner Spielsachen. Und vor allem: Ines wollte mit Sven sprechen, etwas über seine Eltern hören und spüren, ob und wie Sven das Ganze mitgenommen hatte. Ob und wie er trauerte. Ines nahm sich vor, Sven zu schreiben. Persönlich an ihn und ohne Absender, damit Caren den Brief nicht vor lauter Neugier selbst öffnete, bevor Sven aus der Schule käme. Oder als Einschreiben. So. dass nur Sven ihn ausgehändigt bekommen würde. Wäre das auch bei Kindern möglich? Dann müsste der Absender allerdings drauf stehen. Oder sollte sie ihm nach den Herbstferien vor dem Schulgebäude auflauern? Ines wusste es noch nicht.

Den drei anderen in der Stadt ging es etwas besser. Tatsächlich hatte Harry für die Herbstferien frei bekommen. Sven gefiel das natürlich. Sein Papa holte zum Frühstück Brötchen und Sven durfte derweil Kaffee kochen, seine Mama zeigte es ihm letzten Samstag. Kaffee kochen, das war nämlich etwas, was er bei Jo mal machen sollte, weil ein Gast Kaffee wünschte und Jo gerade Stress in der Küche hatte. Aber Sven musste Jo den Wunsch abschlagen. Weder Jo noch seine Mum hatten moderne Kaffeemaschinen, die per Knopfdruck funktionierten.

Jeden Tag hatten die drei vor, etwas zu unternehmen. Sven durfte Wünsche äußern, aber auch Papa machte gute Vorschläge, die Sven liebend gerne annahm, zum Beispiel den mit der Tropfsteinhöhle, in der sie vorgestern waren. Ein bezauberndes Farbenspiel entfalteten die Kristalle der Höhle. Sven hatte so etwas noch nie gesehen. Erst einmal mussten sie über dreihundert Stufen dreiundfünfzig Meter tief unter die Erde steigen, vorbei an der Kapelle bis zum „Dom". Dort unten herrschte eine Luftfeuchtigkeit von 85 Prozent und Temperaturen von neun Grad. Im Licht der Scheinwerfer glitzerten zahllose schneeweiße Perltropfsteine aus Aragonit Kristallen an Wänden und Decken, widergespiegelt in einem Höhlensee. Tropfsteine von bizarrem Aussehen säumten den weiteren Weg, der mit einem Blick in die dreißig Meter hohe Südhalle sein Ende fand, bevor man wieder ans Tageslicht aufstieg. Gestern waren sie im Frankfurter Zoo, sogar im Exotarium, wo Sven die vielen Schlangen und Reptilien bestaunte. Sven war kürzlich erst mit seiner Mutter dort, und jetzt, mit Papa, das war nochmal was ganz anderes! Zum Freizeitpark wollten sie sehr wahrscheinlich am letzten Ferientag, dann wäre auch Roman wieder da und könnte vielleicht mitgehen. Und heute würden sie eine Spazierfahrt durch den Taunus machen. Sven interessierte sich für die Burg Falkenstein, und Caren schlug vor, zusätzlich den naheliegenden Hessenpark zu besuchen. Sie hätten genügend Zeit. Caren gefielen die schönen Fachwerkhäuser, die sie auch von innen besichtigen konnten. Und Sven würde sicher die große Mühle gefallen. Mal sehen, Sven hätte bestimmt seinen Spaß. Caren wusste allerdings nicht, dass ihr Sohn vor einiger Zeit mit Pat im Hessenpark war.

Die beiden Wochen waren leider viel zu kurz, wie schnell hatte der Alltag sie wieder eingeholt. Ob Sven wieder von den Ferien erzählen müsste? Und wenn? Er hatte viel erlebt, sogar mit Roman. Caren war zufrieden. Sven kam ihr fröhlicher vor, hoffentlich hielt das an! Sicher: Kleinigkeiten würde es immer geben, die sie alle an die Sommerferien und Pat erinnerten, aber sie alle müssten sich ändern. Und Harry hatte wieder Kontakt zu Arthur. Das beruhigte Caren schon etwas. Das andere würde vielleicht von allein kommen, wenn es auch seine Zeit bräuchte.

25

Mittlerweile schrieb man den einundzwanzigsten November. Der kommende Sonntag war Totensonntag. Selbstverständlich müssten Ines und Arthur zum Gottesdienst. Pat würde verlesen werden. Alle Verstorbenen des letzten Kirchenjahres würde der Pfarrer verlesen, unter anderem den sechzigjährigen Bürgermeister, der bis zuletzt noch amtierte. Dann die vielen Älteren, welche die siebzig und achtzig Jährchen über-schritten hatten. Einen jungen Mann, der im Alter von 25 Jahren an einem Motorradunfall starb und auch die dreißigjährige Mutter, die Krebs hatte und vier Kinder hinterließ. Aber ein Kind unter den Toten wäre bestimmt nicht dabei außer ihrem Pat, dachte Ines. Arthur wollte Ines aufmuntern, indem er meinte, jetzt sei eine Chance gekommen, neue Kontakte aufzubauen, am Sonntag würde sie so viele Trauernde sehen. Sie könnte andere an-sprechen, vielleicht sogar zu sich einladen. Aber Ines war immer noch stockig. Niemand könne ihren Kummer teilen, auch andere Trauernde nicht. Sie hatte schließlich ein Kind verloren, welches noch sehr viel vom Leben hätte genießen können -

das noch nicht einmal so richtig das Leben in vollen Zügen kennengelernt hatte. Nächste Woche – um den ersten Advent herum – würde sie Sven einladen, beschloss sie nun.

Svens gute Laune, die er noch in den Herbstferien sowie eine Woche danach hatte, ließ die letzten Tage merklich nach. Wie viele anderen hasste er das Novemberwetter mit ständigem Regen, Nebel und den Stürmen. Er hatte schlechte Laune und meckerte oft. Wenn er sich mit Roman traf, bestellte er ihn zu sich, allein aus dem Grund, nicht aus dem Haus in das Dreckwetter zu müssen. Auch in der Schule wurden seine Leistungen nicht merklich besser, obwohl er bestimmt nicht mehr so oft an seinen Freund dachte und obwohl Caren seine Hausaufgaben kontrollierte. Zumindest die, die Sven angab. Ihr fiel auf, dass er mehr als die doppelte Zeit wie früher über seinen Aufgaben brütete. Trödelte er, hatte er keinen „Bock", sie schneller zu machen, weil er eh` nicht an die Luft wollte, oder ist einfach nur der Stoff schwieriger und umfangreicher geworden? Jedenfalls: die Noten seiner Klassenarbeiten waren nicht rosig, aber immerhin: er unterschlug sie nicht mehr. Als Sven heute aus der Schule kam, war er mal besser gelaunt. Obwohl wieder Regen und Wind die Natur beherrschten. „Stell' dir vor, Mum, Ines war an der Schule, sie hat mich eingeladen", sprudelte es aus ihm hervor. „Was?"

Caren musste erst einmal sortieren, sie war ganz perplex, glaubte, sich verhört zu haben. „Ines hat dich eingeladen, wohin denn?" „Na zu sich, wohin denn sonst?" „Ach Sven, ich dachte..." „Was dachtest du?" „Schon gut, was hast du ihr gesagt?" „Na, sie fragte mich, ob ich nächsten Donnerstag kommen könnte, und ich habe zugesagt." „Hat sie auch gesagt, warum du kommen sollst?" „Nee, Mum, nur dass sie Kuchen macht und vielleicht schon Plätzchen hat." Caren kam ins Grübeln. Was wollte Ines? Schadenfreude? Ihren Sohn fertigmachen? Ihm Schuldkomplexe einreden? Die würden sich bei Sven einprägen wie bei einem Stempel. Oder wollte sie hintenherum über Sven herausbekom- men, wie es uns so ginge? Nun, verbieten konnte sie ihrem Sohn sowieso nicht, zu Ines zu gehen, vielleicht wäre es ja auch ganz gut. Warum es gut sein könnte, wusste Caren allerdings selbst nicht so genau. Sie hoffte nur, Sven wäre die Brücke zwischen Ines und ihr und sie fänden wieder zueinander, wer weiß? Caren schaute auf den Kalender im Flur. Noch eineinhalb Wochen bis zum ersten Advent. Ach so, das hieß, der kommende Sonntag ist Totensonntag. Pat würde verlesen werden, eigentlich müssten auch Harry und sie zum Gottesdienst gehen. Und wenn Ines sie sähe, wie würde sie dann reagieren? Aber wie auch immer, Caren musste erst ihr Treffen mit der Gymnastikgruppe absagen, in die Kirche wollte sie auf alle Fälle. „Willst du auch am Sonntag in die Kirche, dann liest der Pfarrer die Leute vor, die im letzten Jahr gestorben sind, also auch Pat?" wollte Caren von ihrem Sohn wissen. Sven überlegte. Erst nickte er langsam, dann aber ein spontanes „Nee, ich habe Angst, dass ich dann wieder weinen muss." „Ich verstehe dich schon, du kannst auch daheim bleiben", tröstete Caren, indem sie über Svens Haare strich. „Übrigens, was ist denn mit dem ersten Adventssonntag, ihr macht doch eine Aufführung in der Schule?", fiel Caren ein. Sven war es peinlich, dass seine Mutter danach fragte. Caren unterbrach Svens Redepause und hakte nach. „Na Sven, was ist?" „Ja", maulte Sven, „die singen irgendwelche unbekannten Weihnachtslieder im Chor. Ich hatte das Gefühl, mit der Melodie irgendwie nicht klar zu kommen, obwohl ich mich anstrengte. Dann meinte Herr Leiser, unser Musiklehrer, irgend jemand würde brummen. Er hat gute Ohren und wusste gleich, dass es von der rechten Chorseite kommen musste. Daraufhin sollte nur die vordere rechte Reihe singen. Keine Misstöne waren zu hören. Die mittlere Reihe ließ Herr Leiser gleich aus, da er das Brummen aus der hinteren Reihe vermutete, na ja und schon hatte er mich ertappt." „Und dann?" „Der Doofkopf brummte mir eine fünf auf, nahm mich raus, dirigierte das Lied noch einmal und war stolz, mich ertappt zu haben. Er grinste nämlich. Stattdessen brummte er mir ein Weihnachtsgedicht zum Vorsagen auf, was ich sehr traurig finde, aber er konnte ja nicht wissen..." Sven stockte. „Was

konnte er nicht wissen?" „Schon gut, es war nur..."
„Was war, Sven, bitte sage es mir." „Ach, im
letzten Vers des Gedichts wollte ein Mann sterben,
und ausgerechnet so etwas soll ich sagen. Nur weil
ich nicht singen kann!" Sven sah aus, als wolle er
weinen, hielt sich aber krampfhaft zurück. „Was,
und so was soll ein Weihnachtsgedicht sein?",
wunderte sich seine Mutter. Bei Weihnachts-
gedichten denke ich an Geburt und nicht an Tod,
sprach sie zu sich selbst. Sie hörte das Wort Tod
nachhallen, als sie es in den Mund nahm und
aussprach. Ach ...apropos Tod: für Ines müsste
es ein schlimmes Fest sein. Harry ließ etwas an-
klingen, sie wollten vielleicht wegfahren. Wenn es
nach Ines ginge, ganz weit weg. An einen Ort, wo
kein Weihnachten gefeiert wird. Aber gäbe es das
überhaupt? Wie sehr hätte sich Caren gewünscht,
zum Fest Arthur und Ines einzuladen, mit ihnen zu
reden, schmackhafte Köstlichkeiten herzurichten,
aber Caren konnte die beiden gut verstehen.

„Mama!" Caren hörte Sven rufen. Klar, eben noch
hatten sie sich unterhalten; war sie schon wieder
ganz woanders mit ihren Gedanken? „Ja, was
ist?" „Darf ich Sonntag ins Kino wenn ihr in die
Kirche geht?" „Ja, aber mir ist lieber, wenn jemand
mitkommt und ihr zu mehreren seid. Frage doch
Roman, er kommt bestimmt gern mit." „O ja,
dufte! Danke, Mama."

26

Die Kirche war bis zum letzten Platz gefüllt und die vielen Gemeindemitglieder hörten gespannt der Predigt zu. Ines saß mit Arthur in der ersten Reihe, Caren und Harry belegten eine der hinteren Bänke. *„Durch das Kreuz und seine Auferstehung hat Jesus Christus Hölle, Tod und Teufel überwunden und seine Liebe zu dir bewiesen. Hast du seine Liebe erwidert? Jesus wartet darauf. ER spricht: Ich bin der Weg, die Wahrheit und das Leben, niemand kommt zum Vater denn durch mich. Wer den Sohn Gottes nicht hat, der hat das ewige Leben nicht, sondern der Zorn Gottes bleibt über ihm."* Was hörte Ines da? Ja, sie war zornig, das hatte man ihr glattweg ins Gesicht gesagt. Selbst ihr Mann befand, der Zorn würde ihr nicht helfen, das Leben zu meistern. Und auch den anderen nicht, zu denen sie zornig war. Wieder las der Pfarrer eine Bibelstelle. *„Offenbar sind aber die Werke des Fleisches, die das sind: Neid, Zorn, Zweifel, Zwietracht, Zank, Hass, Mord, Saufen und dergleichen. Die Solches tun werden, werden das Reich Gottes nicht erben."* Ines erschrak innerlich. Heute bekam sie es gesagt! Selbst, dass Trinken eine Sünde sei. Ihr Mann wusste noch nichts davon. Aber Ines, sie stellte immer häufiger fest, wie gut es ihr nach einem Schnäpschen ging. Ines hatte sich den heutigen Gottesdienst ganz anders vorgestellt. Dass man mehr auf die Trauernden eininge, Trost erfuhr. Und das, was sie heute erfuhr? *„Darum, der Vater im Himmel kennt keine Not! Du brauchst Jesus Christus."* Ja, stimmt, dachte Ines. *„So nun euch der Sohn frei macht, so seid ihr recht frei! Und werdet die Wahrheit erkennen und die Wahrheit wird euch frei machen. So wir unsere Sünden bekennen, so ist er treu und gerecht, dass er uns die Sünde vergibt und reinigt uns von aller Untugend."* Caren bat innerlich um Vergebung von Sünden. Tränen standen in ihren Augen und Harry umarmte sie. Doch, wie dachte Ines, was nahm sie von der Predigt mit nach Hause, mit für ihr Leben? Wenn das Caren bloß wüsste! Gut, dass sie weit hinten saß, dann käme sie schnell aus der Kirche. Den Mut, Ines die Hand zu drücken, den hatte sie nicht, vielleicht Harry, aber sie würde es nicht von ihm verlangen. Man kam zur Verlesung der Verstorbenen. Arthur passte genau auf. Er meinte, von einer Familie zu wissen die ein elfjähriges Mädchen durch einen tragischen Verkehrsunfall verloren hatte. Und Arthur wurde bestätigt, ein elfjähriges Mädchen wurde wirklich erwähnt. Ines müsste unbedingt Kontakt knüpfen mit der Familie. Wenn sie weiterhin störrisch wäre, würde er es tun. Über Pat wurden am Schluss noch einige Worte gesagt: *„Wo er auch sei, wo Gott ihn auch immer hingeführt haben möge, der Herr hat Seinen Weg geleitet und wird ihn weiter führen."*

Wie selbst Harry vermutete, war seine Frau nach dem Gottesdienst schnell verschwunden, sie sprach oft genug von der Angst, Ines zu begegnen. Aber er? Warum sollte er Angst haben? Wovor? Harry nahm sich vor, cool zu bleiben, außerdem wäre Arthur ja dabei. Als Ines Harry sah, stutzte sie. Sie wusste wohl selbst nicht, wie sie reagieren sollte. In einen Freudenschrei ausbrechen? Nein, das konnte sie beim besten Willen nicht. Und hier vor so vielen Leuten ihre Antipathie zeigen? Das war auch nicht das Wahre. Also grüßte sie leise „Guten Tag" und hielt Harry die Hand hin. Harry erwiderte die Begrüßung kurz. „Tag, Ines." Und ihm fiel gleich noch eine Ergänzung ein, er musste ja Caren entschuldigen, das hieß, erklären, dass seine Frau auch den Gottesdienst besucht hatte und schon fort war. „Gruß von Caren, sie war auch im Gottesdienst, ist schon gegangen." Ines blieb stille. Harry, der nicht auch noch schweigen wollte und auch Arthur nicht sah, fiel noch was ein, quasi als Abschluss des Gesprächs. Denn er merkte: viel war aus Ines nicht herauszuholen. „Kannst gern mal vorbei kommen oder auch anrufen." Pause. „Na, überlege es dir, das musst du ja nicht auf der Stelle entscheiden. Ach ja, noch was. Danke, dass du Sven eingeladen hast." Harry wusste nicht, warum er sich für diese Einladung bedanken sollte, aber er musste Ines irgendwie aufheitern. Ines wandte ihren Blick von Harry ab. „Ok, dann tschüss, Ines!" „Tschüss" kam zurück, sonst nichts. Vielleicht müsste man mit ihr reden wie mit einem Kind, damit der Eisklotz Ines endlich auftauen würde, oder aber die Kindersprache würde Ines in noch höhere Rage versetzen, er wusste es nicht. Jedenfalls, wenn Ines ein Kind wäre, Harry hätte sie längst unter die kalte Dusche gestellt! Geheimtipp für Arthur, dachte Harry, muss ich beim nächsten Treffen mal sagen.

Tage später dachte Ines noch lange über den Gottesdienst nach. Sie durfte nicht mehr zornig sein, das war ihr nun klar, sie würde in die Rolle der sanften Trauernden schlüpfen, keine Gespräche mehr blockieren. Im Nachhinein kam sie sich ganz schön blöd vor, wie sie nach dem Gottesdienst mit Harry umging. Aber vielleicht hatte sie noch Hemmungen und – das war wahrscheinlicher – wenn sie es auch nicht wahr haben wollte: Ines war eifersüchtig. Harry sollte nicht spüren, dass sie freundlicher sein könnte. Ihm und Caren, ja denen würde sie weiterhin die kalte Schulter zeigen. Nun gut, wenn Svens Eltern auf sie zukämen, wie gesagt, sie würde sie nicht mehr fortschicken. Sachlich bleiben, ernsthaft reden, aber ihnen kein Lächeln schenken, das gönnte Ines den beiden nicht. Aber kommenden Donnerstag würde sie erst einmal Sven sehen, dann hätte sie ja jemanden zum Reden, eine Person, die ihr zuhören würde. Ines vermisste ihn, schließlich mochte sie ihn, und außerdem – das wusste sie jetzt – konnte der Junge nichts dazu. Vielleicht käme Sven ja öfter, so nur zum Spaß, quasi als Ersatz. Dann würde sie es in der leeren Wohnung besser aushalten. Trotzdem: Weihnachten müsste sie fort sein, ganz weit weg.

Nachdem sie schon Reiseprospekte gewälzt hatte, telefoniert hatte, immer wieder nur hörte: „ausgebucht," beschloss sie, nur so für sich, einfach mit Arthur abzudampfen. Mit dem Auto irgendwohin zu fahren, notfalls im Auto zu schlafen, wenn sie keine Unterkunft fänden. Hauptsache fort. Ines schlug einen Prospekt nach dem anderen mit Wucht zu, warf alle Zeitschriften in einen Pappkarton und ging zum Wohnzimmerschrank. Da stand er, der Likör, der so gut schmeckte und nach dem es ihr so gut ging. Ines hielt es für unnötig, ein Likörglas aus der Bar zu nehmen, setzte an und trank gleich aus der Flasche. Vielleicht könnte sie somit ihren Zorn herunter spülen. Denn Zorn und Hass, das waren die Eigenschaften, die sie nicht mehr wollte, die sie aber nicht so einfach ablegen konnte wie ein Kleidungsstück. Ines schloss nach einigen Zügen wieder die Flasche und stellte sie zurück.

Na ja, dann wird halt die Glotze angestellt, was soll man auch machen, wenn man den ganzen Tag allein zu Hause hockt? Ines schlug die aktuelle Fernsehzeitschrift auf. Noch bevor sie auf der Programmseite landete, fiel ihr Blick auf eine bunte Seite: farbenprächtige Blumen, blauer Himmel, gelber Strand. Ines wurde neugierig und las: „Noch Plätze frei! Die Kreuzfahrt der Superlative: Von Gran Canaria bis Südamerika. Sambanächte unter südlicher Sonne, Palmen, Sand und Meer. Wer sehnt sich nicht danach, wenn die

Tage wieder ungemütlicher werden? Im Winter kann sich dieser Traum erfüllen, denn wir haben eine Überraschung der besonderen Art: Wir laden Sie im Dezember ein, vom 5. bis zum 21.12. zu einer Kreuzfahrt nach Südamerika, haben Sie Lust?" Und ob Ines Lust hatte! Ihre Augen leuchteten. Gespannt las sie weiter:

„Hier das attraktive Programm. Los geht es am 5. Dezember ab Frankfurt mit dem Flugzeug nach Gran Canaria. Von dort aus checken Sie auf dem Luxusliner Delphamar ein und lassen sich bei exotischen Cocktails und Temperaturen zwischen 27 und 32 Grad Celsius verwöhnen. Für Ihr Wohlbefinden während der Überfahrt ist gesorgt: 110 Crew Mitglieder sind ständig für Sie da. Boutiquen, Fitnessraum, Massage und Sauna bietet das schwimmende First-Class- Hotel. Braungebrannt erreichen Sie das brasilianische Venedig. Nicht nur Kulturliebhaber werden dem Charme der historischen Stadt erliegen. Nächster Höhepunkt Ihrer Reise: der malerische Ort Vitória, ein Geheimtipp Ihres Kapitäns.

Zuckerhut, Covorcado, in Rio de Janeiro tobt das pralle Leben. Aber auch die Landschaft wird Sie bezaubern. Weiter geht es nach Montevideo. Den Abschluss der Reise bildet Buenos Aires. Wer möchte, kann die Zeit dort um fünf Tage verlängern."

Ines war happy. Das war es! Das musste es sein!
Eine einmalige Chance! Ines müsste sich zwei
Plätze ergattern, koste es, was es wolle, und zwar
sofort! Natürlich fünf Tage länger als vorge-
schlagen, weg über die Feiertage. Arthur konnte
sie jetzt nicht erst fragen. Er müsste einfach
zustimmen! Ines durfte keine Zeit verlieren und
musste einen klaren Kopf bewahren. Fiel ihr
irgendwie schwer im Moment, ach, hätte sie eben
bloß nicht.. Der fünfte Dezember war außerdem
nicht mehr in weiter Ferne, da konnte man langsam
Reisefieber bekommen. Ines hatte Glück und
buchte telefonisch, wenn sie sich bei ihrer Adresse
auch dreimal versprochen hatte, jedenfalls war
gebucht!

Als Arthur am Abend nach Hause kam, fand er
seine Frau so verändert vor. Er hatte auch einen
Verdacht, behielt diesen aber erst einmal für sich.
Ines hatte rote Wangen und sprach sehr schnell.
Schneller als sie zu wissen schien, wie der Satz
weitergehen sollte. Als sie von der geplanten Reise
erzählte, beruhigte sie sich wieder. Vielleicht war
es die anfängliche Aufregung, die Ines ins Gesicht
geschossen war. Sie konnte Arthur begeistern. Er
zeigte ihr, dass er sich freute, war aber sonst still,
legte seine Arme um Ines und flüsterte: „Bitte hör
auf." „Was hast du, Schatz? Womit soll ich auf-
hören, ich muss wirklich fort über Weihnachten,
glaube mir." „Das meine ich nicht, Ines. Du
trinkst. Lass es sein, bitte." Arthur wurde lauter,

blieb aber freundlich. „Aber woher...?" „Ach Ines, glaubst du, ich bin blind?" Ines weinte leise, fühlte sich aber wohl, dass sie sich endlich aussprechen konnte. „Ich kann Caren und Harry nicht verzeihen. Ich möchte es aber." „Das kommt noch. Jetzt fahren wir erst mal fort. Du wirst sehen, dann erholst du dich." Arthur war richtig erleichtert. Zum ersten Mal konnte er seiner Frau Trost spenden, zum ersten Mal ließ sie sich von ihm so richtig umarmen seit Pats Tod. Aber auch er hatte Probleme und wer tröstete ihn? Ines war zu schwach, das wusste er. Er wollte sie nicht noch mit seinen Sorgen belasten. Arthurs Chef meinte, er könne überhaupt nicht mehr lachen. „Erfolge, die nehmen sie einfach hin." Vor einem Jahr bekam Arthur einen höheren Posten ange- boten. Dann kam die Sache mit seinem Sohn. Und jetzt fühlte Arthur sich abgeschrieben. „Die Leute hatten Vertrauen zu Ihnen, konnten an Sie herantreten. Sie waren immer der ruhende Pol im Team, hatten ab und zu mal ein Auge zugedrückt und immer ein freundliches Wort parat. Und jetzt? Arthurs Chef hatte seine Beförderung vertagt. Aber vielleicht bräuchte Arthur auch nur etwas Erholung. Schließlich konnte man im letzten Urlaub nicht von Erholung sprechen!

27

Caren wusste nicht, welchen Ratschlag sie ihrem Sohn auf den Weg zu Ines mitgeben sollte. „Sei schön lieb", das wäre zu kindisch. „Heitere Ines auf" vielleicht zu makaber. Wäre Sven fröhlich, würde es den Eindruck erwecken, als leide er nicht. „Zeige ihr, dass du auch traurig bist." Nein, das wäre vielleicht ein trüber Nachmittag, zumal ihr Sohn in dieser Sache immer noch sehr nah am Wasser gebaut war. Sie wusste ja nichts über Ines' momentanen Zustand, gesundheitlich und psychisch. Also gab Caren ihrem Sohn keinen Ratschlag mit, sondern nur: „Tschüss, mach' s gut." Selbst Sven überlegte auf dem Hinweg zu Ines, wie er sie begrüßen sollte. Er klingelte und wartete. „Hallo Sven, komm rein"; rief Ines. Sie klang ganz normal, fast fröhlich. Also wäre er auch nicht anders. „Tag, Ines." „Komm herein Sven, setz dich, ich hab' auch schon Kakao gemacht. "Sven wusste trotzdem noch nicht so recht, wie er sich verhalten sollte, hatte irgendwie Hemmungen. Was sollte er erzählen? Etwas, das sie an Pat erinnerte? Oder wollte sie gerade das vom Urlaub alles hören? Aus seiner Sicht? Schließlich wusste sie nicht, wie sich alles genau zugetragen hatte. Aber Ines könnte ja fragen, was sie wissen wollte. Er würde erst einmal den Mund halten, nicht ins Fettnäpfchen treten. Aber eines wollte er doch zu gern wissen. „Warum hast du mich eigentlich eingeladen?" „Ach, weißt du, nur so. Schau, ich bin so allein. Außerdem mag ich dich so, wie ich dich immer mochte, du warst ja Pats Freund. Ehrlich, ich hatte Sehnsucht nach dir." „Und nach meinen Eltern? Mit denen warst du doch auch befreundet?" Auf diese Frage war Ines nicht gefasst. Sie druckste, schob sich absichtlich noch einen Brocken ihres gebackenen Kuchens in den Mund, um gerade nicht sprechen zu müssen, um Zeit zu gewinnen. Was sollte sie sagen? Wie ehrlich könnte sie jetzt sein Sven gegenüber? Zu ihm sagen: ich hasse deine Eltern? Nein! Ihm sagen, dass sieSehnsucht nach ihnen hätte, das würde doch nicht stimmen und bei Caren und Harry falsche Hoffnungen wecken. Ines versuchte abzulenken. „Und was macht die Schule?" Sven merkte das. Er hatte keine Lust, länger den lieben, schüchternen Jungen zu spielen. „Ines, ich habe dich gefragt, ob du etwas gegen meine Eltern hast, bitte gib mir Antwort, sei ehrlich." Ines war erschrocken über Sven, zeigte es aber nicht. Sie achtete darauf, im ruhigen Ton zu reden. ‚Tja, Sven. Ich muss immer daran denken, dass sie euch gar nicht allein ins Watt hätten lassen dürfen. Das machen keine Eltern. Eltern haben nun mal Aufsichtspflicht. Und als wir sagten, Pat könne mit euch zum Strand gehen, war das die Übergabe der Aufsichtspflicht an deine Eltern, was Pat betraf. Sei mir nicht böse Sven." „Wir wären ja auch alle gleichzeitig zum Strand gegangen, wenn nicht Pat noch mal eine Brause gewollt hätte, sonst wollte ja

keiner was trinken." Das war etwas, was Ines
bisher noch nicht wusste. Aber egal, es änderte
nichts mehr. Sie durchschaute Sven. Er wollte
damit sagen: Pat trägt Mitschuld! „Trotzdem.... ihr
hättet warten müssen, bis deine Eltern fertig waren.
Na ja, ist ja egal, jetzt komm', nimm dir noch
Kuchen." Ines hatte bewusst ruhig gesprochen,
damit das Ganze nicht wie ein Vorwurf klang.
Sven griff zum Kuchenteller. „Ach, und wenn du
willst, kannst du später in Pats Zimmer gehen und
Spielsachen aussuchen, die du mitnehmen
möchtest." „Nein", dröhnte es aus Sven heraus,
„ich nehm' nichts von Toten." „Ist schon gut Sven,
ich dachte ja nur..... Weil du sein bester Freund
warst." „Danke, das ehrt mich." Sven bekam noch
Kakao und fragte Ines, ob sie schon Plätzchen
gebacken hatte. „Nein Sven. Weißt du, wir fahren
ganz weit fort, sind Weihnachten gar nicht hier."
Sven brauchte keine weitere Begründung, das
konnte er verstehen. „Nachher zeige ich dir mal
auf dem Globus da drüben, wie weit wir fort sein
werden." Da Ines ganz normal und ohne wei-
nerliche Stimme mit ihm sprach, erzählte auch
Sven, was er vorhatte. „Ich darf wieder nach
Amrum kommen, ganz allein, ich habe da jetzt
Freunde." Ines hakte nach und ließ sich von Sven
die Story erzählen. Vom Watt- wandern mit Pat, bis
er in der Kneipe ankam. Sven konnte erzählen,
ohne Weinanfälle zu bekommen. Und Ines hörte
sich alles ruhig an. Sven redete. Hemmungslos. Er
fragte das, was seine Mutter beschäftigte. Aber
ohne von ihr angestachelt worden zu sein,

wie man hätte denken können. Nach dem Motto: Ich kann nicht zu Ines. Wenn du bei ihr bist, frag doch mal... Nein.

Sven hatte Gespür für Vieles. „Mama hat noch Fotos, wo Pat drauf ist, willst du sie haben oder machen die dich erst recht traurig?" „Na ja, ein paar Neue vom Urlaub hätte ich vielleicht gerne. Es müssen aber nicht alle sein." „Und wenn du Mama plötzlich zufällig siehst, wärst du böse zu ihr?" „Ich habe Angst vor deiner Mama, wenn Angst überhaupt das richtige Wort ist." „Aber wieso, du hast doch nichts ausgefressen?" „Trotzdem Sven. Ich weiß auch nicht." „Träumst du oft von Pat?" „Ja manchmal, wieso fragst du?" „Weil ich auch schon oft von meinem Freund geträumt habe, sogar in der Schule. Dann haben mich alle ausgelacht." „Aha." Ines wusste nicht mehr zu sagen, aber sie wurde nachdenklich. Von vielem, was Sven bedrückte. „Hast du noch mehr Probleme? Du kannst es mir ruhig sagen." Sven blieb still. „Oder auch ein andermal zu mir kommen, wenn du Sorgen hast." „Danke Ines."

 Draußen war es bereits dunkel. Sven ging dann doch noch einmal in Pats Zimmer und schaute aus dem Fenster. Ines räumte unterdessen den Tisch ab. Spielsachen interessierten ihn nicht. Er dachte an die hellen Sommernächte, an die frische Meeresbrise, die er einatmen konnte.

Und hier, was hatte er hier? Autoabgase! Ihm fielen Zeilen ein, die er kürzlich irgendwo gelesen hatte: „Weh mir, wo nehme ich, wenn es Winter wird, die Blumen her und wo den Sonnenschein? Die Mauern stehen sprachlos und kalt, die Wetterfahne klirrt im Wind." Langsam verließ er das Zimmer und sprach Ines gegenüber den Wunsch aus, nach Hause zu gehen. „Aber natürlich, wir sehen uns wahrscheinlich im neuen Jahr wieder, dann kannst du gerne öfter kommen." Sven nickte und bedankte sich. „Viel Spaß an der Nordsee" rief Ines ihm nach, als er schon im Treppenhaus war.

Sven ging hinaus in die kühle Abenddämmerung und atmete tief durch. Ja, er vermisste die frische Meeresluft, da er tatsächlich nur Abgasgestank in seine Nase bekam. Aber bald wäre er ja wieder auf Amrum. Sven trödelte. Was sollte er zu Hause, er wusste genau: seine Mutter würde ihn sofort mit Fragen bombardieren. Erst mal müsste er durchatmen. Hin und wieder rannte er jetzt, weil er nach der langen Sitzerei bei Ines nun einen enormen Bewegungsdrang verspürte. Als er in der Hauptstraße war, nahm er sein Tempo zurück und betrachtete die vielen Auslagen in den Schaufenstern. Darüber, dass bereits vor dem ersten Advent weihnachtliche Girlanden von der einen zur anderen Straßenseite gespannt waren, wunderte er sich nicht mehr, das kannte er von den letzten Jahren.

Nachdem Caren das Abendessen vorbereitet hatte, war Sven immer noch nicht zu Hause eingetroffen. Sorgen machte sie sich noch nicht, er war schließlich schon dreizehn. Obwohl, bei jedem anderen Gastgeber außer Ines hätte sie spätestens in einer halben Stunde nachgefragt, ob ihr Sohn noch dort wäre. Caren fühlte sich allein. Sie sehnte sich nach einer anderen Gesprächspartnerin. Ja, nach einer Freundin. Immer hatte sie nur Harry und Sven um sich. Die Frauen ihrer Gymnastikgruppe waren die typischen Tratschtanten. Viele von ihnen hatten überhaupt keine Kinder. Oft lachten sie über albernes Zeug, so dass Caren keine der Frauen für würdig hielt, sich ernsthaft mit ihnen zu unterhalten. Sollte sie nun ein Leben lang ein schlechtes Gewissen haben, nur weil sie den Kindern erlaubt hatte, an den Strand zu gehen? Vom Watt war überhaupt nicht die Rede. Aber es waren ja Kinder, vielleicht konnten sie Strand und Watt gar nicht auseinanderhalten. Oder sie waren einfach zu verträumt gewesen bei ihren Erkundungen. Ins Watt zu gehen, das hätten Harry und sie ja auch strikt verboten. Caren dachte über Weihnachten nach. Sie spürte, dass das bevorstehende Fest für sie eine besondere Bedeutung hätte. Am ersten Advent würde sie wieder den Gottesdienst besuchen, so beeindruckt war sie vom letzten Mal, als sie Gottes Wort gehört hatte.

Plötzlich klingelte es. Hoffentlich war es Sven! Caren war schon ganz gespannt darauf, was er zu erzählen hatte. Sie öffnete die Wohnungstür, „Sve-hen!" Nichts war zu hören. Oder doch? Ein Quietschen, fast wie ein Jaulen. „Mama?" Sven betrat vorsichtig die Schwelle der Haustür, bückte sich und hob ein kleines Bündel auf, bestehend aus braunen und schwarzen Haaren. Caren erschrak innerlich. Sie sagte nichts und schaute nur. „Mum, ich habe einen Hund hier. In der Stadt ist ein Unfall passiert. Der Besitzer ist gestorben." „Das ist ja schrecklich!", rief Caren mitleidig. Ob das auch stimmte? „Wirklich, Sven?" „Ja, Mum, steht morgen bestimmt in der Zeitung." „Und was soll jetzt passieren, was stellst du dir vor?" „Jedenfalls füttern wir ihn erst einmal", gab Sven zur Antwort, mehr wusste er auch nicht zu sagen. Aber jeder las die Gedanken des anderen. „Denk dran, du fährst bald fort" meinte Caren nur. „Aber ihr seid doch da." „Das steht noch gar nicht fest." Caren war erstaunt über ihre eigene letzte Antwort. Klar, warum sollten sie eigentlich zu Hause bleiben? „Na, vielleicht kann Ines ihn nehmen, sie ist doch immer so allein. Ach so Sven, komm erst mal herein, wie war es denn?" Sven holte eine alte Decke, einen Putzlappen und setzte vorsichtig den Hund darauf. Behutsam strich er über sein dunkelbraunes Fell. Sven war froh und stolz, dass der Hund sich überhaupt streicheln ließ. „Gut war es. Ines macht 'ne tolle Reise, hat sie mir am Globus gezeigt, nächste Woche schon, und ganz lang." „Freut sie sich drauf?" „Ich denk' mal

schon." „Und was habt ihr sonst so gesprochen?"
Sven hockte sich zum Hund und streichelte ihn
weiter, während er wahrheitsgemäß erzählte. „Och,
ich hab von Amrum erzählt, von der Schule und so.
Gefragt, ob sie Fotos von Pat will." Und...will
sie?" „Ja, ein paar neue vom Urlaub, aber nicht
alle."

„Aha. Und sonst? Hat sie viel von Pat erzählt, war
sie traurig?"

„Nee, nichts gemerkt von Trauer. Sie hat sogar
gesagt, ich darf Spielsachen mitnehmen, ich wollte
aber nicht."

„Warum denn nicht? Mir ist eingefallen, Pat hat
sogar einen Drachen, den kannst du an der Nordsee
prima steigen lassen." „Ach, einfach so, ich wollte
halt nicht." Caren hörte auf mit der Fragerei. „So
Sven, dann iss erst einmal etwas." „Und der
Hund?" „Der bekommt auch gleich was, ich hab`
zwar kein Hundefutter, aber etwas Fleisch kann ich
auftreiben." „Danke, Mama."

Diesen Abend schlief Sven gut ein. Er hatte einen
neuen Freund. Natürlich, seine Mama hatte ihm
noch nicht das Jawort gegeben, ob er ihn für immer
behalten könne. Sven fragte auch nicht direkt
danach, damit er kein NEIN zu hören bekäme.
Denn er wusste: Eltern erschrecken immer bei so
was und würden immer gleich Nein sagen. Auch
Harry war überrascht, als er nach Hause kam, doch

beide wurden sich am selben Abend noch darüber
einig, dass der Hund bleiben könnte, vorausgesetzt,
es gäbe keine Schwierigkeiten. Vielleicht hatte der
Verstorbene ja Verwandte. Aber für Sven wäre es
gut, einen Hund zu besitzen. Sven dachte auch
nach.

Am nächsten Tag ging er auf dem Heimweg mit
Roman durch die Straße, in welcher sich der Unfall
ereignet hatte. Er wusste nicht, wie der Hund
gerufen wurde. Könnte er das in Erfahrung
bringen, würde er ihn selbstverständlich genauso
nennen. Das hieße, wenn er ihn behalten könnte.
Vielleicht hatte der Mann ja Kinder oder Enkel, die
den Hund dann nehmen würden und vielleicht
sogar schon suchten? Roman klingelte auf gut
Glück bei einem jüngeren Ehepaar, das aber am
Vorabend nicht zu Hause war und noch gar nichts
vom Unfall mitbekommen hatte. Sven hatte mehr
Glück. Eine ältere Frau öffnete ihm. Sven stellte
sich vor, erzählte vom Unfall. „Ja, soll ganz
schlimm gewesen sein. Der Mann hat seinen Hund
ausgeführt und ein Auto ist auf den Bürgersteig
gerast, hat den armen Mann erfasst." „Kennen Sie
den Mann?" „Nee, ich habe nur gelesen, wer er
war, stand alles in der Zeitung." „Darf ich mal
sehen, bitte?" „Aber wieso...?" „Ja, folgendes."
Sven sprach laut und deutlich. „Ich kam zufällig
zur Unfallstelle hinzu und sah den Hund, bekam
mit, dass der Tote sein Herrchen war und nahm den
Hund erst einmal mit nach Hause.

Außerdem muss ich nun wissen, ob der Mann Angehörige hat, die den Hund wollen oder schon suchen." „Das weiß ich nicht, stand auch nichts drüber in der Zeitung, am besten, du gehst zur Polizei." „Muss das sein?" „Na ja, vielleicht findest du das ja auf anderem Wege heraus. Hier, du kannst die Zeitung haben." „Danke. Außerdem würde ich gern wissen, wie der Hund heißt, er hat nämlich keine Marke um den Hals hängen."

Sven ging zu Roman und berichtete ihm alles. Dann gingen sie ein kleines Stück zusammen, bevor sie sich trennten. Caren hatte sich mittlerweile um Einiges gekümmert und wartete auf Sven. Sie hatte das Gefühl, dass ihr Sohn längst zu Hause sein müsste und wollte unbedingt so viel Neues loswerden. „Hallo Sven, da bist du ja endlich", meinte Caren mit einem kleinen Stöhnen. „Was hat denn so lang gedauert, hat man dich wieder geärgert?" „Ich war nochmals in der Straße, wo der Unfall war und wollte herauskriegen, ob der verstorbene Mann Kinder hat, die den Hund suchen. Und wollte wissen, wie der Hund heißt." Caren war nun von Stolz erfüllt, dass Sven nachdachte, die Wahrheit suchte und nicht einfach wie ein kleines Kind lamentierte, er wolle den Hund haben. „Und, hast du was herausgefunden?" „Nee, aber eine alte Frau hat mir 'ne Zeitung in die Hand gedrückt, wo bestimmt Einiges drinsteht." „Also hör mal zu, Sven. Ich rief bei der Polizei an, die suchten den Hund schon."

Sven ließ den Kopf hängen. „Hör weiter, nur pro forma wollten die Beamten wissen, wo sich der Hund aufhält. Sie bekamen erzählt, dass der Mann einen Hund hätte. Und dann wunderten sie sich eben, wo dieser Hund abgeblieben ist. Der Verstorbene hat noch einen Sohn, der in München lebt und den Hund nicht will, das hatten die Beamten schon geklärt." „Und was hast du gesagt, Mama?" „Na ja, dass wir ihn nehmen könnten. Der Beamte sagte, er sei einverstanden, fügte aber noch hinzu, dass wir nicht versäumen sollen, mit ihm zum Tierarzt zu gehen. Und dass wir uns um eine Marke kümmern müssen." „Oh Spitze, Mum!" Sven fiel ihr um den Hals. „Freu' dich nicht zu früh, du wirst merken, dass so ein Hund Arbeit macht und auch ein bisschen Taschengeld anknabbert. Und deine schulischen Leistungen dürfen auch nicht darunter leiden, nur weil du jetzt einen Hund hast." Sven nickte fröhlich. „Den Namen weiß ich allerdings immer noch nicht." „Wenn du über alles nachdenkst, was ich dir eben erzählt habe, kannst du den Namen herausbekommen. Jetzt bist du dran. Als zweites fragst du Jo und Wolf, ob du ihn mitbringen kannst, schließlich ist es dein Hund und nicht unser Hund." Sven war begeistert. Was hatte seine Mutter alles erzählt? Ach so, bei der Polizei rief sie an. Und? Die wusste den Namen bestimmt auch nicht. Was hatte sie noch gesagt? Ach ich weiß, dachte Sven, den Sohn haben die Polizsten doch angerufen. Der weiß bestimmt, wie der Hund seines Vaters heißt. Aber ich habe die

Telefonnummer vom Sohn nicht, also muss ich vorher die Polizei anrufen. Sven hatte Glück. Einen Anruf sparte er, die Polizisten konnten ihm schon die gewünschte Auskunft geben: Rex hieße der Hund. Auch Sven gegenüber betonte der Polizist, dass man sich um eine Marke kümmern müsse. Sven dankte, legte auf, suchte seinen Rex, kuschelte mit ihm, sprach seinen Namen leise in sein Ohr. Rex horchte auf und wedelte mit dem Schwanz, er fühlte sich sichtlich wohl.

Und als Sven in Norddeutschland anrief, freute sich Jo, der am Apparat war, riesig. „Mensch Junge, du kommst doch bald, willste Wolf sprechen?" „Nein, dich. Ich muss dich was fragen." Sven wurde etwas verlegen und seine Stimme wurde schlagartig leiser. „Na, schieß' los." „Du, ich habe einen Hund, kann ich den mit zu euch bringen?" „Klar, das geht schon, mit einigen Einschränkungen. Weißt du, er darf nicht im Gaststättenbereich, wo die Leute essen und trinken, herumlaufen oder sich aufhalten." Sven war verdutzt. „Aber die Hunde der Leute sind doch auch in der Gaststube." „Ja, hast schon Recht, aber trotzdem, das sind nun mal Vorschriften." „Aber ich bin doch dein Gast." „Na ja, du musst halt gut auf ihn aufpassen. Wenn du rausgehst, musst du ihn immer mitnehmen, versprichst du mir das?" „Ja, danke Jo, jetzt kannst du mir Wolf noch mal geben."

28

Erster Adventssonntag. Die weihnachtlich geschmückte Aula war voll bis hinten zur letzten Reihe, sogar dahinter mussten noch Eltern stehen, weil die Stühle nicht ausreichten. Der Chor der achten Klasse hatte gerade gesungen und großen Applaus bekommen, als Harry und Caren wie gebannt auf ihren Sohn warteten. Jetzt käme sein großer Auftritt, ganz allein musste er ins Mikrofon sprechen, laut und deutlich lesen. Caren fand das viel schwieriger als im Chor irgendwo mitzusingen.

Und dann trat er aus dem Vorhang hervor. Da stand ihr Sohn! Caren kam es vor, als hätte *sie* nun Lampenfieber, obwohl sie nur in irgendeiner Reihe Zuschauerin war. Sven wurde kurz vorgestellt und dann schoss er los:

Sorgen

Bald ist Weihnachten,   sagte mir gestern ein Kind.

Ich hoffe, dass das Christkind mir bringt Alle Sachen von meinem Brief, den ich zu Nik'laus im Wunschzettel schrieb.

Viel zu teuer, mein Papa ständig sagt.

Der hat doch gar nicht das Christkind gefragt!

Bald ist Weihnachten, mir gestern ein Mann.

Ich hoffe, das Geschenk kommt gut an, das ich heute für meine Frau besorgt, ich habe dafür viel Geld geborgt.

Und wünschte, Maria flippt nicht aus vor' m selbstgebastelten Puppenhaus.

Meistens kriegt sie alles kaputt, zwar nur durch Zufall und nicht aus Wut.

Bald ist Weihnachten, gestern eine Frau.

Ich hoffe nicht zu geraten in Stau bei den vielen Rennereien

und wünschte, wir können besinnlich feiern.

Auch dass das Essen uns allen schmeckt.

Und wenn der Hund sich die Pfoten leckt, auch wenn die Kinder vor Freude schrei'n, dann glaub` ich, wir können zufrieden sein.

Es ist Weihnachten, mir einmal ein Greis.

Seine Stimme, die klang etwas traurig und leis`.

An mich denkt heut' keiner, ich bin allein, vielleicht wird es nächst' Jahr nicht mehr so sein.

In der Kirche war' s heute festlich und schön.

Doch der Weg dorthin war beschwerlich zu geh'n
Nun sitz' ich im Sessel und schlafe fast ein,
vielleicht bald für immer,

dann bin ich nicht mehr allein!"

Pause. Sven verbeugte sich. Dann Riesenapplaus. Caren wäre am liebsten vom Stuhl aufgestanden, hätte am liebsten im Stehen applaudiert. Toll hatte er das gemacht. Das meinte er also mit dem Sterben in der letzten Strophe. Das Gedicht war sehr besinnlich, es machte Caren nachdenklich. Sven verschwand hinter dem Vorhang und der nächste Programmpunkt wurde angesagt. Es gab noch schöne Darbietungen, doch Caren war nicht mehr ganz bei der Sache. Ihr wurde auf einmal bewusst, dass sie Weihnachten zu sehr an sich dachten. Warum sollte sie nicht mal Kranken und Alten gerade an diesen Tagen Gesellschaft leisten, warum nicht gerade dieses Jahr, da ihr Sohn an der Nordsee sein wird?

Ob Harry da mitziehen würde? Sie müsste einmal zu einem anderen Zeitpunkt mit ihm darüber sprechen, ganz behutsam anfragen, was er eigentlich vorhabe und so weiter. Jedenfalls, heute Abend würden sie erst einmal mit ihrem Sohn Essen gehen, als Belohnung, denn das Gedicht hatte er wirklich toll aufgesagt. Nach Hause müssten sie natürlich vorher noch, Rex Futter hinstellen, oder vielleicht sogar noch mal nach draußen mit ihm. Er wurde heute Nachmittag ja ziemlich lange alleine gelassen. Caren bedauerte etwas, dass Rex bisher noch kein Futter angerührt hatte, sondern nur trank. Aber sie wusste, das war eben die Trauerzeit eines Hundes, er vermisste ja auch sein Herrchen. Und wie Rex reagieren würde, wenn man ihn allein in der Wohnung ließ, das würden die drei nachher erfahren. Als Harry eine Stunde später die Haustür aufschloss hoffte Sven, dass Rex ihm gleich entgegen springen würde. Aber stattdessen blieb er auf seiner Decke liegen und winselte nur. Sven streichelte ihn sanft, Rex hob sein Köpfchen und jaulte. „Sven, wir wollen noch mal fort, du musst ihn wenigstens mal in den Garten lassen", rief Caren ihm zu, die bedauerte, es schon zum zweiten Mal vergessen zu haben, eine Hundeleine zu kaufen. Wie gerne hätten sie zu dritt mit Rex eine Runde gedreht. Aber morgen, dann würde sie daran denken, außerdem ginge sie mit ihm zum Tierarzt. Da Sven unbedingt mitwollte, legte sie den Termin auf nachmittags. Nach zehn Minuten kam Sven mit Rex wieder herein und nur zwei Worte. „Ist erledigt." Und jeder verstand, was gemeint war.

„Na, wir wollen mit dir jetzt irgendwohin Essen gehen. Überlege mal, wo du hin möchtest." Auf Svens Wunsch fuhren sie zur nächstgelegenen Pizzeria. Rex hatte keine Anstalten gemacht mitzukommen, sondern er legte sich gleich wieder auf seine Decke. Caren hatte noch Futter zurecht gemacht, aber das schien den Vierbeiner nicht zu interessieren. Bei Kerzenschein saßen die drei kurz darauf an einem gemütlichen Tisch.

Es war noch nicht sehr voll, da sie relativ früh waren. Nachdem sie sich bei ihren Getränken über die Schulvorstellung unterhalten hatten, fragte Harry: „Was wünschst du dir denn eigentlich zu Weihnachten, Sven?" Sven überlegte kurz. „Einen Hundekorb für Rex und vielleicht noch eine Hundehütte für unseren Garten." „Den Korb, den bekommt er sowieso, mein Junge. Das ist ja auch nichts Persönliches für dich, Sven. Und die Hütte werde ich im Frühjahr basteln, das bringe ich noch fertig. Wenn du willst, kannst du sie ja malerisch gestalten. Aber was für dich suchen wir noch." „Ihr zahlt mir doch schon die Fahrkarte und die Überfahrt nach Amrum." „Na ja, aber eine Kleinigkeit hast du bei uns noch frei." „Oh ja", fiel Sven ein, „ein Foto von euch, etwas größer als normal, eingerahmt." Caren und Harry schauten sich gegenseitig an. „Ja, mal sehen, was sich machen lässt." „Aber neu muss es sein und nur ihr beide sollt drauf sein", fügte Sven hinzu, der befürchtete, seine Mutter würde nun in alten Fotos herumkramen. „Und wie kommst du auf diesen Wunsch?" „Ach, nur so. Das hab` ich bei Pat gesehen. Der hatte auch ein Bild von seinen Eltern in seinem Zimmer."

Svens Eltern schwiegen und freuten sich auf die Pizza, die gerade in diesem Moment serviert wurde. „Na, dann mal guten Appetit allerseits", meinte Sven. Genauso er es im Sommer auch auf Amrum den Gästen.

29

Drei Wochen später – genau am vierten Advent – saß Sven bereits mit seinem Hund im Zug Richtung Norden. Er war wahnsinnig aufgeregt vor Freude. Und Rex, der sich mittlerweile an ihn gewöhnt hatte, saß zu seinen Füßen und machte einen zufriedenen Eindruck. Sven bekam von seinen Eltern am Bahnhof noch ein Buch über die Nordsee in die Hand gedrückt. Gleich zu Beginn der Fahrt schlug er es auf und begann zu lesen. Über die vielen Orkane, die Gezeiten und das fruchtbare Wattenmeer. *„Für Tiere ist das Wattenmeer ein Schlaraffenland. Sie brauchen sich um Nahrung nicht zu kümmern. Jede Flut schwemmt nährstoffhaltige Schlammpartikel heran. Muscheln filtern sie einfach wieder aus dem trüben Wasser. Die unverdaulichen Bestandteile, Sande und feinster Schlick lagern sich an geschützten Stellen auf dem Wattboden ab, welcher auf diese Weise immer höher wächst und irgendwann bei Hochwasser nur noch etwa*

*knietief überflutet ist. Nun können sich erste
Pflanzen auf dem trockenen Boden ansiedeln. Sie
durchdringen das noch nicht sehr feste Erdreich
mit ihrem Wurzelwerk und sichern es so vor
Abtragung."*

Rex schien zu schlafen und Sven schaute mal kurz
von seinem Buch hoch. Er war froh, einen
Fensterplatz bekommen zu haben und schaute
hinaus. Noch ging es vorbei an Großstädten, ab
und zu längeren Waldabschnitten. Dann würde er
eben wieder weiterlesen und stellte fest, dass er die
Seite umblättern musste.

*„So verwandelt sich der Meeresboden im Laufe
der Zeit in festes Land: Die Salzmarschen, die nur
bei ungewöhnlich hohen Fluten überspült werden.
Als Seemarschen säumen sie die Westküste
Schleswig-Holsteins und als Flussmarschen
begleiten sie die Ufer der Elbe. Durch rechteckige
Lahnungen beschleunigen die Küstenbewohner
den natürlichen Vorgang der Versandung. In dem
so entstandenen Neuland ist der Nährstoffgehalt
des Bodens besonders hoch und die Fläche für den
Ackerbau hervorragend geeignet."*

Der Zug erreichte den nächsten Bahnhof und Sven
beobachtete, dass viele Leute einstiegen. Bisher
saß er allein im Abteil, jetzt würde es mit

Sicherheit voll werden. Sven schaute hinaus zum
Gang und beobachtete die vielen Passagiere, die
eingestiegen waren – und nun, teils Koffer tragend,
teils Koffer schiebend oder hinter sich herziehend
- an seinem Abteil vorbeiliefen. Gleich würde
bestimmt jemand ihn fragen, ob die restlichen
fünf Plätze frei wären. Sven setzte sich erst einmal
wieder auf seinen Fensterplatz. Kurz darauf öffnete
ein junger Mann die Tür des Abteils und fragte
höflich, ob er sich mit drei Mitreisenden zu
ihm gesellen könne. Sven nickte lächelnd. „Ja,
gerne." „Auf, kommt", rief der lässig gekleidete
Mann und zwei Kinder stürzten ins Abteil. „He,
ich will ans Fenster, ich war zuerst da!" „Nein, da
komm' ich hin, Mama hat es mir versprochen!",
plärrte das jüngere Kind. Inzwischen kam auch die
Mutter in das Abteil und hatte ihre Mühe, alle
Taschen zu verstauen. Der Vater musste sich um
die Koffer kümmern und somit schrien die Kinder
immer noch. Sven schaltete schnell und holte seine
Kekspackung hervor. „Komm, setz dich neben
mich, ich heiße Sven, und du? Nimm dir 'nen
Keks." Das jüngere Kind gehorchte Sven zum
Erstaunen der Eltern und nahm gleich zwei
Kekse. „Ihr könnt ja später die Plätze tauschen",
warf die Mutter ein, aber für Torsten – den
Kleineren – war das jetzt uninteressant, er hatte ja
die Kekse! Und die Packung, die hielt er ganz fest
in seiner Hand. Steffen, der Ältere, schaute
schmollend aus dem Fenster und lehnte ab, einen
Keks zu essen. Der Vater stellte Sven kurz die
Familie vor, entschuldigte sich für das Verhalten

seiner Söhne und erzählte, dass sie nach Amrum führen. „Ich auch", kam aus Sven hervor. „Auch zu Verwandten? Unsere Kinder haben dort einen Onkel." „Nein, zu Freunden." „Aha." Dann holte der Mann seine Zeitung hervor und begann zu lesen. Sven wunderte sich, dass keines der Kinder den Hund bemerkt hatte, er war aber auch wirklich so brav. Dann könnte Sven ja wieder lesen. Oder sollte er Torsten fragen, ob er auf seinen Schoß wollte, dann könne er auch hinaus schauen? Ginge das Kind so schnell zu Fremden? Sven drehte sich zur anderen Seite. Aber Torsten hatte ein Malbuch auf den hervor gezogenen, kleinen Abstelltisch gelegt und begann, darin zu kritzeln. Sven las weiter. Nach einer Land- schaftsbeschreibung von Amrum folgten Berichte über Sylt, Föhr und Helgoland. Irgendwann musste dann Rex doch einmal ein Stimmchen von sich gegeben haben. Jedenfalls horchte Steffen etwas, wandte seinen Blick vom Fenster ab und schaute sich im Abteil um. Dann entdeckte er das braune Bündel. „Oh, ist der dir?", fragte er Sven.

30

Als Sven am nächsten Morgen aufwachte, war es noch dunkel. Aber er fühlte sich schon so ausgeschlafen. Wie spät mochte es wohl sein? Sven knipste das Licht an und schaute auf seine

Armbanduhr. Was? Schon halb neun? Sven war entsetzt. Und noch so dunkel? Niemand weckte ihn? Und wo war Rex? Im Körbchen jedenfalls nicht mehr. Sollte er etwa ins Bett gekrochen sein? Manche Hunde liebten das ja. Sven untersuchte sein Bett, hob Decke und Kissen hoch. Nichts. Vielleicht wüsste Wolf etwas? Oder war Rex doch unten, weil die Gaststätte geschlossen war? Manche Gesetze haben ja auch wiederum Ausnahmen. Blödes Gesetz war das, aber ihm fiel ein, dass in Frankfurt ein Italiener seinen Hund auch nicht in die Pizzeria lassen durfte. Sven beeilte sich, in seine Klamotten zu kommen und rannte dann die Treppe hinunter. Wo-holf!" Keine Antwort. Aber dann kam Jo aus der Küche. „Moin Sven, Wolf ist mit Rex draußen." „Ach so, habe wohl zu lange geschlafen. Aber es war noch so dunkel. „Schon gut, Sven, er macht es gern. Du hast sein Jaulen nicht mitbekommen, haben wir uns gedacht. Und du hast ja wieder eine Klimaumstellung vor dir." „So, gleich kannst du frühstücken." Sven gähnte. „Bei euch ist es viel dunkler als bei uns, ich dachte es wäre erst sieben Uhr oder so." „Ja, wir wohnen viel nördlicher, das macht ganz schön was aus. Im Sommer waren die Tage länger als bei euch, ist dir das nicht aufgefallen?" „Da hatte ich ganz andere Sorgen!" „Stimmt." Sven bekam Milch und Toast gereicht und ließ es sich schmecken. „Übrigens... ab morgen kannst du ruhig in unserer Privatwohnung frühstücken und sonst da rein. Du gehörst irgendwie zu uns, bist für uns kein richtiger Tourist, zumal du auch sicher wieder helfen möchtest. Nur: 'nen dritten Schlüssel hab' ich nicht, aber meistens ist jemand hier. Das Lokal ist ab elfe eh geöffnet und da kannst du ja immer 'rein." „Danke Jo, sehr nett von euch." Bald darauf kam Wolf mit dem Hund. Rex begrüßte stürmisch sein Herrchen und Sven strich über sein kühles Fell. „Na, ganz schön kalt draußen.". Er beugte sich zu seinem Hund und sagte: „Nachher geh' n wir auch mal in die Kälte." „Apropos kalt, da fällt mir warm ein: gestern Abend riefen deine Eltern vom Flughafen aus an. Würden ganz spontan nach Florida fliegen, schöne Grüße." „Was?" Sven wunderte sich mächtig. Das kannte er gar nicht von seinen Eltern, so spontan abzuhauen. „Das machen die doch sonst nie. Reisen musste meine Mutter immer lange vorher planen, am besten Ostern den Koffer für den Sommerurlaub packen, nee...Spaß! Aber das jetzt, das ist gar nicht ihre Art." „Ja, ja, war so' n Last-Minute-Trip, ganz billig, du weißt schon", meinte Wolf. „Und wann kommen sie wieder?" „Du, das hab' ich gar nicht gefragt. Aber schreiben wollen sie dir und vor allem frohe Weihnachten wünschen." Ach so, dachte Sven für sich, in vier Tagen war ja Heilig Abend, was würden Jo und Wolf eigentlich dann tun? „Habt ihr Weihnachten das Haus voll oder macht ihr dicht?" „Am ersten haben wir abends auf, am zweiten haben wir zu." Sven hatte gefrühstückt.

„Und wie sieht's heute aus, viel zu tun?" „Nee, sin ja kaum Leut' hier oben, tote Hose im Moment." „Und Weihnachten? Du hast mir doch ein Programm zugeschickt." „Sind auch nicht viel mehr hier, 'n paar werden wohl noch eintrudeln. Aber wir, die Insulaner, wir wollen ja auch keine Langeweile hier. Wir gucken nicht dumm aus der Wäsch', wir stellen was auf die Beine! Und außerdem, die richtigen Urlauber, die sin ja in den feinen Hotels mit Fünf-Gang-Menü und so 'n Schnickschnack drumherum. Bei uns gibt's nur frischen Fisch vom Kutter, wie immer. Der Alte kommt Heilig Moin gegen zehn Uhr vorbei. Eventuell bieten wir noch einen zweiten Gang, für besonders Liebe gibt' s noch Nachtisch", betonte Wolf augenzwinkernd. „Also, kann ich rausgehen?" „Klar doch, Sven, aber pass auf, es ist stürmisch draußen." „Ja, ja."

Sven freute sich, mit seinem Hund endlich draußen zu sein und lief zu den Dünen. Ein eisiger Wind peitschte die Wellen, die sich etwa fünf Meter vom Ufer entfernt zu einer schäumenden Brandung überschnitten. Der Himmel war verhangen. Hin und wieder fiel ein Lichtstrahl durch die graue Wolkendecke und überschüttete das Wasser mit glänzenden Streifen. Ein menschenleerer Sandstrand zog sich kilometerweit hin und versetzte Sven in mächtiges Staunen. Alles kam ihm so leer vor. Keine Strandkörbe, keine Menschen.

Sven und Rex verfielen in einen Rausch von Weite und Einsamkeit. Man konnte toben, schreien, gegen den Wind rennen und fühlte sich unbeobachtet. Rex sauste vor Sven her, mit verwehtem Fell und wildem Gekläffe bis er restlos ausgepumpt war. In wilder Jagd zog er weite Kurven, als müsse er sich mit der Geschwindigkeit des Sturmes messen. Selbst wenn ihm Sand in die Augen wirbelte, gab er nicht auf. Schreiend rannte Sven quer über den Strand und Rex folgte ihm und holte ihn ein. Dann änderte Sven wieder seine Laufrichtung, um mit Rex zu spielen. Mit Vorliebe stürmte der Hund am Wasser entlang und es machte ihm überhaupt nichts aus, wenn er bei der eisigen Kälte von einer Welle erfasst und überspült wurde. Sven schätzte, dass momentan Flut war, den Tidekalender hatte er bisher nicht gelesen. Er konnte von den Jagdspielen mit Rex nicht genug bekommen. Wenn er ihn rief, rannte er aus irgendeiner Richtung auf ihn zu, stoppte mitten im Lauf, überschlug sich fast, wenn er zu stark gebremst hatte und raste mit flatternden Ohren wieder auf ihn zu. Ganz außer Puste kamen beide wieder daheim an.

Jo und Wolf lachten. Beide merkten, dass es den zwei Einquartierten gut ging und dass die Seeluft für guten Hunger sorgte. So ging das die weiteren Tage. Sven brauchte nichts anderes, nicht einmal den Fernseher. Er durfte jederzeit fernsehen, wenn er wollte. Aber Sven schaute allerhöchstens abends die Nachrichten. Danach war er so geschlaucht, dass er für weitere Filme viel zu müde war. Die gute Luft, der immense Platz zum Austoben, das reichte ihm völlig. Er hatte bisher Glück, dass es nicht regnete. Obwohl, es könnte ja mal schneien. Wenn Ebbe war, dann traute er sich allerdings nicht soweit vor zum Strand mit Rex. Wer weiß, wie der Hund überhaupt auf den Schlamm reagieren würde? Außerdem hatte Wolf was von Baggerlöchern erzählt, man könne nicht wissen, wo man plötzlich steckenbliebe. So wie auch Pat... Dann ging er lieber mit seinem Vierbeiner in den Wald oder ins Feld. Er kannte sich ja bereits aus vom Sommer. Trotz allem, Sven war ein Watt-Fan. „Ich würde gern mal eine Wattwanderung machen, mit Führung und so." „Die gibt' s im Winter nicht, die Führungen. Ist doch tote Hose hier, wie ich bereits sagte" „Ach so, schade." „Und ohne Führung gehst du mir nicht ins Watt, keinen Meter, Sven. Ist das klar?" „Klaro, Ehrenwort." „Übrigens, wie geht' s denn den Eltern vom verunglückten Freund?" „Nun ja, die Mutter hat mich neulich mal eingeladen, so, zum Kaffee, war ganz nett zu mir, aber meinen Eltern kann sie nicht verzeihen, die hätten ja aufpassen müssen." „Na ja, die haben noch Schmerzen und Wut im Bauch." „Ach Sven, hast du eigentlich gehört, was hier oben im Oktober los war?" „Nee, was denn?" „Eine Mutter kam mit ihren drei Kindern im Watt um." „Oh weh!" Sven war baff. „Doch." „Aber da war doch die Mutter dabei!" „Ja, sogar der Vater. Aber der konnte sich retten. So, wie du es auch geschafft hattest. Ich hab' den Verdacht, der Vater wollte die andern allein lassen. Absichtlich. Mauschelt man jedenfalls." „Das muss ich Ines erzählen. Nicht, dass der Vater sie allein lassen wollte. Sondern, dass die Mutter mit war und auch umkam. Damit sie endlich mal begreift, dass das Wattenmeer selbst für Erwachsene gefährlich ist. Aber die sind ja jetzt auch verreist. Ganz weit weg. Damit sie nicht Weihnachten allein in der Bude hocken müssen, du weißt schon." „Na klar."

Die Feiertage in Amrum verbrachten die drei ganz nett. Sven bekam von Jo ein kleines Päckchen überreicht, über das er sich riesig freute. Er hatte gar nicht mit einem Geschenk gerechnet, da er so liebevoll aufgenommen wurde und das schon als Geschenk ansah. „Damit du uns immer findest", betonte Jo. Was mochte das sein? Sven riss das Papier auf und strahlte. Ein Kompass! „Danke." „Und, stimmt doch. Den wirst du mal im Watt brauchen. Den nimmst du immer mit, wenn du wieder mal im Watt bist. Ohne Führer. Oder in einer fremden, straßenlosen Gegend. Aber nicht, dass du denkst, du kannst gleich morgen allein ins Watt rennen. Wie man mit einem Kompass umgeht, das wird dir Wolf in den nächsten Tagen zeigen. Am besten, du trägst ihn immer mit dir." „Danke", sagte Sven noch einmal. „Wir danken auch. Deine Mutter hat uns ein tolles Päckchen geschickt. So, und jetzt mach' dich fertig, wir gehen zum Krippenspiel. Rex lassen wir besser hier. Zum Inselumzug mit Laternen und Fackeln können wir ihn dann mitnehmen oder hat er Angst vor Feuer?" „Nicht dass ich wüsste." „Also los!"

Am darauf folgenden Tag war Wolf mit Sven in einem Gottesdienst, in dem fast nur Kinder zu Wort kamen. Sven war begeistert, was man auf dieser Insel alles auf die Beine gestellt hatte. Ferner gab es am zweiten Feiertag einen Nachmittag für Ältere und Alleinstehende. Auch das fand Sven ganz toll. Die Ideen begeisterten ihn. Von seiner Stadt kannte er das nicht, das hieß, einen Seniorennachmittag kannte er schon, aber nicht an Weihnachten selbst. Sven musste unwillkürlich an den alten Mann denken, der in seinem Gedicht vorkam. Hätte er an Weihnachten Gesellschaft gehabt, ja, wäre er hier gewesen, würde er bestimmt nicht sterben wollen. Selbst Gehbehinderte wurden hier abgeholt, so wie er es von seiner Kirchengemeinde kannte.

Einen Tag nach Weihnachten kam eine Karte von Caren und Harry: „Uns geht's gut, genießen die Wärme, schwimmen im Meer, grüßen aus der Ferne. Kommen wieder, wenn Neujahr vorbei. Fast so wie unser Schatz, dieser Tag minus zwei." „Na, jetzt weißt du ja, wann sie kommen werden, oder?" „Ja, Wolf. Ich nehme an, zwei Tage bevor ich zurückfahre." "Genau." "Warte mal, am elften habe ich wieder Schule, am neunten fahre ich zurück, also am siebten." "Und dann wirst du auf jeden Fall wieder von ihnen abgeholt."

Eine knappe Woche später verabschiedete man sich vom alten Jahr. Um Mitternacht wurde das Neue eingeläutet. "Gutes, gesundes, erfolgreiches neues Jahr", bekam Sven zu hören. Ja, das bräuchte er. Wie mochten seine Eltern ins neue Jahr geschlittert sein? Ganz vornehm mit vorherigem Silvestertanz und tollem Büffet? Wie Arthur und Ines? Er selbst hatte seinen jüngeren Freund verloren. Seine Klassenkameraden wollten plötzlich nichts mehr mit ihm zu tun haben, nur weil er zweimal deswegen geweint und plötzlich Angst vor dem Schwimmen hatte. Aber er hatte Freunde gewonnen. Roman und vor allem Wolf und Jo. Sven bat innerlich, Ines würde sich ändern und irgendwann im neuen Jahr seinen Eltern herzlichst die Hand drücken.

Rex stand schwanzwedelnd vor der Gaststätte. Wolf und Jo unterhielten sich mit Nachbarn, denen sie eine Flasche Sekt brachten. Sven schaute zum Himmel hoch und wartete auf hochgehende Raketen. Hier und da sah er mal eine. Sven erzählte, bei ihm zu Hause sei in der Neujahrsnacht der ganze Himmel voll. Als Wolf sich zu ihm gesellte, fragt er ihn, warum hier auf Amrum so wenig hochginge. „Ich glaub, es liegt an den Plakaten, die sie hier aufgestellt haben. „Geld für Kinder statt Böller im Winter", erklärte er stolz. „Hast du sie nicht gesehen?" Sven verneinte die Frage. „Eigentlich ganz vernünftig, macht ja auch nichts, das mit dem dunklen Himmel, ich wunderte mich eben nur." „Dafür gibt' s um ein Uhr einen Umzug mit Wunderkerzen." „Toll, darf ich mit?" „Klar, wir gehen. Wir zahlen für eine Packung einen Euro mehr als üblich. Hat die Kirche so organisiert, für UNICEF, glaube ich." Erst um drei kam Sven ins Bett, aber das machte gar nichts, denn er konnte am nächsten Tag ausschlafen.

31

Zack, und schon war wieder Januar. In acht Tagen müsste er nach Hause. Ob seine Mutter ihm nochmals schreiben würde? Na ja, in sechs Tagen würden auch sie heimkommen, dann würde er zu Hause anrufen. Sven war froh, Rex zu haben. Der Hund schien seine Trauerzeit hinter sich zu haben, fraß gut und auch Wolf mochte ihn sehr. Rex wurde angelernt, Jo morgens die Zeitung zu bringen, das hieß, Sven steckte sie ihm ins Maul und rief: „Auf zu Jo, bring!"

„Am kommenden Mittwoch haben wir Ruhetag
und müssen nach Föhr, möchtest du mitkommen?",
wurde Sven am nächsten Morgen gefragt. „Oh ja,
ich gehe dort mit Rex ein bisschen spazieren, Föhr
kenne ich auch ganz gut." Aber wieder pünktlich
bei der Fähre sein, verstanden?", meinte Jo.
„Wieso, du kannst ihm doch die Fahrkarte
'rausrücken" schlug Wolf vor, „ auf Föhr, meine
ich. Dann kann er zurück fahren, wann er will."
„Hast eigentlich rRecht, Sven ist schon alt genug.
Er muss nur gucken, dass er die letzte Fähre nicht
verpasst."

Sven nahm sich sowieso vor, mit der letzten Fähre
wieder nach Amrum zu kommen. Er hatte viele
Pläne. Sei es, nur am Strand entlang zu laufen, Rex
„sein" Haus vom Sommer zu zeigen oder die
Kirche zu besichtigen. Auf jeden Fall wollte er
unbedingt zur Mühle inmitten der Insel, die im
Somme üppig umgrünt war und auch das Friesen-
Museum würde ihn interessieren. Hier wurde alles
liebevoll zusammengetragen, was aus der Geschichte und Kultur der Insel besonderen Wert
besaß. Aber ob Hunde wohl Eintritt gewährt
bekämen? Jo war froh, dass es nicht regnete, wie
der Wetterbericht für den Vormittag angesagt hatte.

Auf Föhr angekommen, trennten sich die Wege der
drei. Jo und Wolf besuchten einen Nahrungsmit-
telgroßhandel während Sven mit Rex Richtung

Südstrand zog. Sven wollte gemächlich spazieren gehen. Doch sein Vierbeiner ließ ihm dazu keine Chance. Als der Hund die Weite des Strandes erblickte, zerrte er so an der Leine, dass er Sven fast umgeworfen hätte. Sven gab nach und befreite ihn von der Leine. Wieder rannten beide die Dünen hinunter, quer über den Strand. In wilder Jagd zog Rex weite Kurven, rannte mehrmals hin und zurück und warf sich in den Sand. Lange blieb er auf dem Rücken liegen, schwanzwedelnd, um Sven anzudeuten, dass er gekrault werden wollte. Sven nutzte sofort die Gelegenheit, seinen Hund wieder an die Leine zu binden und zog ihn die Dünentreppe hinauf, rannte die andere Seite mit ihm wieder hinunter und lief mit ihm Richtung Kirche. Mit dem Hund durfte er sicher nicht hinein, dann würde er wenigstens über den Friedhof schlendern. Sven betrat das Gelände hinter der St. Nikolai-Kirche und wurde ganz bedächtig. Große, tolle Grabsteine mit viel eingemeißeltem Text schmückten den Friedhof. Die Steine mussten schon ganz alt sein, dachte Sven.

Der Sandstein war teilweise aufgeweicht, manche Steine sahen abgebröckelt aus. Sven wunderte sich über den vielen Text, aber er konnte nicht alles lesen. Sollten das alles nur Namen sein? Was anderes kannte er von zu Hause nicht. Da standen nur Namen und Daten auf den Grabsteinen. Aber hier? Sven strengte sich an, schaute genauer hin. Da waren ja Geschichten oder Sätze zu lesen. ,

„Alle Noth ist dann besiegt, wenn das Schiff im Hafen liegt" oder „Für alle, die im Watt sterben und nicht die Gefahr der Wellen sahen." „Für die, die es nicht glauben wollten, für Kinder und alle vom Meer überrollten". Sven wurde still und dachte an Pat. Eine Träne kullerte aus seinen Augen. Auch Rex merkte, dass mit seinem Herrchen etwas nicht stimmte, schaute zu ihm hoch und gab einen kleinen Jauler von sich. Sven betrachtete noch das kunstvolle Ornament, welches eine Welle darstellte, darüber sah man zwei Hände. Svens Blick wanderte nach unten, nach rechts zu einem kleinen Steinkreuz, das direkt neben dem Ornament stand. Er traute seinen Augen nicht! Da standen ja drei Buchstaben: PAT. Und darunter: *hat uns im Watt verlassen, nun wandert er auf Gottes Straßen.* Sven kniete sich hin und drückte seinen Hund. Rex jaulte leise. „Das verstehst du nicht, Rex. Ich hatte mal einen ganz lieben Freund. Oh, du hast ja auch einen Freund verloren!" Sven ging schweren Herzens weiter und kämpfte mit seinen Tränen. Wer ließ das Steinkreuz dahin setzen? Ines? Am liebsten würde Sven jetzt Blumen kaufen, die er zu dem Kreuz legen könnte. „Komm Rex, wir gehen in die Stadt." Sven rappelte sich auf und lächelte wieder ein bisschen. Ob Jo und Wolf davon wussten? Oder waren sie letzten Endes die „Täter"? Sven hatte keinen blassen Schimmer, nicht den geringsten Verdacht. Das, was Sven vorhatte, das setzte er auch in die Tat um.

Blumenladen, wieder zum Friedhof, beim Bäcker sich mit heißem Kakao aufgewärmt, um Wasser für Rex gebeten, zur Windmühle gegangen, wieder am Strand mit Rex gespielt und in die vorletzte Fähre nach Amrum gestiegen, wieder oben an Deck, die Kaltluft genießend, während alle anderen unten im Schiff in der Wärme saßen. Selbst der einsetzende Nieselregen lockte ihn nicht nach unten. Nur Hunger hatte er. Aber er würde warten, bis er wieder bei Wolf und Jo wäre.

Am nächsten Morgen fiel Sven ein, was er am Vorabend vergessen hatte. Er wollte ja Jo und Wolf etwas fragen! Gestern Abend waren die beiden so miteinander beschäftigt gewesen, saßen über mehreren Büchern, dass er nicht stören wollte. Da ging er in sein Zimmer und sah die beiden auch nicht mehr. Aber jetzt hatte er Jo vor sich. „Sag mal, Jo, wisst ihr was von dem Grabstein auf Föhr?" „Welchen Grabstein denn? Drück' dich mal deutlicher aus." „Na, da ist doch so ein großer Grabstein mit einer Welle drauf. Quasi für alle, die im Watt gestorben sind und," Jo unterbrach. „Ja, den kenne ich, und weiter?" „Und nebendran, kennste den auch?" „Weiß jetzt nicht, da steh' n so viele, und ich war lange nicht mehr dort. So aus' m Stehgreif weiß ich nicht, was du meinst." „Da ist ein kleines Steinkreuz neben dem Stein mit der eingehauenen Welle..." „Und, was ist mit dem?" „Lass mich doch mal ausreden, Jo!

Auf dem Kreuz steht PAT. Das war mein Freund, der im Watt letzten Sommer umgekommen ist. Da steht noch: „Pat hat uns im Watt verlassen, jetzt wandert er auf Gottes Straßen." Jo schwieg für einen Moment. „Nee, du, das wusste ich nicht." „Macht nichts, hätte nur gern gewusst, wer dieses Kreuz setzen ließ." „Weiß ich echt nicht, Wolf kann es auch nicht gewesen sein, denk' ich mal. Und Pats Eltern?" „Das könnte sein, Jo." „Und deine Eltern, die kommen heut` wieder zurück, oder?" „Stimmt, ich weiß nur nicht die Uhrzeit. Morgen werd' ich mal anrufen." „Und packen!", fügte Jo hinzu. Ein kleinlautes „Ja" kam zurück. „So, jetzt geh' mit Rex noch einmal zum Strand, übermorgen sitzt du schon im Zug." „Hast ja Recht, Jo, dann habe ich keinen Strand mehr." „Dürfte bald Hochwasser sein. Hab schon festgestellt, du gehst nur bei Flut mit deinem Hund zum Strand, stimmt's?" „Ja Jo, so ungefähr, kann auch Ebbe sein, aber vorne am Strand soll Wasser sein, damit Rex nicht so weit 'raus läuft, der ist doch am Strand kaum zu bremsen." Jo lachte und ließ ihn gehen.

32

Harry saß angeschnallt in seinem Sitz und küsste Caren. „Jetzt starten wir gleich", teilte er seiner Frau mit, als die Motoren plötzlich einen Ton tiefer orgelten. Starker Druck presste die Passagiere in ihre Sitze, als sich die Maschine in Bewegung setzte. Allmählich wurde die Geschwindigkeit auf der Rollbahn höher und höher. Kurz darauf gab es einen sanften Ruck, der anzeigte, dass man abgehoben hatte und in der Luft war. Der Motorenlärm ging in ein gleichmäßiges Geräusch über. „Sie können nun wieder Ihre Gurte abschnallen", verkündete der Lautsprecher.

Caren freute sich, endlich wieder nach Hause zu fliegen. Aber bis sie Sven in die Arme nehmen könnte, das würde noch zwei Tage dauern. Sicher ging es ihm gut. Aber sie bereute auch nicht, diese Reise unternommen zu haben. Amerika wollte sie schon immer einmal kennen lernen. Beide hatten sich sehr gut erholt, nach einer Woche Florida verbrachten sie noch einige Tage in New York, da es ja von dort aus wieder heimwärts gehen sollte. Die Passagiere bildeten das übliche Gemisch aus Menschen verschiedenster Altersgruppen und Nationen. Es waren unter- schiedliche Personenkreise, die ihren eigenen Gedanken nachhingen. In der Mitte hinter Caren und Harry saß ein älterer Pfarrer, er plauderte lebhaft mit einer großen, hübschen Krankenschwester vom Sanitätskorps der Amerikanischen Marine. Neben Svens Eltern auf der anderen Gangseite wiegte eine junge Schwarze ihr Baby und vor ihnen saß eine Dreiergruppe von etwa gleichaltrigen Kindern, die hin und wieder kicherten. Nur der Pilot vorne im Cockpit war etwas ernster. Er warf einen Blick nach unten auf die grauen treibenden Wolken, die sich zweifellos zu einer festen Decke verdichteten. Schon bevor er in New York mit Kurs nach Osten gestartet war, hatte er es geahnt, dass sich das Wetter verschlechtern würde. Da aber jetzt wieder vor ihm das Wetter einigermaßen klar zu sein schien, änderte er auch seine Flugrichtung nicht.

Es war fast Mittag. Harry, der mit seiner Frau den Platz getauscht hatte und nun am Fenster saß, sah, wie die Sonne einen Augenblick durch ein Loch in der Wolkendecke schaute. Auch er freute sich auf Sven, auf neue Kraft für seine Arbeit, die er zu spüren glaubte und hoffte, mit Ines und Arthur würde es auch besser werden. Bestimmt waren sie noch fort. Harry wandte seinen Blick vom Fenster ab. Es gab nichts Interessantes zu sehen, nur Wolken. Und wenn wirklich einmal ein Wolkenloch kam, nur Wasser. Sie überflogen gerade den Atlantik und müssten sich noch gedulden.

Caren schlief mittlerweile und Harry überlegte nun auch, ob er nicht ein kleines Nickerchen halten sollte.

Ines hingegen war mit Arthur schon seit drei Tagen zu Hause. Das heißt, nach ihrer großen Reise flogen sie zum Jahreswechsel nach Paris, um unbedingt jeden Feiertag auszukosten. Nach der wunderbaren Reise und dem Kurztrip ging es beiden etwas besser. Heute, am Donnerstag, war Arthurs erster Arbeitstag, und da er sehr gut gelaunt war, beschloss er, sogleich Harry anzurufen. Zu Hause meldete er sich nicht. Ach klar, er war bestimmt wieder in seinem Büro, also würde er diese Nummer wählen. Wo war sie denn gleich? Schublade? Nein! Notizständer? Nein! In seinem Kopf leider auch nicht. Mist! Oder? Mal überlegen, ob er die Telefonnummer noch auswendig hinbrächte. Na ja, so oft hatte er nun nicht dort angerufen. Was sollte er tun? Gerade, als er sich diese Frage stellte, wurde er von einem anderen Kollegen abgelenkt und bekam ein anderes Telefonat aufgetragen. Dabei fielen ihm fliegende Blätter auf. Während Arthur in der einen Hand den Telefonhörer hielt, kramte er mit der anderen in seinem Blättersammelsurium herum. Und...tatsächlich, da war die Nummer von Harrys Arbeitsplatz! Arthur erkannte sie sofort wieder. Nachdem er das Telefongespräch mit seinem Kollegen beendet hatte, versuchte er gleich sein Glück bei Harry. „Bosch", grüßte jemand. „Ja, hier

Huppert, guten Morgen. Ist Herr Tiemann zu sprechen?" „Tut mir leid, Herr Huppert, Herr Tiemann hat Urlaub, kommt Montag wieder."
„Wissen sie zufällig, ob er verreist ist?" „Ja, soviel ich weiß nach Amerika, wir bekamen eine Karte aus Florida." „Danke, Herr Bosch, ich melde mich dann wieder." „Nach Möglichkeit bitte nicht am ersten Arbeitstag, sein Schreibtisch ist nämlich am Überlaufen." „Ok, dauf Wiederhören." Arthur legte auf. So war das also?, dachte er, die beiden waren fort. Warum eigentlich nicht? Ihr Sohn war ja auch verreist ! Würde er eben kommenden Dienstag anrufen, dann könnte er ihn gleich fragen, ob sie sich am Abend treffen wollen, trotz, dass es schon der zweite Dienstag im Monat wäre. Nun gut, nachher würde er es Ines erzählen. Was sie wohl am ersten Arbeitstag zu Hause so tat? Arthur machte sich Gedanken. Ob sie wieder in die Rolle der Trauernden schlüpfen würde und immer noch keine Kontakte nach außen wollte?

Arthurs Gedanken waren unberechtigt, jedenfalls, was den heutigen Tag anbelangte. Ines hatte viel zu viel Hausarbeit, um auf traurige Gedanken zu kommen. Wäsche waschen, bügeln, putzen, kochen. Kochen, für wen eigentlich? Nur für sich? Ja, heute würde sie Leckeres nur für sich kochen. Sie war ja schließlich auch wer. Ines suchte letzte Zeit ein Ziel, ja, eine Aufgabe, die sie den Tag über in Trab halten würde. Sie würde gerne Kuchen backen und Kaffeekränzchen abhalten, aber wen sollte sie einladen? Ines zog sogar in Erwägung, wieder arbeiten zu gehen. Demnächst würde sie Inserate lesen; heute nicht, da hätte sie noch genug zu tun. Sven, der könnte nächste Woche mal kommen. Ines ging ins Kinderzimmer. Zum ersten Mal seit langer Zeit. Sie stellte dort ein Urlaubssouvenir, einen kleinen Zuckerhut aus Kunststoff, auf den Schreibtisch und zündete eine Kerze an, welche sie auf die Fensterbank stellte. Sie nahm zwei Bücher mit lyrischen Texten zur Hand und blätterte darin. Das riet ihr jemand im Urlaub. Sie lernte eine Mutter kennen, die schon drei Söhne verloren hatte. Ines stutzte und fragte, wie man denn mit einer solchen Häufung von Schicksalsschlägen fertig werden könne? Die Antwort der weisen Frau: Neue Ziele suchen, auch neue Kontakte. Versuchen, andere Menschen zu trösten, weil man zu sich sagen muss: Es gibt Menschen, denen es noch schlechter geht als mir selbst. Und lesen: Texte über Gott wie die Bibel oder auch Lyrik über das Leben. Jetzt hatte Ines ein solches Buch in der Hand. Die Frau hatte solch ein Buch im Urlaub dabei und schenkte es ihr spontan. Ines las:

Morgengesang.

Bin mehr als ich, bin Du und Dein, der hellen Sonne Widerschein. Und streift die Nacht auch mein Gesicht, ich leb' vom schöpferischen Licht. Von einer Hedwig Boerger.

Es musste also noch mehr Menschen geben, die trotzdem lebensfroh waren und das auch ausdrücken und vorleben konnten. Ines war begeistert. Das klang so hoffnungsvoll, so positiv . Sie prägte sich die Zeilen ein, schlug das Buch zu, blies die Kerze aus und verließ, innerlich strahlend, das Zimmer.

33

Gegen Nachmittag lief Sven mit Rex zum Hafen. Schiffe wollte er sehen: Passagierschiffe, Fähren und Kutter. Mit Rex über den Fischmarkt laufen. Aber der wäre wohl lieber in eine Metzgerei gegangen. Rex schnüffelte und schnüffelte, dieser Fischgeruch, der gefiel ihm nicht. Rex zog fest an der Leine, um seinem Herrchen klarzumachen, dass er hier nicht bleiben wollte. Kurz darauf musste Rex bellen. Wer schrie denn da so laut? Sven schaute, wen sein Hund anbellte. Ach, den ollen, bärtigen Marktschreier! Und da war noch so einer! Der verkaufte aber Obst. Die schrien sich ja auch gegenseitig an und nicht nur die Passanten! „Du mit deinem fetten Fisch, Obst ist viel gesünder!" „Ach was? Gespritzt mit schönen Giften? Mein Fisch kommt aus dem klaren Ozean!" „Das glaubst auch nur du!" Sven schaute interessiert zu, da das Bellen seines Hundes nun nachgelassen hatte. Plötzlich wurde er angestumpt.

Sven zuckte zusammen und drehte sich um. Es war der Fischer, den er schon des Öfteren bei Wolf und Jo gesehen hatte „Moin, Sven, sag mal, wann kommen denn deine Eltern wieder?" „Heute", strahlte der Junge. „Und mit welcher Maschine?" „Das weiß ich nicht, warum?" „Ach, schon gut, aber sie kommen doch aus New York?" „Weiß ich nicht, Mama hat mir eine Karte aus Florida geschrieben." Der Alte atmete auf. „Ach so, dann werden sie auch dort gestartet sein." Sven verstand immer noch nicht, was der Mann eigentlich wollte. „So, ich gehe jetzt zu Jo, habe guten Fisch, Sven." „Ok, ich bleibe noch, bin gegen fünf dann bei euch." Der Alte packte seinen Bollerwagen mit Fisch voll und marschierte los. Bei Jo angekommen, ließ er sich schnaufend auf einen Stuhl nieder und bestellte ein Bier. Das mit dem Flugzeug ließ ihn immer noch keine Ruhe. Er hatte wie viele hier oben nicht nur eine gute Spürnase für das Wetter, sondern auch... „He, was haste denn?", wurde er von Jo gefragt. „Ach nix." „Komm, rück schon 'raus mit der Sprache, siehst ja aus wie drei Tage Regenwetter, was wir zum Glück gar nicht haben. Schnaps gefällig?" „Nee, nee, is' nur.." „Was ist nur?" „Schon gehört von dem Absturz 'ner großen Maschine, Concorde, glaub' ich," „Nee, und weiter?" Jo verstand nicht. „Ich hab' den Jungen getroffen und gefragt, wann seine Eltern kommen. Er sagt heute." Jo wurde blass. „Und glaubst du?" „Der Bursche meinte, seine Eltern wären in Florida, weil die Karte daher kam. Und die verunglückte Maschine startete in New York." „Na, siehste, dann haste dir ja selbst die Antwort gegeben." „Trotzdem, ich hab so' n ungutes Gefühl im Bauch." Jo war sprachlos. Aber es konnte nicht sein, sie waren ja in Florida, warum machte sich er Fischer Sorgen? Obwohl...wenn die Maschine aus Florida kommend in New York zwischenlandete? Und ob es dann hieße: Die Maschine aus New York, obwohl sie ursprünglich aus Florida kam? Ach was denn, so' n Hin und Her! Warum machte sich der Fischer Sorgen? „Jetzt nur keine Panik hier machen!" bat er den Alten. „Und nix mehr zu Sven. Der wollte übrigens morgen zu Hause anrufen." Der Fischer schwieg und setzte zu einem kräftigen Schluck an. „Weißt du Näheres?", fragte Wolf, der hinzugekommen war und einen Teil des Gesprächs mitbekommen hatte. „Nur, dass alle Insassen ums Leben gekommen sind, deshalb bin ich ja so aufgeregt! Musst halt mal Nachrichten hören, aber nur, wenn der Junge nicht da ist." Wolf war sprachlos. Auf seine Armbanduhr schauend, den Sekundenzeiger bei seiner Wanderschaft betrachtend, saß er am Tisch, auf die volle Stunde wartend. Die nächsten Nachrichten würden seinen Ohren gehören, das schwor er sich, er dürfte sie unter keinen Umständen verpassen. Der Alte ging, nachdem er ausgetrunken hatte. Er wollte Sven nicht noch einmal begegnen, damit sein besorgter Gesichtsausdruck ihm nichts verraten könnte. Als kurz vor vier ein junger Mann die Gaststube betrat, war Wolf zu aufgeregt, diesen zu bedienen.

Er ging schnell hoch in sein Zimmer und schaltete das Radio ein. Sein Vater war ja unten. Wolf hörte: „*Bei einem Flugzeugunglück sind heute Mittag alle Insassen einer Concorde Maschine ums Leben gekommen. Über die Unglücksursache gibt es noch keine näheren Informationen.*"

Mehr wurde Wolf auch nicht verraten. Wahrscheinlich würde er scheibchenweise weitere Informationen darüber am nächsten Tag aus der Zeitung erfahren. Als Sven am Abend mit seinem stürmischen Hund freudig alle in der Gaststube Anwesenden begrüßte, merkte er, dass Wolf und Jo ganz still waren. „Na, ihr habt wohl viel zu tun, sind ja mehr Gäste hier." „Ja, es gibt frischen Fisch, das hängen wir immer groß 'raus." „Habt ihr schon den Fischer gesehen, er sagte mir, dass er zu euch geht?" „Komm, bring deinen Hund hinauf, wasch' deine Hände, dann kannst du auch was essen." „Ok Wolf, bis gleich." Nach dem Essen wollte Sven seinen Hund holen und in sein Zimmer gehen. Er wurde aber von Wolf unten in der Gaststätte gehalten, da dieser befürchtete, Sven würde oben das Radio oder drüben in seinem Zimmer den Fernseher einschalten. Schließlich war es gerade kurz vor acht.. „Bleib' doch noch hier, ich hab dich ja nur noch morgen", bat Wolf. Das leuchtete Sven ein. „Wenn du müde bist, kannst du natürlich ins Bett." Er holte ein Würfelspiel hervor, um Sven abzulenken. Kurz vor neun wollte Sven dann zu Rex. „Moment, noch eins, das letzte!", bettelte Wolf. Er befürchtete wiederum, dass Sven Nachrichten hören würde. „Na gut." Wolf ließ diesmal absichtlich seinen Gast gewinnen. Gut gelaunt stand Sven auf. „So jetzt muss ich wirklich hoch zu Rex und auch noch einmal kurz mit ihm nach draußen. " „Ja, schon gut, Sven, gut' Nacht."

Draußen war alles dunkel und ruhig. Es nieselte wieder und ein unangenehmer kalter Wind lockte die beiden nach ein paar Minuten wieder hinein ins Warme. Sven lag im Bett und konnte nicht schlafen. Was wollte der Alte auf dem Markt heute? Die Frage mit dem Flugzeug und seinen Eltern, die kam ihm so komisch vor. Sven ging im dunklen Zimmer zu Rex und streichelte ihn. Rex schlief aber und hob nicht einmal sein Köpfchen. Na dann nicht, dachte Sven und krabbelte wieder ins Bett. Morgen würde er seine Eltern anrufen. Morgen, am letzten Urlaubstag. Wieder müsste er das schöne Fleckchen Norddeutschland verlassen. Meer, Himmel und Stille. Ein Land zum Atemholen. Ein Land der Ruhe und Besinnung, jedenfalls im Winter, dachte Sven und schlief ein.

Am nächsten Morgen regnete es in Strömen. Wolf war arg unruhig und wollte etwas mehr Klarheit. Er zeigte Sven den Telefonapparat. „Du wolltest doch heute deine Eltern anrufen." „Ja, ja, Wolf, nur mit der Ruhe, erst einmal frühstücken und dann gehe ich mit Rex vor die Tür." „Aber es regnet doch in Strömen, Sven, schau hinaus." „Ich weiß, aber fragt Rex danach? Der muss ja schließlich vor die Tür." „Ja, ja, hast ja Recht" erwiderte Wolf lachend, drehte sich aber um und ballte seine Faust. Er ärgerte sich, dass er nun noch länger aushalten müsste bis er wüsste, ob Svens Eltern zu Hause waren. Am liebsten hätte er sofort selbst zum Hörer gegriffen, aber das würde ja Verdacht erregen. Nach dem Frühstück wappnete Sven sich mit Regenschutz. Ostfriesennerz, Gummistiefel tragend und einen großen schwarzen Schirm von Wolf in der Hand haltend, öffnete er die Tür der Gaststube und sah die Zeitung im Briefkasten stecken. In der anderen Hand hielt er Rex an der Leine. Sven holte die Zeitung heraus und steckte sie Rex ins Maul, band ihn noch einmal von der Leine ab, weil er mit seinen nassen Schuhen nicht wieder das Haus betreten wollte und rief : „Auf zu Jo, bring!" Sven stand in der Tür und wartete. Wolf streichelte Rex und schickte ihn zu Jo, dann wieder zu seinem Herrchen. Danach verschwanden die beiden.

Wolf lief zu Jo ins kleine Wohnzimmer, um auch etwas aus der Zeitung zu erfahren. Beide lasen einen langen Bericht. Überschrift: ***Bei Absturz einer amerikanischen Maschine 146 Tote.***

Bei einem schweren Flugzeugunglück sind am Donnerstag die 146 Insassen einer Concorde Maschine ums Leben gekommen. Über die

Ursache des Absturzes gab es zunächst unterschiedliche Informationen. Man vermutete, dass ein Triebwerk Feuer gefangen habe, wie die Nachrichtenagentur meldete. Der Kommandeur sprach dagegen nach einer Meldung einer anderen Nachrichtenagentur von einem möglichen Pilotenfehler, da sich das Flugzeug bei der Landung um 180 Grad gedreht habe. Außerdem hatte der Pilot zuvor mit einer Schlechtwetterzone zu kämpfen. An Bord der Maschine befanden sich nach offiziellen Angaben 140 Passagiere und sechs Besatzungsmitglieder. Die Maschine sei bei der Landung auf dem Flughafen zerschellt und habe sofort Feuer gefangen, teilte das Ministerium für Katastrophenschutz mit. Das Flugzeug habe sich auf dem Flug von New York nach Frankfurt am Main befunden. Die Bergungsarbeiten sind durch starken Regen im Rhein-Main-Gebiet erschwert worden."

Jo und Wolf schauten sich gegenseitig an. Gab es nun einen Grund sich aufzuregen oder nicht? Wenn endlich Sven käme. Wenn er nur erzählen würde, er hätte seine Eltern erreicht! Schließlich machten sie ja in Florida Urlaub und nicht in New York. Aber Jo kannte den Fischer nur zu gut, er hatte bisher immer Recht. Wenn der sich aufregte...

Sven stand unterdessen mit Rex in der Telefonzelle und wählte zum x-ten Male die Nummer seiner

Eltern. Niemand meldete sich. Sven war verzweifelt. Was sollte er tun? Er würde nicht zu Jo und Wolf laufen, bevor er nichts Näheres wüsste. Ob Papa schon wieder im Büro war? Sven rief die Auskunft an, ließ sich die Telefonnummer von Papas Büro geben. Diese Nummer konnte er nicht wissen, er hatte noch nie dort angerufen. So, die Nummer hätte er nun. Mal sehen, ob er jetzt erfolgreicher war. Mama könnte einkaufen gegangen sein. Ein Herr Kilb meldete sich. „Du, ich weiß nichts von deinem Papa, er wird erst Montag wieder kommen", war dessen Antwort nach Svens erster Frage. „Wissen Sie, wo er Urlaub macht?" „Wir haben eine Karte aus Florida bekommen. Wusstest du nicht, wo sich deine Eltern aufhalten?" Herrn Kilb kam das komisch vor. Sven war der eigene Sohn, schon dreizehn, und wusste nicht... „Doch schon, jemand verunsicherte mich und sagte was von New York." Herr Kilb horchte auf. „New York, halt mal, da war doch was. Heute Morgen bei der Post. „Hallo, bist du noch da?" „Ja." „Heute Morgen bekamen wir eine zweite Karte von deinen Eltern, die war aus New York. Die aus Florida ist schon älter." Sven wurde es heiß und mulmig. Er schwieg. „Hallo!" Sven legte auf. Also doch. Was hatte der Fischer gesagt? Was fragte er noch? Ob ich die Maschine wüsste, am besten noch die genaue Bezeichnung? Was hatte das zu bedeuten? Rex wurde unruhig in der Telefonzelle und zerrte an der Leine. Sven nahm sie fester in seine Hand. Er

versuchte noch einmal, seine Mutter zu erreichen.
Nichts. Jeder Rufton an dem anderen Ende der
Leitung, der von neuem erklingen musste, weil
niemand abnahm, tat Sven weh. Er beschloss
kurzerhand, Ines anzurufen. Vielleicht war sie ja zu
Hause, vielleicht sogar seine Mama dort? Manchmal geschehen Zeichen und Wunder! Aber das
waren nur Illusionen. Nach einer Weile hob Ines
ab. „Hallo, hier ist Sven. Tag Ines. Weißt du was
von meinen Eltern?" Für Ines kam diese Frage zu
überraschend, sie musste erst einmal sortieren.
„Langsam Sven, wo bist du eigentlich?" „Noch an
der Nordsee, Ines. Ich fahre morgen zurück."
„Und was ist mit deinen Eltern?" „Die waren auch
fort. Sollten gestern wiederkommen. Ich erreiche
sie aber nicht." Ines fiel Svens erregte Stimme am
anderen Ende der Leitung auf. „Ja, und das ist
doch kein Grund zur Aufregung. Wo machten sie
eigentlich Urlaub?" „Zuerst in Florida." Sven holte
tief Luft, Rex jaulte. „Und dann in New York."
„Sven, bleib ruhig, erzähle bitte ganz langsam, was
du hast." Sven holte erneut tief Luft. „Also,
gestern fragte mich hier oben ein Fischer, mit
welcher Maschine meine Eltern zurück fliegen. Er
fragte, ob sie aus New York kämen. Warum er das
fragte, wusste ich gestern noch nicht. Heute
Morgen erfuhr ich von einem Arbeitskollegen von
Papa, dass sie auch in New York waren, zum
Schluss ihres Urlaubs." Sven betonte das Wort
Schluss. Dabei fiel Ines etwas ein. Jetzt hatte sie
eine böse Vorahnung. Auch sie hatte vom
Flugzeugabsturz einer Maschine aus New York

gehört. Doch was sollte sie Sven jetzt sagen? Hier am Telefon? Er stand schließlich in einer Telefonzelle. „Hör mal Sven, wir versuchen, deine Eltern zu erreichen. Können wir dich anrufen, wenn wir was wissen?" „Ja bitte", flehte Sven und gab Ines die Telefonnummer von Jo. „Sven, hörst du?" „Ja?" Ines dachte weiter, ihr fiel noch etwas ein. „Noch was: falls wir sie nicht erreichen werden, bis du wieder kommst, holen wir dich vom Bahnhof ab." „Ja, danke", erwiderte Sven unsicher und gab Ines die planmäßige Ankunft seines Zuges durch. Bedrückt legte er auf. Er verließ mit Rex die Telefonzelle, in der er nun lange genug gestanden hatte und trottete mit Rex zum Hafen. Vielleicht würde er den Fischer treffen? Er müsste Sven unbedingt erklären, warum er gestern solche Fragen gestellt hatte. Immer noch regnete es in Strömen. Sven war es nach wie vor mulmig zumute. Rex, der das spürte, jaulte wieder. Dann aber rannten sie durch den Regen und genossen das Spritzen der Pfütze, in die sie mit Absicht traten.

34

Der Hafen war mittlerweile menschenleer. Also nix wie los zur Gaststube! Dort angekommen, schüttelte Rex sein nasses Fell und stand kurz darauf in einer Pfütze. Wolf und Jo waren hinter der Bar und schauten Sven an, der unheimlich lange fort gewesen war, jedenfalls kam es beiden so vor. Eine kurze Weile lag bedrückendes Schweigen in der Luft. Dann machte Wolf seinen Mund auf. „Und, hast du deine Eltern erreicht?" „Nein", schrie Sven so laut er konnte. „Was wisst ihr? Sagt doch, was wisst ihr?" Sven ging zu Jo, schaute ihn flehend an, packte seinen Hund und schüttelte an ihm. Jo und Wolf schwiegen. „Gut, dann frag ich noch was. Warum wollte der Fischer wissen, ob meine Eltern aus New York kämen? Und inzwischen weiß ich es: sie kamen aus New York!" Jo war sprachlos. „Woher, sag woher!" Jo packte Svens Schultern mit seinen Händen, ging in die Hocke und schaute ihm ins Gesicht. „Warum ist das so wichtig?", wollte Sven wissen. „Gleich. Erst sagst du uns, warum du dir sicher bist, dass sie in New York waren. Schließlich kam eine Karte aus Florida bei uns an!" „Na ja, bei uns zu Hause meldete sich niemand. Dann rief ich in Papas Büro an. Hätte ja sein können, dass er wieder arbeitet. Aber es hieß, erst Montag." „Und weiter?" Wolf war jetzt auch aufgeregt. „Dann fragte ich, wo meine Eltern Urlaub machten. Der Mann am anderen Hörer hätte fast gelacht, weil ich als Sohn so eine doofe Frage stellte. Er erzählte, sie seien in Florida. Zuerst. Später fiel ihm ein, dass heute eine zweite Karte im Posteingang lag. Und die war aus New York." „Na, Prost Mahlzeit", flüsterte Wolf Jo zu und flüsterte in sein Ohr: „Warte doch mal ab, es fliegen schließlich noch' n paar mehr Flugzeuge von New York nach Frankfurt." „Also, was ist!?", schrie Sven, der mittlerweile sehr aufgebracht war. „Jetzt seid ihr dran, ihr habt' s mir versprochen!" Beide schauten sich wieder gegenseitig an. Schulterzuckend ging Jo durch die Küche zum Flur des Wohnbereichs und holte den Zeitungsbericht. Dann legte er ihn vor Sven auf den Tisch, der sich mittlerweile gesetzt hatte. Rex lag still unter ihm, niemand sagte deswegen was. „Da lies, aber lass' dir Zeit beim Lesen." Sven ließ sich das nicht noch einmal sagen. Jetzt verstand er, was das alles sollte! Jo und Wolf beobachteten ihn. Sven wurde rot. Die Buchstaben verschwammen vor seinen Augen. Das Foto des Wracks wurde unscharf. Dieses Foto, es würgte ihm im Hals. Nun schwankte die Gaststube, kippte irgendwie abwärts. Es darf nicht wahr sein, dachte er sich. Ich bin nur müde, ich träume... Sven kippte nach vorne, sein Kopf knallte auf die Tischplatte und Rex begann zu bellen. Wolf und Jo schauten sich hilflos an. In Wolfs Gesicht standen nun dicke Tränen. „Sollen wir ihn hochbringen?" Jo nickte. Sven rührte sich nicht. Er war schwer wie Blei. Und Rex hatte sich wieder beruhigt und lag unter seinem Stuhl. Nachdem die beiden Sven mit größter Mühe die enge Holztreppe hoch geschafft hatten, holte Jo die Nummer von Svens Eltern hervor und versuchte noch einmal sein Glück. Wieder ertönte ein Rufzeichen nach dem anderen, das unbeantwortet blieb. Sonst war alles still. Jo hätte Sven gern noch einen Tag länger bei sich behalten, so dass er erst Sonntag zurückführe.

Unter diesen Umständen wäre noch Vieles zu klären. Aber das müssten sie morgen dann sehen.

Nach dem Telefonat mit Sven ging Ines erst einmal ins Kinderzimmer, zündete sich zum zweiten Mal in dieser Woche eine Kerze an und versuchte Svens Brocken seiner Aussage zu sortieren. Was war also mit Caren und Harry? Sie waren auch fortgeflogen. Waren erst in Florida und dann in New York. Vieles lag nun auf der Hand. Aber war es wirklich so? Ines schaute ins Flammengesicht der Kerze. Caren. Harry. Sie wollte ihnen vergeben, das hatte sie sich ganz fest für das neue Jahr vorgenommen. War es jetzt zu spät dafür? Noch wusste niemand etwas. Von New York nach Frankfurt gab es bestimmt mehrere Flüge an einem Tag. Warum wusste Sven nicht die Flugnummer? Ines wurde es flau im Bauch. Sie musste mit Arthur sprechen. Sofort? Nein, lieber nicht. Er musste im Beruf seinen Mann stehen, hatte die ersten Arbeitstage im neuen Jahr so richtig Elan. Hoffentlich käme er nicht zu spät heute. Ines blies die Kerze aus und verließ das Zimmer. Sie würde am liebsten bei Svens Gastgeber anrufen, aber was sollte sie sagen? Eine positive Nachricht konnte sie eh' zum jetzigen Zeitpunkt nicht überbringen, sie würde alle da oben noch mehr aufregen.

Arthur nahm am Abend die Nachricht von Ines mit großem Schrecken auf und überlegte, was er tun könnte. Er wollte irgend etwas herausbekommen.

Sollte er zum Flughafen fahren, nach der Passagierliste der verunglückten Maschine fragen? Oder erst noch einmal zu Tiemanns Haus? Im Erdgeschoss wohnte eine alte Frau, die bestimmt die Zimmerpflanzen goss und daher die Schlüssel der Wohnung haben müsste. Arthur entschied sich für Letzteres, warum gleich den Teufel an die Wand malen? Er gab Ines Bescheid und verließ die Wohnung. Dort angekommen, klingelte er bei der alten Dame. Freundlich fragte er, ob sie wüsste, wann die beiden Verreisten zurückkämen Allzu nett war die Frau allerdings nicht. „Nee, das geht mich gar nichts an, das bekam ich nicht gesagt, und wer sind Sie überhaupt?" Arthur ging nicht auf die letzte Frage ein.. „Für dringende Fälle ist die Polizei zuständig, auf Wiedersehen." „Danke für die freundliche Auskunft, da werde ich nun hingehen." Arthur knallte die Haustür zu und ging. Die Polizei rief er von der nächsten Telefonzelle aus an. Diese riet ihm natürlich zum Flughafen zu fahren. Arthur gab Ines Bescheid und fuhr los. Er war aufgeregt, hatte Angst vor der endgültigen Wahrheit. Aber er musste es tun!

35

Es war noch dunkel, als Sven am nächsten Morgen aufwachte. Sven musste sortieren. Was war gestern passiert? Ach so! Sven sah wieder das schwarzweiße Bild aus der Zeitung vor sich. Das kaputte, ausgebrannte Flugzeug. Waren da wirklich seine Eltern drin? Sven lag noch im Bett und begann zu schluchzen, als Wolf zu ihm kam. Er setzte sich zu Sven. Was sollte er jetzt zu ihm sagen? Wolf fiel nichts ein. Er streichelte Svens Kopf. „Du Sven, wir wissen doch gar nicht, ob deine Eltern wirklich in diesem Flugzeug saßen." „Bestimmt. Sonst hätte ich sie schon längst erreicht." „Du, willst du heute noch bleiben? Du kannst morgen zurückfahren. Ich lass dich so ungern gehen." Sven zögerte. „Ich weiß nicht. Aber ich habe noch jemand, der mich vom Bahnhof abholt, vielleicht kann ich erst einmal in diese Wohnung mit meinen Sachen." Sven setzte sich auf die Bettkante und schaute Wolf an. „Wer soll das sein, Sven?" „Ines, Pats Mutter. Mit ihr sprach ich gestern am Telefon." „Was?" Wolf konnte es nicht glauben. Er meinte, nicht richtig gehört zu haben. „Zu der willst du? Die hat doch bestimmt noch Groll auf dich wegen Pat?" „Glaube ich nicht mal, sie hat mich sogar vor Weihnachten zu sich eingeladen. Aber ist jetzt sowieso egal. Jedenfalls sagte sie, dass sie mich heute abholen will." „Das würde sie morgen genauso machen, Sven. Oder an einem anderen Tag." „Stimmt auch wieder", dachte Sven. „Nur, sie sollte schon wissen, wann du kommst. Zumindest musst du heute mit ihr telefonieren und mitteilen, dass du an einem anderen Tag kommst." Sven grübelte. Ach, alles war so schlimm! Sven konnte sich ein Leben ohne seine Eltern gar nicht vorstellen. Und außerdem, wo sollte er hin? Er wollte kein Heimkind werden. Sven schluchzte wieder und nahm Rex in den Arm. Wolf konnte in diesem Moment Gedanken lesen. „Ich weiß, du denkst über deine Zukunft nach. Vielleicht erfahren wir heute noch Näheres. Ich, ja wir wissen nicht, in welchem Flugzeug deine Eltern saßen. Überlege mal, wie viele Flüge es täglich von New York nach Frankfurt gibt. So, und gleich wird gefrühstückt. Komm Sven, wisch deine Tränen erst einmal ab." Sven ging, nachdem er sich gewaschen und angezogen hatte, hinunter zu Jo. „Moin Sven, setz dich." Auch Jo war nieder-geschlagen. Er hatte bereits wieder probiert, Svens Eltern telefonisch zu erreichen und war erfolglos. Wolf fragte seinen Vater, ob Sven noch länger bleiben könne. „Das kann ich nicht entscheiden, das muss der Junge selbst wissen. Er hat doch Schule am Montag, oder? „Wisst ihr, was Montag in der Schule los ist? Da müssen wir von den Ferien erzählen. Genau wie im Sommer, das war ganz furchtbar." Wolf und Jo schauten sich an. Sie konnten Sven voll verstehen. Wolf ging wieder zu Sven und streichelte sein Haar. „Willst du wirklich hier bleiben, Sven? Hör' mal auf deine innere Stimme, was sagt dein Gefühl?" „Ach, lasst mich in Frieden, ich weiß nicht, was ich will", protes-tierte der Junge. „Gut. So kommen wir nicht weiter. Dann werde ich die Sache in die Hand nehmen und die Mutter von deinem früheren Freund anrufen, wie heißt sie noch schnell?" „Ines" „Und weiter?" „Huppert." Sven war verstört und kurz angebunden. Er wunderte sich darüber, was Wolf alles für ihn tat. „Ich gehe hoch zu Rex", brachte er leise hervor, ließ sein Frühstück stehen und verschwand. Er warf sich mit seinem Hund auf die Couch und drückte ihn fest an sich.

Wolf war bereits am Wählen. Dann hatte er den Freiton. „Huppert". Eine Männerstimme meldete sich. „Hallo, hier ist Wolf aus Amrum. Es geht um Sven. Mit wem kann ich ausführlich sprechen?" „Ja, guten Tag, Herr..." „Nur Wolf bitte, mich nennt jeder hier so." „Schlimme Sache, was macht der Junge?" „Konnten Sie etwas in Erfahrung bringen, was seine Eltern betrifft?" Arthur zögerte. Zum ersten Mal musste er die Nachricht über seine Lippen bringen . „Ja, ich war auf dem Flughafen, gestern Abend schon, da konnte man mir noch nichts Konkretes sagen, heute Morgen erfuhr ich es dann.", „Was?" Wolf konnte sich natürlich denken, was jetzt kommen würde, doch in seiner Aufregung stellte er eben diese Frage. „Svens Eltern saßen wirklich in diesem Flugzeug, welches verunglückt ist und allen Insassen den Tod brachte." Wolf blieb die Luft weg, irgendwie hatte er das Gefühl, jemand schnüre seinen Hals zu.

Bis eben hatte er immer wieder gehofft....Sven getröstet. „Hallo?" Wolf konnte sekundenlang nicht sprechen. „Ja?" Jetzt müsste er sich fassen. Besprechen, was zu erledigen wäre. Sven zuliebe, der Junge war ja eh' schon fix und fertig. „Sven ist noch in Norddeutschland, er weiß nicht, was er tun soll. Er hat Angst vor der Schule, er spielt mit dem Gedanken, länger zu bleiben, kann aber keine Entscheidung treffen." Letzteres stimmte nicht ganz. Wolf hing an Sven. Und er war es, der wollte, dass Sven noch bliebe. Er dachte an die Verfassung des Jungen, die er noch beobachten wollte. Aufgeregt hielt er den Hörer in seiner feuchten Hand und hoffte, Arthur würde Sven erlauben, noch an der Nordsee zu bleiben. „Ich kann ihm leider nicht die Schule ersparen", meinte Arthur. „Na ja, sie können vielleicht mit seiner Lehrerin reden, vielleicht kann er für eine gewisse Zeit freigestellt werden. Ich mache mir wirklich Sorgen um Sven, er ist momentan in einem schlimmen Zustand. Vielleicht wird dieser noch schlimmer." Arthur überlegte. „Also gut, lasst ihn erst einmal bei euch, ich rede Montag mit seiner Lehrerin." „Vielen Dank, Herr Huppert, das ist wirklich das Beste, glauben Sie mir. Wir bleiben in Verbindung. Rufen Sie mich bitte Montag wieder an! Und noch was, wie soll es mit dem Jungen weitergehen, auf längere Sicht, meine ich?" Wolf legte absichtlich sofort auf, er wollte die Frage einfach in den Raum stellen. Wolf war stolz auf sich. Er hatte vernünftig gehandelt. Es war doch nicht nur in seinem Interesse, dass der Junge blieb. Das Schwerste würde außerdem noch bevorstehen. Jemand müsste Sven sagen, dass die Hoffnung, seine Eltern wiederzusehen, geplatzt wäre wie eine Seifenblase, von einer Sekunde zur

anderen. Alles war unwiderruflich. Bestimmt
würde der Junge um sich schlagen. Aber Wolf
würde es anpacken, dieses Problem. Jetzt musste er
erst einmal etwas trinken und dann nach Sven
schauen.

Sven lag bewegungslos im Bett. Er hatte ein rotes
Gesicht. Wolf berührte es sanft. Sein Kopf glühte.
Wahrscheinlich würde er jetzt wieder krank
werden, wie im Sommer. Wolf würde ihn
beobachten. Vielleicht müsste er den Arzt rufen.
Rex schaute Wolf an, wedelte mit dem Schwanz
und jaulte. Wolf fuhr ihm über sein struppiges Fell.
„Ich glaub' du willst raus. Du kommst im Moment
viel zu kurz. Aber deinem Herrchen geht es jetzt
ganz, ganz schlecht." Rex sprang auf. „Ach, ich
muss noch warten, bis Jo wieder kommt, einer
muss ja hier sein." Kaum dass Wolf diesen Satz
ausgesprochen hatte, hörte er die Tür unten
quietschen. Es war Jo. „Los, Rex, wir gehen mal
vor die Tür, zum Glück regnet es nicht mehr." Wolf
klärte Jo kurz auf und verließ mit Rex die
Gaststätte.

36

Montagmorgen. Der erste Schultag. Über Nacht
war Neuschnee gefallen. Die Flocken hatten die
Erde in schimmerndes Weiß gehüllt.

Ines war gerade aufgestanden und stand vor der Balkontür. Alle Umrisse waren hinweggetaucht und im Flockengeriesel versunken. Ausgelöscht waren alle Farben, die Ines von hier aus sonst sah. Das Grün der Tannen in weiter Ferne sowie das Rot der Ziegeldächer. Ausgelöscht waren auch die Lebenskerzen von Caren und Harry. Ines blickte langsam nach allen Seiten. Ihre Augen tauchten in eine neue Welt, die sich ihr darbot. Wie mochte es Sven gehen, hatte er auch Schnee im hohen Norden?

Arthur war bereits in Svens Schule, nahm sich dafür extra einen halben Tag frei. Mit dem Vorbehalt, es könne auch ein ganzer werden. Was würde Svens Lehrerin sagen? Ines drehte der Balkontür den Rücken zu und sah ihre eigene Wohnung. Sie schaute auf die Couch. Erinnerungen kamen hoch. Wie vor einem Jahr Caren und Harry auf dieser Couch gesessen hatten. Lachend. Oder Karten spielend. Wie sie zusammen mit Caren in der Küche standen und Mahlzeiten vorbereiteten. Und jetzt? Was hatte sie jetzt? Wo stand sie im Leben? Es gab ein Kind, das sie nicht vergessen konnte. Über das die Trauer immer noch so groß war. Bei dem ein Fünkchen Hoffnung war, dass es noch lebte. Ihr Kind hatte sie nie als Leiche gesehen, war einfach aus dem Leben gewichen. Es gab ein anderes Kind, dessen Eltern sie bis zu deren Tod gehasst hatte, denen sie nie die Hand zur

Versöhnung reichte. Und nie mehr tun könnte. Und dieser Sven, er war ihr vielleicht sogar böse deshalb. Und sie wurde gerade von ihm vor den Festtagen darauf hingewiesen, als er die Frage stellte, ob sie seinen Eltern noch böse sei. Wie könnte sie so etwas wieder gut machen? Der Schmerz, Pat verloren zu haben, saß wie ein Stachel in ihrer Seele. Und jetzt das mit Svens Eltern. Immer noch schneite es. Trotzdem entschloss sich Ines, draußen Schnee zu schippen; alles, was störte, aus dem Weg zu räumen. So, wie sie wusste, dass neue Flocken den Bürgersteig wieder zudecken würden, so hoffte sie auch auf neue Wege, die sie gehen würde. Was hatte dieser Wolf am Telefon zu Arthur gesagt? „Überlegen Sie sich, wie es mit Sven weitergehen soll." Das würde sie nun tun. Erst einmal abwarten, wozu Svens Lehrerin raten würde, da sie Svens Eigenschaften rundum besser kannte und bewerten konnte als sie selbst.

Arthur klopfte an die Klassentür und bat Frau Wiesner, einen Moment herauszukommen. „Sie sehen doch, dass ich unterrichte, wie stellen Sie sich das denn vor? Ich kann doch meine Klasse nicht allein lassen!" „Es geht um Sven." „Der scheint des Öfteren am ersten Schultag zu fehlen", stellte Frau Wiesner fest und der geduldige Besucher erwiderte: „Na gut, dann in der Pause?" „Ja, meinetwegen." Arthur verließ das Gebäude und ging etwas im frisch gefallenen Schnee spazieren. Wie ein Kind freute er sich über jede Spur, die er in dem kalten Weiß hinterließ, über das Knirschen unter seinen Füßen, und somit überbrückte er die Zeit bis zur großen Pause.

Er stand schon vor dem Lehrerzimmer. Als Frau Wiesner kam, bat sie ihn herein. Da Arthur ein Gespräch unter vier Augen wünschte und da das Lehrerzimmer zur Pause sich immer sehr füllte, wurde er durch eine weitere Tür in einen Nebenraum geführt, welcher vom Hausflur aus nicht über eine Tür zu erreichen war. Die Lehrerin konnte sich nicht vorstellen, was jetzt wieder so wichtig war. Ihre wertvolle Pause würde draufgehen. Und Hunger hatte sie auch. Aber sie konnte diesem Mann doch nichts voressen. Wer war dieser Mann überhaupt? Sagte er nicht, es ginge um Sven? Es war aber gar nicht Svens Vater. „Entschuldigung, mit wem habe ich das Vergnügen?" Arthur stellte sich vor. „Huppert, Sie werden mich sicher nicht kennen. Aber, um Ihnen eine Verbindung herzustellen, Sven erzählte sicher über seine Sommerferien. Von einem verunglückten Jungen." „Ja, ich erinnere mich." Warum holte der Mann so weit aus, er sollte endlich zur Sache kommen! „Ich bin der Vater des Jungen." „Und was ist mit Sven?" Frau Wiesner wurde nervös. Warum konnte der Mann nicht zu ihrer Sprechzeit kommen, wie alle anderen auch? Mittwochs von halb zehn bis viertel nach zehn. „Hatten Sie schöne Ferien, Frau Wiesner? Sie hörten sicher auch von dem tragischen Flugzeugunglück? Das ging doch durch alle Medien." „Ja, ja, aber..." ,

‚Nichts aber, das ist es ja gerade, Svens Eltern saßen in diesem Flugzeug!"

„Heißt das...?"

„Ja, genau das heißt es."

Frau Wiesner war entsetzt. Zu allem Übel schlug auch noch der Gong zur dritten Schulstunde. „Moment mal, bitte." Frau Wiesner verließ den Raum, ging ins Lehrerzimmer und sprach leise etwas zu anderen Kollegen. „So, nun können wir weiter reden. Ein Kollege übernimmt meine Klasse." „Danke, Frau Wiesner. Es geht nämlich auch um Svens Zukunft. Darüber möchte ich gerne mit Ihnen reden, da ich Ihre pädagogischen und vor allem auch psychologischen Fähigkeiten sehr zu schätzen weiß." Das ging runter wie warme Butter! Frau Wiesner fühlte sich sehr geschmeichelt. „Wie geht es denn dem Jungen im Moment? Ist er bei Ihrer Frau?" „Nein, noch nicht. Natürlich, sie haben Recht. Wir werden uns um ihn kümmern. Zurzeit ist er noch an der Nordsee. Außerdem schwärmt er so sehr von der Insel, dass er am liebsten für immer da oben bliebe." „Aber er würde seine Zukunft verbauen. Er sollte erst einmal einen Schulabschluss machen, da oben sieht es doch schlecht aus mit höheren Schulen, er müsste dann sicher immer auf das Festland übersetzen. Die können ja nicht einmal auf jeder Insel ein Gymnasium haben. Und Sven hätte das

Zeug dazu, Abitur zu machen. Das heißt, nachdem er sich wieder ein bisschen gefangen hat, nach all diesen Umständen." „Klar, Sie haben recht, Frau Wiesner. Wir dachten ja auch nur daran, dass man ihn für dieses halbe Jahr von der Schule freistellen könnte und er im Sommer die achte Klasse wiederholen würde." „Das ginge auch. Aber Sven ist im Moment sehr labil. Und mich kennt er. Bei einer Ehrenrunde bekäme er Herrn Strohmann als Klassenlehrer, und bei ihm weht der Wind anders! Er ist dafür bekannt, dass er sehr streng ist. Verstehen Sie mich nicht falsch, ich möchte nicht andere Kollegen mit meiner letzten Aussage schlecht machen. Aber ich habe Sven ganz gut im Griff und Sie wissen sicher, dass nicht jede Lehrkraft mit jedem Schüler gleichermaßen klar kommt." „Gut, ich möchte Sie nicht länger aufhalten. Ich werde mit Sven reden." „Und was dachten Sie für seine Zukunft? Sven braucht wieder eine Familie, ein geregeltes Leben. Hätte er das auf der Insel? Welche war das noch gleich?" „Amrum" „Ah ja, stimmt, Amrum." So langsam kapierte Arthur, worauf Svens Lehrerin hinaus wollte. Er war gemeint. Und Ines. „Sagten Sie nicht, Sie hätten Ihren Sohn verloren?" Arthur schwieg und drückte der Lehrerin die Hand. „Ach, Moment." Arthur fielen noch Fragen über das Thema Adoption ein, was den Beamtenkram betraf. „Da müssen Sie sich, soviel ich weiß, an das Jugendamt wenden. Aber das Kind muss es auch wollen!" „Danke, Frau Wiesner. Ich werde mit meiner Frau reden. Und danke für die Zeit, die Sie geopfert haben." „Schon gut. Falls noch etwas sein sollte, dann können Sie immer um halb zehn kommen, und mittwochs habe ich bis viertel nach Zeit." „Ja gerne, danke für den Hinweis." Frau Wiesner führte Arthur durch das Lehrerzimmer hinaus und ging zu ihrer Klasse. Sollte sie es dort erzählen? Irgendjemand würde eh` nach Sven fragen.

Man würde ihr wahrscheinlich sowieso ansehen, dass sie irgendetwas hätte, schließlich hatte sie das Gespräch und die tragische Info ganz schön mitgenommen.

Arthur fuhr heim zu Ines. Die auf der Arbeit sollten ohne ihn auskommen. Morgen würden auch sie erfahren, was geschehen war. Mit Ines musste er reden. Sofort. Wenn er doch nur ihre Gedanken lesen könnte! Arthur hätte nichts gegen eine Adoption von Sven. Er dachte an Pats Zimmer und daran, dass seine Frau eine Aufgabe brauchte. Aber würde Ines genauso denken? Arthur wagte kaum, den Gedanken ihr gegenüber auszusprechen. Sie könnte total negativ darauf reagieren, ausflippen, zumal sie ja noch trauerte und man Menschen nicht nach fünf Monaten so einfach ablegte wie eine Spielkarte, frei nach dem Motto: Zieh dir eine Neue! Aber Frau Wiesner hatte Recht, Sven bräuchte eine Familie. Arthur fiel ein, dass er in

Amrum anrufen wollte. Vielleicht könnte er selbst mit Sven sprechen. Nur eines nach dem anderen, nicht verzetteln. Erst einmal zu Ines. Arthur wurde schon von ihr erwartet. „Na, wie war es?"
„Eigentlich ganz interessant und aufschlussreich. Komm, lass uns zum Feldberg fahren und den Schnee genießen, den wir eh' so selten haben. Dort oben können wir sicher auch zu Mittag essen."
„Und deine Arbeit?" „Die ruht heute einmal. Komm, mein Schatz." Ines war erstaunt, ja irgendwie irritiert. Das kannte sie gar nicht von ihrem Mann, jedenfalls, was die vergangenen Monate betraf. „Lass mich aber erst noch einmal bei Sven anrufen", fiel Arthur ein.

„Huppert, hallo?" „Ja, hallo Wolf." „Wie geht' s euch, habt ihr noch Schnee?" „Hallo, ja, mit Matsch aber. Waren Sie in der Schule?" „Ja, ist schon ok. Sven kann erst mal bei Ihnen bleiben. Er könnte sogar ein halbes Jahr vom Unterricht frei gestellt werden und die achte Klasse wiederholen. Das muss aber Sven selbst entscheiden. Es geht schließlich um ein ganzes Schuljahr, das er verliert." „Ja, schon, im Moment weiß ich auch nicht, was besser ist. Jedenfalls hat der Junge zur Zeit Fieber und ist ganz verstört. Könnten Sie sich nicht frei nehmen und hochkommen?", fragte Wolf ganz spontan. Er war über seinen Vorschlag selbst etwas erstaunt. „N-nun ja, ich weiß nicht, ich hatte gerade erst Urlaub. Aber meine Frau arbeitet nicht, sie könnte eventuell kommen. Ich werde es mit ihr besprechen, rufe Sie dann wieder an." „Ja, Herr Huppert, wäre nett. Ich schaue jetzt wieder nach Sven." „Danke, Wolf, auf wiederhör'n." Arthur legte auf. „Sven ist krank. Aber das kann man gut verstehen." Ines nickte nur. „Und, gehen wir?" Beide machten sich auf.

Langsam fuhr Arthur die kurvige Asphaltstraße hoch durch den verschneiten Wald, der zum Feldberg führte. Im Autoradio lief grade das Lied „Show me heaven". Ines dachte an das Wort Himmel. Der Himmel, wie weit und groß. Pat, bist du im Himmel? Bei Gott vielleicht? Was passierte alles im Himmel, wie oft waren schon Flugzeuge abgestürzt? Show me heaven, zeig' mir den Himmel. Was war geschehen zwischen Himmel und Watt? Ines schaute nach draußen und genoss den Ausblick der glitzernden weißen Wunderwelt. Immer noch rieselten winzige Flocken aus den Wolken und hinter dem Schleier der Kristalle zeigte sich der Mond verschwommen in einem hellen Gelb über den verschneiten Tannen. Bald darauf hatten sie sich für einen der vielen Parkplätze entschieden, die am Straßenrand angeboten wurden. Bald liefen sie bedächtig durch den Schnee, Hand in Hand. Arthur wollte mit Ines reden. Über ein schwieriges Thema. Er wusste, was er wollte, doch Ines dürfte es noch nicht heraushören. Jedenfalls jetzt noch nicht beim ersten Satz. Arthur begann so ganz nebenbei über Sven zu reden. Beiläufig fragte er: „Was glaubst du, wie es mit Sven weitergehen wird, ich meine, wo er hinkommt?" Ines überlegte kurz: „Da oben kann er bestimmt nicht bleiben. Vielleicht später einmal." Mehr erwiderte sie nicht. Zu Arthurs Bedauern, mehr hatte er nun immer noch nicht aus seiner Frau herausgehört, nämlich das, was er wissen wollte.

„Was meinte denn seine Lehrerin?" Diese Frage gefiel Arthur. Er schaute Ines liebevoll an und erzählte, dass Frau Wiesner von einem Heim abriet. „Und was stellt sich diese Frau dann vor?" „Na, ein geregeltes Familienleben, überlege doch mal..."

Redepause. Ines schaute zum Himmel, öffnete ihren Mund und ließ kleine Schneeflocken hineintanzen. „Was willst du damit sagen?", platzte Ines dazwischen und wurde lauter. Sie löste ihre Hand von seiner. Arthur wagte nicht weiter zu sprechen, jetzt war er an ihrem wunden Punkt angelangt. „Dass wir Sven nehmen? Das glaubst du doch selbst nicht. Erst zieht der Junge unseren Sohn ins Watt, Pat ist erst fünf Monate..." Ines schluchzte. „Lass nur, war nur so ein Gedanke von mir, das heißt, Frau Wiesner brachte mich erst drauf. Aber Sven hast du doch verziehen, denk` ich. Er gab sich solche Mühe, Pat zu retten." „Ja, schon gut. Weißt du, in mir sind wieder mal zwei verschiedene Gefühle oder mehrere. Das eine sagt, ich kann Sven nicht aufnehmen, weil ich immer noch an Pat denke. Menschen sind keine Haustiere, die man auswechselt, wenn eins gestorben ist! Dann denke ich, Sven ist mir böse und will vielleicht gar nicht. Und dann..." „Was dann? Sprich nur, mein Schatz, ich bin froh, wenn du dich aussprichst." „Dann denke ich, ein Kind würde mich ablenken, mich auf andere Gedanken bringen." „Das war es ja, was ich dachte. Warum ich dir den Vorschlag machte, du brauchst eine Aufgabe, Ines." Ines nahm wieder Arthurs Hand, drückte sie ganz, ganz fest. „Weißt du, eigentlich wollte ich wieder arbeiten gehen. Nur, um nicht dauernd alleine zu Hause zu hocken. Ich setzte mir Ziele und dann zerplatzen sie wie Seifenblasen." „Aber wer tut das nicht, Ines. Unser ganzes Leben besteht aus Zielen und Hoffnungen, die nicht erfüllt werden. Schau, mein Chef wollte mich befördern. Ich erwähnte es nie. Wollte es dir erst sagen, wenn der Vertrag perfekt wäre. Dazu kam es nie. Nach Pats Tod bin auch ich abgesunken. Wenn du es auch nicht gemerkt hast, weil ich mich immer zu Hause anstrengte, der Alte zu sein. Der zu sein, der dir hilft. Weißt du, ich wollte ein Fels in der Brandung sein. Im Büro konnte ich es dann nicht auch noch. Alle merkten es. Der Chef, die Kollegen. Aber das beiseite jetzt. Wie wäre es denn, wenn du morgen nach Amrum fahren und Sven besuchen würdest?" Ines schaute ihren Mann an. Ganz lange. Arthur tat ihr Leid. Das mit der Arbeit, das hatte sie nicht gewusst. Ines fiel ihr Rosengarten ein. Ihr wurde nun mit einem Mal bewusst, dass sie einer der Rosenknospen war, die ihre Dornen von sich streckten, ihre Gesichter nie der Sonne zuwandten und sich somit nie öffneten. Somit nie ein Frühlings-Erwachen erleben! Und das mit Amrum, war das jetzt Arthurs Ernst? „Sven würde sich gewiss freuen."

Ines schwieg. Aber innerlich ging sie auf wie eine verschlossene Knospe in der Sonne. Arthur wartete. Was würde sie antworten? Aber er fragte kein zweites Mal nach, er ließ ihr Zeit. Nach einigen Sekunden hörte er ein „Ja" durch den weißen Wald schallen und traute seinen Ohren nicht. Er umarmte Ines und spürte, dass sie einen wahnsinnig großen Schritt in ihrem Innern vollzogen hatte. Eine halbe Stunde später aßen sie dann in einer Waldgaststätte zu Mittag. Ines überlegte schon, was sie alles mitnehmen würde. Doch wie lange sollte sie bleiben? Das würde sie und wollte sie auch nicht jetzt und hier entscheiden, das würde sich bestimmt ganz von allein ergeben. Wieder im Tal angekommen, fuhren sie zum nächsten größeren Bahnhof und sie kaufte sich eine Fahrkarte. Nur für die Hinfahrt. Wann sie wieder kommen würde, das müsste sie von Sven abhängig machen.

37

Nachdem Jo gehört hatte , dass diese Mutter kommen würde, war er ganz beruhigt. Mit Sven war im Moment wenig anzufangen. Er hatte zwar kein Fieber mehr, war aber noch sehr erschöpft. Wolf und Jo nahmen sich vor, ihrem Gast nichts vom bevorstehenden Besuch zu erzählen. „Sven komm`, wir gehen mit Rex vor die Tür", schlug Wolf vor. „Lass mich, ich bin müde" bekam er zur Antwort. „Vielleicht brauchst du Sauerstoff. Oder willst du allein vor die Tür?" „Ich weiß nicht, was ich will." Mit Sven war wirklich nichts zu machen. „Dann komm` bitte wenigstens zum Essen herunter!" Wolf ging enttäuscht zu Jo. „Versuch' doch mal härter zu sein. Sag ihm, dass er nach Hause müsse, wenn er nur da oben herumlungert." „Aber..." „Nichts aber, du sollst ja nur bluffen, kapito?" Wolf bewegte sich wieder nach oben zum kleinen Zimmer und befolgte den sonderbaren Ratschlag seines Vaters. „Na, ihr seid mir eine schöne Gesellschaft", knurrte Sven. „War doch nicht so gemeint, jetzt komm, zieh dich an." Das half. Im Nu war Sven mit Rex an der frischen, eisigen Luft.

Der Hund freute sich, mit Sven draußen zu sein und wirbelte durch den nassen Sand. Dass dieser klebrig war, gefiel ihm allerdings nicht so sehr. Weiter hinten gingen vier Leute spazieren und eine Stimme rief: „Hallo!" Sven drehte sich um. Ach, das waren ja die Kinder, die er auf der Hinfahrt in der Bahn kennengelernt hatte, Torsten und Steffen. „Hallo", rief auch Sven und deutete auf Rex, den die Kinder schon längst erspäht hatten. „Da, geht hin." Die Eltern gesellten sich zu Sven und Wolf. „Na, Sven, bist ja auch noch hier." Sven unterbrach sofort. Gleich würde kommen: „Warum bist du nicht in der Schule?" Aber war Steffen nicht auch ein Schulkind? „Ja, ja und Steffen auch?" „Ja, er hatte starke Bronchitis, bekam eine Kur verschrieben, du auch?" „Ihm geht's auch nicht so gut", antwortete Wolf schnell für seinen Freund. Die Eltern riefen die Kinder zu sich und gingen über eine Deichtreppe Richtung Ortskern. „Komm, wir gehen mit", schlug Wolf vor. „Jetzt hast du bestimmt auch Hunger."

Am nächsten Tag stand Ines wirklich vor der Tür. Sven traute seinen Augen kaum. „Was willst du denn hier?" Bestimmt wollten sie ihn abholen. „Na, dich besuchen, Sven. Schauen, wie es dir geht." „Mehr nicht?" „Vielleicht ein paar Tage hier bleiben, Zimmer sind zurzeit genug frei auf der Insel. Mich erholen. Mit dir spazieren gehen, wenn du magst." „Dein Mann muss sicher arbeiten." „Ja, Sven." Ines ging wieder. Um nicht bei Sven den Eindruck zu erwecken, dass sie etwas Bestimmtes vorhatte. „Ich lasse den Koffer noch hier, suche mir eine Unterkunft. Nachher komme ich mein Gepäck abholen und sage dir, wo ich wohnen werde. Dann kannst du mich besuchen, wann du möchtest." „Und wie lange willst du auf Amrum bleiben?" „Sven, du überforderst mich. Das weiß ich selbst noch nicht, ich bin ja gerade erst angekommen. Ich werde mir ein paar Tage gönnen. Tschau, mach's gut." „Tschau." Sven freute sich schon ein bisschen darüber, dass Ines da war, aber was hatte sie genau vor? „Sven, ich kann Gedanken lesen" meinte Wolf, „jetzt grübelst du, warum Pats Mutter hier ist, stimmt's oder hab` ich Recht?" „Hä, was ist denn das für 'ne unlogische Frage? Aber stimmt. Es ist nur deshalb, weil ich nicht so richtig Gedanken lesen kann, jedenfalls momentan die von Ines nicht. Und das macht mich etwas nervös." „Ja, ich merke es. Aber immer ganz lässig und cool bleiben. Du hast doch nichts zu befürchten, oder? Hat sie was von Abholen gesagt? Nein! Also..." Sven musste Letzteres zugeben. Also machte er sich nicht verrückt. Er wusste inzwischen, welche Unterkunft sie hatte, Nähe Hafen sogar. Erstens war genug räumlicher Abstand da und zweitens war es ja sie, die meinte, er könne sich melden, wenn er wollte. Den restlichen Tag blieb er in der Kneipe und hatte sogar einige Gäste zu bedienen.

Somit ging wieder ein Tag vorüber. Sven stieg schon sehr früh auf. Ja, er wollte mit Ines etwas unternehmen. Außerdem hatte sie Rex noch gar nicht gesehen, weil er am Vortag im kleinen Zimmer war. Und außerdem wusste er auch schon, was er mit ihr machen wollte, er müsste sie nur noch überzeugen. Nach dem Frühstück rief er in ihrer Pension an. „Ines, kommst du heute mit mir nach Föhr?" „Aber..." „Bitte, bitte." „Du, ich wollte eigentlich erst einmal Amrum kennenlernen. Sie wollte seinen Wunsch nicht abschlagen, zumal er noch sehr labil war und Aufmunterung brauchte, „Na gut, sagen wir um zehn an der Fähre?" „Nee, Ines, viertel vor, um Punkt zehn fährt nämlich eine." „Ok, Sven." Er legte auf.

So, das wäre geschafft! Als beide mit Rex auf dem Schiff waren, fragte Ines: „Was willst du denn mit mir auf Föhr?" „Dir was ganz, ganz Wichtiges zeigen, was Tolles." „So, was denn?" „Das wirst du dann schon sehen. Warst du eigentlich schon mal in der Kirche dort?" „Nein Sven, wieso fragst du?" „Und auf dem Friedhof?" „Auch nicht, warum?" „Der Friedhof ist irgendwie schön." „Na, den kannst du mir gleich zeigen." „Hab` ich auch vor." Ines wunderte sich, fragte jetzt aber nicht mehr, sondern beugte sich zu Rex, der neugierig an ihr schnupperte und genoss mit Sven die frische Luft auf dem Oberdeck.

Auf Föhr hatte Sven es eilig. Zum Friedhof wollte er, Ines das Kreuz zeigen. Wie würde sie reagieren? Sven war gespannt. Als sie dort waren, spielte Sven den Führer, zeigte Ines die Grabsteine und erzählte etwas darüber. Inzwischen hatte er darüber in einem Buch gelesen. In dem neuen Buch seiner Eltern. Grabsteine von Walfängern, von Pastoren, von Kindern und Frauen, die im Wochenbett starben, geschmückt mit eingehauenen Ornamenten. Auch zu dem Grabstein mit der Welle kamen sie.

Und dann sah es Ines: das Kreuz. PAT stand drauf. Ines schwieg, lange schaute sie hin, schaute Sven an und Sven sie. „Ist das von euch?" „Nein, das heißt, ich weiß es nicht, ich war selbst ganz perplex, als ich es entdeckte." „Aber die Rosen..." „Ich entdeckte das Kreuz neulich und legte die Rosen hin. Jetzt sind sie verwelkt, wie du siehst." „Ach Sven." Ines nahm ihn in den Arm. „Weißt du wirklich nicht, wer es aufstellen ließ?" fragte Sven nun Ines. „Nein. Vielleicht deine Eltern? So ein inneres Gefühl sagt mir das." Die beiden gingen weiter. Sven war ruhig und traurig. „Was willst du jetzt eigentlich machen, Sven?" Ines wunderte sich über den Mut, ihm diese Frage zu stellen und sie hörte ihr Herz pochen. Was würde er ihr antworten? Sven schwieg. Um das Schweigen zu brechen, würde sie jetzt mit einer falschen Aussage bluffen, um zu hören, wie Sven reagieren würde. „Frau Wiesner

redete von einem Heim." „Wo soll ich denn sonst
hin? Ich kann doch nicht ewig bei Jo und Wolf
bleiben. In den Ferien kommen, das ja." Sven
standen Tränen in den Augen. Ines redete nicht
weiter. Sie hatte Angst, jetzt die Frage zu stellen.
Ja, diese wichtige Frage. Dem Jungen das Angebot
machen, zu ihnen zu kommen. Und Sven schien
auch nicht an einem weiteren Gesprächsverlauf
interessiert zu sein, denn er schwieg immer noch
und beobachtete Rex. Beide gingen etwas essen
und fuhren mit der nächsten Fähre nach Amrum
zurück. „Gehen wir noch zusammen zu Wolf und
Jo, willst du mit zu mir oder möchtest du allein zu
deiner Gaststätte?" Ines schwor sich, auf jeden
Wunsch von Sven einzugehen. „Kannst ruhig
mitkommen zu Wolf und Jo, die beißen nicht!"
Ines freute sich. Die beiden Männer tranken gerade
ein Bier, als die anderen an der Tür klopften. Sie
war abgeschlossen, da wieder einmal Ruhetag war.
Sven und Ines gesellten sich zu ihnen und Rex
durfte unter dem Tisch Platz nehmen, da keine
Gäste zu erwarten waren. Wolf stand auf, um den
beiden Getränke zu holen. Jo kümmerte sich um
sie und begann eine Unterhaltung. „Na, was habt
ihr auf Föhr so getrieben? Ist da etwa mehr los um
diese Jahreszeit als hier bei uns?" „Nein, das glaub'
ich nicht. Sven hat mir einen bestimmten Grabstein
gezeigt, genauer gesagt ein Kreuz." „Ach ja, Sven
erzählte uns davon. Ich war ganz erstaunt, haben
Sie den setzen lassen?" „Ich bin die Ines, wenn
ich euch schon mit Vornamen anspreche, dann bitte
auch umgekehrt! Aber zu diesem Kreuz. Ich weiß

auch nicht, wer der Täter war, ich vermute, Svens Eltern. Wie gesagt, nur eine Vermutung." Wolf kam wieder an den Tisch. Sven schaute plötzlich Wolf an, dann Ines. „Habt ihr mit meiner Lehrerin gesprochen?" „Ja, Sven." „Und wann muss ich wieder in die Schule?" Sven hielt sein Glas fest und schaute hinein. „Das liegt an dir, Sven. Darüber wollen wir reden, dich mit entscheiden lassen. Du hast drei Möglichkeiten." Sven schaute wieder hoch. „Und die wären?" „Entweder du kommst in ein Jugendheim." Stille. Ines wollte eine Reaktion von Sven abwarten. Aber Sven wollte sich erst alles anhören. „Oder?" „Oder du wirst für den Rest des Schuljahres freigestellt, bleibst hier und wiederholst das achte Schuljahr. Das kann auf deiner alten Schule sein, muss aber nicht. Allerdings hättest du dann Frau Wiesner nicht mehr als Klassenlehrerin, sondern – vorausgesetzt du bleibst weiter auf deiner Schule – Herrn Strohmann." Das klang schon besser, dachte Sven. Obwohl Herr Strohmann bei allen Schülern gefürchtet war. Aber bis Ende der nächsten Sommerferien hier bleiben, das klang traumhaft. „Und welche dritte Möglichkeit habe ich?" Bestimmt nicht die, für immer hierzubleiben, dachte Sven, dafür sind die Erwachsenen viel zu vernünftig. Die finden das ja heutzutage schlimm, wenn man kein Abi hat. Und zugegeben, jeden Tag zu 'nem Gymnasium 'rübergondeln, das würde er auch nicht wollen. Aber als Fischer oder Gastwirt oder Marktschreier oder meinetwegen auch Landwirt bräuchte er doch so 'ne vornehme

Bildung überhaupt nicht. Aber wie gesagt, die Erwachsenen..."Sve-hen hörst du noch zu?" „W- was? Ach so, ja. Was war euer dritter Vorschlag?" „Den sprachen wir noch gar nicht aus, weil du so am Träumen warst, Sven." Ines zögerte. Jetzt käme das Schwierigste, was zu erklären wäre. „Nun ja" fing sie an „du könntest demnächst wieder nach Hause fahren. Kämst in eine liebe Pflegefamilie. Würdest die fehlenden Schulstunden nachholen. Würde dir bestimmt nicht viel ausmachen bei deiner Intelligenz. Und Ehrgeiz hast du ja auch. Du wärst dann wieder in deiner alten Klasse und hättest kein ganzes Schuljahr verloren." Ines war erst einmal fertig mit ihrer „Predigt". Sven ahnte noch nichts. In seinem Kopf rumorte es. Pflegefamilie, wie würde das sein?

Noch hier oben zu bleiben wäre auch nicht schlecht....

„Sven, sag' doch was! Hast du irgendwelche Fragen?" Sven überlegte.

So' n Jugendheim wäre vielleicht ganz lustig, da ginge bestimmt immer die Post ab.

„Habt ihr schon ein Heim für mich ausgesucht, das heißt in Aussicht, kann man sich das vorher betrachten, ohne gleich zustimmen zu müssen?" Ines war erstaunt. Das war das Letzte, was sie erwartete hatte! „Nein, haben wir überhaupt noch nicht, Sven. Weil wir gar nicht dachten, dass du das willst." „Klar, habt ja Recht. Wenn ich noch hierbleibe, kann ich dann nach den Sommerferien immer noch in eine Pflegefamilie?" „Das müssen wir nicht heute entscheiden, kannst alles in Ruhe überdenken."

Sven hob sein Glas und trank einen großen Schluck. Ines zog nach und nahm ebenfalls einen Schluck. Und wieder fiel Sven eine Frage ein, deren Antwort etwas mehr Licht in ihr Vorhaben brachte. „Kennst du schon die Pflegefamilie, wo ich hin kann?" „Ja, du kennst sie auch." „Sind da Kinder?" Bis jetzt noch nicht, Sven. Aber die Frau hätte gerne Kinder und kann keine mehr bekommen." „Ach so." Sven trank wieder einen enormen Schluck aus seinem Glas, setzte es ab und streichelte Rex. Er wollte nichts sagen, nicht ständig Fragen stellen müssen. Diese Diskussion hier kam ihm schon ewig vor. Also, was wäre jetzt? Sven wusste es nicht. Familie hin und her, Jugendheim, pauken und in der Achten bleiben. Schönen Lenz machen und achte Klasse wiederholen. Alles, ja alles würde sich ändern. Welche Wünsche hätte er selbst? „Sven, hör` noch kurz zu, bitte. Ich spiele jetzt mit offenen Karten, aber bitte erschrick nicht." Ines hatte sich wieder zu Wort gemeldet. Jetzt war Sven auf alles gefasst. Ines hätte am liebsten nicht weiter gesprochen, aber es musste raus und zwar jetzt! „Du kannst bei uns wohnen." Ines sprach schnell weiter, um Sven keine Zeit zum Antworten zu lassen.

Jo und Wolf beobachteten ihn, aber sein Gesichtsausdruck verriet nichts, weder Freude noch Entsetzen. „Ein Kinderzimmer ist schon vorhanden, das kennst du schon. Ich wäre nicht mehr so alleine. Wir würden dir Nachhilfe bezahlen, um das jetzt Versäumte nachzuholen. Oder wenn du bis März hier oben bleiben möchtest. Aber wie erwähnt, dann kannst du ja eine Ehrenrunde drehen." Bei dem Wort Ehrenrunde dachte Sven an Roman, dass er dann Außenseiter wäre. Außerdem wäre Roman dann eine Klasse weiter als er. „Wir würden auch all' deine Sachen holen, wenn du nicht mehr ins Haus möchtest." „Und der Hund?" fragte Sven zaghaft. „Der kommt natürlich auch mit, keine Frage."

Sven schwieg. Er wusste nicht, was er antworten sollte. Der dritte Vorschlag klang am besten.

Aber hatte Ines ihm wirklich verziehen?

Müsste sie nicht zu oft an Pat denken?

Vergleiche ziehen zwischen ihm und ihrem Sohn?

Und er? Wenn er in Pats Zimmer war?

Da Sven immer noch nichts erwiderte , unterbrach Ines das Schweigen. „Du kannst auch noch was machen, fällt mir ein. In deinem Elternhaus schlafen. Wenn du selbstständig genug bist, dir

Frühstück zu machen, kannst du nach der Schule
zum Mittagessen immer zu mir kommen. Du
könntest dich weiterhin verabreden, Freunde in
deine gewohnte Umgebung einladen, bei dir
Abendbrot essen, oder, wenn du möchtest auch bei
uns. Wenn dir das besser gefallen würde." Ines
hielt nichts von ihren letzten Vorschlägen, wollte
aber Sven aus der Reserve locken. Sven hörte das
Wort Elternhaus und begann zu weinen. Ihm wurde
mit einem Male bewusst, wie wertvoll so ein
Elternhaus war.

„Ist schon gut, Sven", tröstete Wolf, wein` dich nur
aus. Ich glaub', das war alles etwas zu viel für
dich. Ines kann ja jetzt gehen, wenn du das
möchtest." Sven versuchte, mit dem Weinen
aufzuhören. Er hatte noch eine Frage an Ines
und ohne Schluchz-Stimme ließe es sich besser
reden. „Wenn ich bis zum Sommer hierbleibe,
kann ich dann trotzdem noch zu euch kommen?" „Auch das ist möglich, Sven, ich er-
wähnte es bereits." „Ach so, stimmt ja, hab's
wieder vergessen, bin irgendwie verwirrt, sorry."
Ines war erstaunt.

Es sah so aus, als lehne er nicht ab, als wolle
er... „So, ich gehe djetzt. Und morgen laufen wir
durch Amrum, abgemacht?" „Abgemacht." Ines
hielt Sven die offene Hand hin und Sven schlug
ein. Er gab ein Lächeln zurück. „Das andere

überlege ich mir noch." Ines verließ die Gaststätte und ging zum nächsten Telefonhäuschen, ihren Mann anrufen.

Sven dagegen hockte immer noch vor seinem Glas Wasser. Er schaute träumend hinein und versuchte, die Kohlensäureperlen zu zählen. Caren, seine Mama. Wann hatte er sie zum letzten Mal gesehen? Am Bahnhof, zusammen mit Papa. Als er fort fuhr. Seine Eltern verließ. Warum musste er hierher fahren? Seine Eltern wären bestimmt nicht fort geflogen, wenn er zu Hause geblieben wäre. Oder – wenn er sich damals dafür entschieden hätte, in den Herbstferien hier hoch zu kommen.

Was eine einzige Entscheidung ausmachte, sie konnte bestimmen über Leben und Tod! Hätte er nur... Sven machte sich nun Vorwürfe, aber es half alles nichts. Ein neues Foto von seinen Eltern hatte er sich noch gewünscht, wo es wohl war? Als ob er etwas geahnt hätte. Sven warf seinen Kopf auf den Tisch und schluchzte. Dieses verdammte Flugzeug, dieser verdammte Pilot! Zum Glück hatte Sven noch Rex. Auch das hatte er seinen Eltern zu verdanken, dass sie ihm den Hund erlaubt hatten. Aber wo waren seine Eltern, gäbe es wenigstens ein Grab, welches er besuchen, bepflanzen und begießen könnte, wie war das bei solchen Unfällen? Wenn die Maschine explodiert war. Als sie bei der Landung zerschellte, gäbe es mehr

Asche als... Jo stieß Sven an. „Hast 'nen Wunsch?
Ich habe Kuchen, Kekse oder frisches Obst."
„Danke, später vielleicht. Wo ist denn Wolf?" „
Im Schuppen. Getränke holen, kannst ja mal
hingehen." „Sag mal Jo, gibt's hier irgendwie
richtig Arbeit für mich, ich meine auf der Insel?"
„Im Sommer gibt es immer was zu schaffen. Jetzt
weiß ich auch nix. Magst wohl hier bleiben, was?"
„Nur, wenn ich nicht dauernd euer Gast wäre und
euch auf der Pelle herumhängen müsste, das wäre
ja total öde." „Musst mal den Fischer fragen,
vielleicht weiß der was. Morgen früh will er
wieder kommen, Seezunge und Krabben bringen.
Und wie findest du das Angebot von Pat' s Mutter?
„Na ja ein bisschen Angst hab` ich vor ihr.
Immerhin wollte sie Mama und Papa nie verzeihen. Stell` dir doch mal vor, wenn sie dann
den Sohn vor sich hat, an meine Eltern dabei
denkt." „Wirst sehen, das wird schon. Komm, ich
glaube Wolf kommt. Ihr könnt ja noch mal vor die
Tür."

38

Die grauen Möbel im Büro der Frankfurter Filiale
sorgten nicht gerade für ein arbeitsfreundliches
Klima. Wenigstens ein paar Pflanzen hätten
hergehört, dachte Arthur, der an seinem
Schreibtisch saß und aus dem Fenster blickte.

Wieder wirbelten weiße Flocken durch die Luft.
Nur: Diesmal würden sie nicht liegen bleiben,
Tauwetter war angesagt. „Herr Huppert!" Arthur
erschrak. Herr Roth, sein Chef war hereinge-
kommen. „Haben Sie Herrn Bender angerufen?
Sie sollten doch..." „'Tschuldigung, nein, nein, ich
kümmere mich sofort darum, bekam eben selbst
einen Anruf." „Und jetzt? Eben schauten sie
träumend aus dem Fenster!" Arthur war sauer und
schämte sich zugleich, ertappt worden zu sein.
„Ich mache es ja schon" , brummte er, hoffend,
dass sein Chef das Zimmer verlassen würde. Aber
er blieb. Das machte Arthur unruhig. Er griff ja
schon zum Telefon „Ja, Herr Bender, in Ordnung,
Herr Bender, die Unterlagen werden Ihnen in den
nächsten Tagen zugehen, auf wiederhör'n, Herr
Bender."

Arthur legte mit Wucht auf. „Also", setzte er
an..."Nichts also, jetzt sage ich Ihnen mal was,
Herr Huppert: Konzentrieren Sie sich in Zukunft
gefälligst auf Ihre Arbeit, sonst..." „Ihnen scheint
es gut zu gehen, aber anderen nicht!" „Was soll das
heißen?" So, nun würde Arthur auf den Putz hauen,
auch wenn er daraufhin entlassen werden würde!
Jetzt würde er einfach alles herauslassen, was ihn
bedrückte! „Sie hörten doch bestimmt auch von
den Flugzeugabsturz einer Concorde Anfang des
Monats, oder?" „Ja, ja, es gibt ja des Öfteren so
was." „Ein Junge, den wir gut kennen, hat seine
Eltern verloren. Diesen Jungen wollen wir

aufnehmen. Da können Sie sich doch bestimmt vorstellen, was für ein Papierkram noch auf meine Frau und mich zukommen wird, das kostet mich ganz schön Zeit und Kraft." Herr Roth erwiderte nichts mehr. Irgendwie klang das großartig, was sein Kollege da vorhatte. Im Büro war eine gedrückte Stimmung, zwei andere Kollegen hatten das Gespräch mitangehört, aber alle schwiegen. Auch Arthur wusste erst nichts mehr zu sagen, aber dann redete er weiter wie ein Wasserfall.

„Meine Frau ist an die Nordsee gefahren, sie musste erst einmal versuchen, den Jungen zu diesem Schritt zu überzeugen, denn das Kind muss ja auch wollen. Und das war nicht gerade einfach, zumal der Bub noch trauert. Gerade eben rief sie an, teilte mir mit, dass sie es geschafft hatte. Da waren meine Gedanken kurz woanders." „Und warum fahren Sie nicht auch zu dem Jungen als zukünftiger Vater?" „Ich dachte..." „Was dachten Sie?" „Na ja, ich hatte erst Urlaub und kann doch nicht wieder.." „Sie können, Herr Huppert! In so einem Fall, bitte fahren sie morgen oder sogar noch heute. Wenn Sie früher gehen möchten, tun Sie mir den Gefallen. Und Ihrer Frau und dem Jungen auch, die werden Sie brauchen, wie heißt denn der Junge?" „Sven Tiemann." „Tiemann? Hab` ich glaube ich schon mal gehört ...oder gelesen, den Namen. Heißt sein Vater Harry?" Arthur nickte. Sein Chef war entsetzt. Kannte er etwa Harry? Privat vielleicht? Arthur war über die jetzige Großzügigkeit seines Chefs erstaunt. Eben noch schimpfte er mit ihm wie ein Rohrspatz, jetzt spielte er den netten Kollegen, der für alles Verständnis hatte. „Ja", antwortete Arthur spontan. „Ja, ich werde hinfahren, danke. Danke für den Vorschlag." „Aber ich bitte Sie, Herr Huppert, das ist doch selbstverständlich. Ich glaube sogar, Sie bekommen dafür Sonderurlaub." Arthur war ganz aufgeregt vor Freude. Herr Roth drückte ihm dankbar die Hand und verließ das Büro. Morgen, am Donnerstag, würde er fahren. Oder vielleicht doch schon heute? Vielleicht zwischendurch übernachten, mal sehen. Dann hätte er etwas Zeit gewonnen. Und könnte bis Sonntag bleiben. Ob sie dann zu dritt zurückführen?

39

Der Donnerstag brachte einige Überraschungen für Sven. Die erste war, dass Ines anrief und Sven absagte. Also würde doch nichts aus einem Spaziergang durch den Ortskern von Amrum. Warum sie keine Zeit hatte, wollte sie nicht verraten, allerdings klang sie am Telefon so aufgeregt, sprach so schnell und legte auch sofort wieder auf. Na ja, dann würde er eben wieder allein mit Rex zum Strand laufen und dort herum toben.

Als er gegen Mittag zurückkam, empfing ihn Jo
freudenstrahlend. „Sven, du hast Post bekommen."
„Ich? Wer schreibt mir denn?" „Na, ich weiß
nicht, musst schon selbst schau' n." Jo warf den
Brief schmunzelnd über die Theke auf den nächst-
liegenden Tisch, dabei fiel er allerdings herunter. „Sorry." „Schon gut." Sven hob ihn
auf und sah dabei, dass der Umschlag ganz bunt
war. Seine Klasse hatte ihm geschrieben und
gemalt! Das war ja toll! Was die wohl wollten?
Sven riss den Umschlag auf, zerrte das gefaltete
Blatt heraus und klappte es vorsichtig auf.

Die Schrift kannte er, das war die seiner Lehrerin.
Und jedes Kind seiner Klasse hatte unterschrieben.
Sven las: *„Lieber Sven, wir alle vermissen dich
und wünschen dir ein zufriedenes, neues Jahr und
hoffen, dich bald wieder in der Klasse begrüßen zu
dürfen. Wir hoffen, dass du wieder der „Alte"
wirst und helfen dir gern dabei, den versäumten
Stoff nachzuholen. Wir haben schon einen Plan.
Karola und Hans übernehmen Geschichte, Steffen
mit Tom Bio und Erdkunde. Wer dir in Mathematik
weiterhilft, kannst du dir ja sicher denken: unser
Genie Micha. Ich biete an, dir in Deutsch zu
helfen. Und wenn du Sorgen hast, welcher Art
auch immer, dann bin ich auch für dich da. Deine
Frau Wiesner."*

Sven war ganz gerührt. Der Brief gab ihm wieder richtig Mut und Freude, die Schule zu besuchen. Er schaute zu Jo und teilte ihm fröhlich alles mit. „Na siehste, das wird schon gut, glaub mir, mein Junge." Jo klopfte ihm auf die Schulter.

„Weißt du, warum Ines sich heute nicht mit mir treffen wollte?" „Nee, du hast doch mit ihr gesprochen. Mach' dich fertig, gibt gleich Mittagessen." Als Sven gerade oben im kleinen Zimmer war, betrat eine junge Familie die Gaststube. „Steffen, Torsten, setzt euch ordentlich hin", ermahnte der Vater. Was hörte Sven da? Neugierig rannte er die schmale Holztreppe hinunter, es knirschte und polterte, fast wäre er gestolpert. „Ach, hallo." „Hallo, hier gehörst du also her. Wohnen hier deine Freunde?" „Ja, Herr..." „Stark. Heute sind wir besonders hungrig. Haben Wettlauf am Strand gemacht. Torsten ist mehr hingefallen als gerannt, aber war lustig." „Gibt gleich was, Herr Stark, was darf ich denn zu trinken bringen?" „Oh, hilfst du hier mit? Dann bitte zwei Export und zwei Mineralwasser." „Kommt gleich, Herr Stark." Sven bediente seine Gäste mit Getränken und zählte stolz die Fischgerichte auf, die sie am heutigen Tag zu bieten hatten: „Seezunge, Forelle blau, Seelachs, Rotbarsch glaube ich, Kabeljau.." „Ist schon gut, die Auswahl reicht! Also dann zweimal Forelle blau, einmal panierter Seelachs und einen Teller extra für Torsten bitte." „Wird gemacht!" Sven

unterhielt sich noch etwas mit seinen Bekannten,
bis sie fortgingen. Nach Rex hatten die Kinder
natürlich auch gefragt. Sven konnte ihnen aber
nicht den Gefallen tun, seinen Hund in die
Gaststätte zu holen. Auch Steffen und Torsten
fanden das ziemlich doof, wie sie sich ausdrückten.

Sven wollte noch einmal mit seinem Hund vor die
Tür gehen, nachdem die vier Besucher fort waren,
aber Wolf hielt ihn zurück. „Du bekommst gleich
Besuch, Sven, bleibe mal lieber hier, du wirst
gespannt sein." Gewiss, jetzt war Sven gespannt.
„Wer kommt denn, sag es mir bitte,
Wolf." „Na, warte mal ab." Warum spannte
man ihn so auf die Folter, warum nur? Aber
Sven brauchte nicht lange zu warten.

Zehn Minuten später kam Ines. Aber weshalb
machte man vorher so ein Geheimnis daraus?
„Kommst du auch?", rief Ines und schaute nach
draußen. Sven ging zur Tür. Wer war denn da
noch? Sven war verdutzt. „Ach du, Arthur, wo
kommst du denn her?" „Ja, da staunst du, was?
Weißt du, ich bin geflogen." Arthur wollte Sven
etwas auf den Arm nehmen, ihn zum Lachen
bringen. Doch Sven verstummte und schaute nach
unten. Er dachte wieder an das Flugzeug, welches...nur
weil er das Wort „geflogen" hörte.
„Kopf hoch, Sven." Ines warf ihrem Mann

einen Blick zu. „Ach so, ja, das heißt nein, ich bin nicht gefl..ich bin gefahren. Bin gestern Abend noch mit dem Fernbus nach Hamburg gereist. War total günstig und angenehm bei den freien Straßen. Na ja, und heute Morgen ging es dann mit Bahn und Schiff weiter nach Amrum zu euch." „Kommt herein", schlug Sven vor und bot den beiden Sitzplätze an. Nachdem sie abgelegt hatten, spielte Sven wieder seine Rolle als Ober. Er nahm die Bestellung auf und bediente. „Na, du kannst das ja schon ganz gut, dann kannst du ja als Gastwirt hier bleiben." Arthur wollte aus dem Jungen heraushören, was seine Absicht wäre, gegebe-nenfalls auch mit Aussagen, die das Gegenteil dessen, was er kommentierte, bewirken sollten. „Ist mir aber zu langweilig, im Winter hier zu bleiben. Es kommen kaum Gäste." „Ja, Sven. Ines und ich fahren Sonntag wieder zurück. Und wir können dich doch nicht zwingen, in ein fremdes Haus mitzukommen, wenn du es nicht willst." Jetzt war Arthur gespannt, jetzt müsste die Antwort kommen. Vielleicht die, die er hören wollte. Vielleicht aber auch eine andere. Jo stand in der Küche. Obwohl er mit Geschirr klapperte, hatte er das Gespräch mitbekommen. Wolf hörte ebenfalls mit, stand an der Theke und tat jedenfalls so, als sei er sehr beschäftigt und vermied es, zu den Dreien herüberzuschauen. Sven offenbarte nichts. Warum, dachte Arthur, schwieg er? Was ging in ihm vor? Ines dachte das Gleiche, war aber nicht so unruhig wie ihr Mann.

Nun, man musste wohl noch mal was vorbringen, es darf aber nicht das Falsche sein, das spürte Arthur. Ihn nicht zwingen, mitzukommen. Auch nicht so hinten herum, dass Sven es heraus hören könnte. Das würde jetzt das Gegenteil bewirken, gewiss. „Na ja, vielleicht findest du hier ja eine andere Arbeit, wenn nicht in der Gaststätte." Sven spürte, dass er nun an der Reihe war, etwas zu sagen, schaute zu Jo und Wolf, die inzwischen an den Tisch gekommen waren, setzte zum Reden an, öffnete seinen Mund und... hob sein Glas ... trank einen Schluck Wasser. „Hm, Prost", erwiderte Arthur aus Verlegenheit und dann tranken alle.

Sven stellte als erster sein Glas ab. „Ich fahre mit", flüsterte er, eine lautere Stimme brachte er momentan nicht heraus. Tränen standen in seinen Augen. „Warum weinst du denn, du musst nicht mitkommen, wirklich nicht", hob nun Ines mitleidig hervor. „Ach, nur so, weil ihr alle so lieb zu mir seid. Auch Jo und Wolf. Und weil ihr euch so bemüht..." Sven hätte am liebsten laut geschluchzt, hielt sich aber krampfhaft zurück. Alles war für einen Moment still, nur die antike Wanduhr hörte man unaufhörlich ticken. Ines dachte an den Begriff Zeit. An die Zeit, die hinter ihr lag. Daran, dass Zeit Wunden heilt. Sie dachte an die Zukunft mit Sven und schaute verträumt auf ein Gemälde von Amrum an der gegenüber liegenden Wand. Die zwölf Gongschläge der Wanduhr unterbrachen die Stille im Raum.

Arthur, der nach dem langen Sitzen in der Gaststube Bewegung und Frischluft brauchte, unterbrach mit einem Mal das Schweigen. „So, Sven, ich schlage vor, wir Drei gehen mal an die frische Luft." „Wir Vier" korrigierte Sven und zwinkerte Ines zu. Er rannte die Treppe hoch und holte seinen Hund. „Ach, einen Vierbeiner hast du auch noch. Na dann kommt, ihr drei!"

Sie waren am Meer. Die Drei mit Rex. Hielten sich einander an den Händen. Ganz fest! Wie ein Band, das nicht zerreißen soll.

Direkt an der Brandung standen sie, wo die Wellen peitschten. Sven schaute zu den Schaumperlen, beobachtete das Kommen und Gehen der Wellen, dann schaute er zum Horizont. Arthur schaute zum Strand. Wo Rex mit Sven oft herum tobte und sich immer gern vom Salzwasser bespritzen ließ. Nun war es kurzzeitig still.

Jeder hatte so seine Gedanken. Ines holte ganz tief Luft und dachte noch einmal zurück an das letzte halbe Jahr, ließ alles zurückspulen.

Sven nahm schon innerlich Abschied von der
Nordsee, obwohl er erst in drei Tagen nach Hause
fahren würde.

Könnte er sich auf einen neuen Frühling freuen?
Ein Frühlings-Erwachen?

Sven dichtete für sich im Stillen:

„Bald kann ich nur noch an dich denken, Bücher
über dich hat mir jemand gegeben. Doch möge
man mir noch Stunden schenken, die ich an deiner
Seite darf erleben."

Minutenlang stand die Vierergruppe am Saum des
Meeres, bis Rex einen kleinen Laut von sich gab
und seine neue Familie aufforderte, sich endlich
mal wieder zu bewegen.

Doch Arthur genoss mit allen Sinnen jede Welle,
die auf ihn zurollte. Wie ein Rhythmus drang das
Rauschen der Wellen in ihn, er gab sich ganz hin
und lauschte und lauschte...

Frühlings-Erwachen

Wellen -
was tragen sie heran,
bevor ein neuer Frühling erwacht?

Noch
Trauer um den verlorenen Sohn
mit ihm geweint
mit ihm gelacht

Der Winter bedeckt....
gegen Ende vertreibt er
Härte .... Kälte....
die Wunden der Zeit

Monate...Wochen...
Tage...Stunden
Man sagt: die Zeit,
sie heile Wunden!

Schichten der Heilung
wachsen.....blättern ab
          ...drum blättert um...

Aus verwundeten Baustücken
wird eine Einheit.....ein Rhythmus...

Ein anderer Sohn wird zum Waisenkind.
Er fragt sich, was die Zukunft bringt,
sucht Liebe und Geborgenheit,
Frühlingserwachen im Wandel der Zeit.

Und lauscht man den Wellen
.... sie erzählen:

Stützt euch, nehmt einander die Hand!
Habt Mut, Vertrauen.... wieder Lachen!
Erschafft ein neues Familien-Band
noch vor dem nächsten
                Frühlings-Erwachen!

Weitere Gedichte der Autorin
auf

www.rad-der-zeit.com/

Titelbilder sind
Gemälde
der Autorin und Künstlerin

Weitere Gemälde
auf

www.kh-kunst.de